爱如长风

一苇◎著

云南人民出版社

图书在版编目（CIP）数据

爱如长风 / 一苇著. -- 昆明：云南人民出版社，2023.10
ISBN 978-7-222-20840-7

Ⅰ.①爱… Ⅱ.①一… Ⅲ.①报告文学—中国当—代 Ⅳ.①I25

中国国家版本馆CIP数据核字(2023)第191674号

责任编辑：王绍来
责任校对：解彩群　张祖庆
责任印制：代隆参
装帧设计：马　滨

爱如长风
一苇◎著

出　版	云南人民出版社
发　行	云南人民出版社
社　址	昆明市环城西路609号
邮　编	650034
网　址	www.ynpph.com.cn
E-mail	ynrms@sina.com
开　本	720mm×1010mm　1/16
印　张	18.75
字　数	230千
版　次	2023年11月第1版第1次印刷
印　刷	昆明德厚印刷包装有限公司
书　号	ISBN 978-7-222-20840-7
定　价	58.00元

云南人民出版社微信公众号

如需购买图书、反馈意见，请与我社联系
总编室 0871-64109126　发行部 0871-64108507　审校部 0871-64164626　印制部 0871-64191534

版权所有　侵权必究　印装差错　负责调换

目 录
contents

序　章　爱洒黑惠江 // 001
第一章　如苦竹般生长的少年 // 005
第二章　磕磕绊绊中的相濡以沫 // 023
第三章　风雨同舟的家庭 // 041
第四章　古老的麻风，人世间的恶魔 // 050
第五章　洱源麻风村的前世今生 // 063
第六章　黑惠江记得他们青春的容颜 // 076
第七章　点燃患者生命的心灯 // 100
第八章　麻风病患者的春天 // 116
第九章　千头万绪的麻风康复 // 128
第十章　治愈心灵，融入人间烟火 // 135
第十一章　死生亦大矣 // 158
第十二章　麻风院里的读书声 // 168
第十三章　在泥淖中前行 // 191
第十四章　震后，浴火重生的村庄 // 215
第十五章　麻风康复者及其家属，尘埃里绽放的花朵 // 228
第十六章　麻风博物馆，尘封的记忆 // 268
尾　章　涤荡心灵 // 280
后　记 // 293

序 章

爱洒黑惠江

我和这里的人们相处了40多年，我们一起哭过笑过，我的生命早就融入了山石屏村，这里是我一生的牵挂。

——李桂科

山石屏之夜。

秋虫絮语，雨意绵绵，偶有核桃树上的水珠，滚落在夜色深处。

黑惠江隐隐的涛声，拍击着李桂科的窗户。在静谧的夜色中，他坐在书桌前整理麻风历史博物馆的资料。雨丝在山石屏的夜空，斜斜地织出细密的水帘。院子里的太阳能路灯，将薄薄的光穿透窗隙，洒在他清癯而略显疲惫的脸上。

在山石屏，他已经待了41年。

已是大半生，或许也算是一辈子，都抛在这里。他的青春，他的热血，都洒在这片土地。

见过他刚进山石屏时的照片，黑白的，浅浅的笑，23岁的小伙子，充满青涩与希冀。如今，他已白发稀疏，面容斑驳。

官方的称谓，这里是山石屏疗养院；民间的说法，这里是麻风村。2014年，正式更名为山石屏村，隶属于云南省大理白族自治州洱源县炼铁乡茄叶村委会。

身为疾病预防控制医生，他先治麻风病，后做患者的康复，这个漫长的过程包括了心理、社会、经济的复苏，治愈他们身体的病患后，逐步帮助他们从与世隔绝的状态中走出，重新回归社会。他费尽周折创办山石屏疗养院小学，之后又将麻风康复者子女送到中学、大学，现已分布在各行各业。他带领麻风康复者种核桃、板栗、苞谷、蔬菜，养猪、鸡、乳牛、山羊，还很浪漫地养孔雀，让这美丽的蓝色精灵，飞翔在山石屏的天空。

昔日山石屏，路人掩鼻蒙口绕行；今天的山石屏，成为游人纷至沓来的旅游村。

退休前，李桂科以麻风院为家；退休后，他仍然留在山石屏，照

〔序章〕
爱洒黑惠江

顾麻风康复者，发展种养殖业，搞乡村旅游。2019年，他建起了中国首个麻风历史博物馆……

在那个"谈麻色变"的年代，他为何选择了"麻风病医生"？

有多次调离的机会，到县上，到州府，他为什么不走？

数百名患者先后治愈，终至"清零"，他为何还要留下来？

退休后，他为什么依然留在山石屏，和麻风康复者在一起？

这是个性情温和却内心倔强的医生，常人对他难以理解，甚至敬而远之。

他瘦削微躬的身躯、脑后稀疏的白发、恬淡谦和的笑容、宠辱皆忘的神色，令人感到亲近，仿佛是个和蔼的老师傅。

夜色深沉，雨仍在淅淅沥沥，虫声渐稀，涛声渐壮。

全国优秀共产党员、党的二十大代表、中国好医生、最美医生、中国好人、全国医德楷模……数十项荣誉，李桂科头上顶着耀眼的光环。尽管他已受到全社会的认可，却依然是那个朴实的邻家大叔。他穿着褪色的灰色夹克，开着辆跑了10万公里的"大众"二手车，要么奔跑在去山石屏的路上，要么就在山石屏。

在中央电视台《讲述》栏目拍的专题片里，他含着热泪说，他死后就要葬在山石屏，与那些逝去的麻风康复者继续聊天。

2022年9月1日，我来到山石屏，有些好奇却又惴惴不安。李桂科医生就坐在我对面的方凳上，轻言细语地讲述自己从医数十年的故事，讲述麻风病的历史，讲述云南省、大理州、洱源县传染病的预防控制，讲述山石屏的前世今生。在新冠疫情肆虐之时，我们聊起古老的麻风病，聊起中国数千年传染病的大流行，感叹唏嘘。

此后的数月里，我与李桂科医生多次在山石屏同吃同住，走访麻

风康复者。也到李桂科出生的村庄，回到他的单位，与他的家人、亲朋、乡邻、同事促膝交谈，随着走访的深入，李桂科这名平凡的疾控医生，在我心中渐显丰满伟岸。他的坚韧不拔，他的宽厚与善良，他的平等友爱，令我肃然起敬。我知道，很多媒体对他的宣传，还只停留在表面的赞扬。走进他的内心，才懂得他的苦乐年华，才知道何谓医者仁心。

在寒夜青灯下，我怀着崇敬之心书写，真实地记述李桂科充满大爱的人生，他的成长，他的家庭，他的婚恋，他的治病救人，他跟患者的甘苦与共，他扎根山石屏的坚韧与淡泊，他毕生的奉献……

这是对李桂科医生的致敬之作，也是全国疾控医生的礼赞之作！

第一章

如苦竹般生长的少年

> 桂科，你要听爹的，你正在长身体，身子又单薄，扛东西不能超过体重，不然会落下病根的。
>
> ——李奎甲

1957年，李桂科出生在云南省大理白族自治州洱源县三营镇孟伏营村。

他出生7天，母亲李春花就去世了，谁也说不清死于什么病。李桂科未及看清母亲的模样，便被送给姨妈做抚子。提及此事，李桂科并未责怪生父杨茂清。他说，当时那种情况，他有什么办法呢？丧妻弃子的杨茂清远走他乡，到昆明403工厂当工人。杨茂清其实是个重感情的人，在昆明上工的日子，他心里仍然惦念着亡妻，更思念着留在老家的儿子。七八年后，仍是单身的杨茂清回到孟伏营，想把李桂科带到昆明。

养母李润秀和养父李奎甲也是生性良善之人。他们对李桂科说："你去昆明也行，留在我们身边也行，都随你。"

杨家把整个家族的长辈召集起来，动员李桂科回到生父那里。大人们轮番上阵劝说，刚刚上学的李桂科就是不干。他对突然冒出的生父感到猝不及防，也无法接受这个事实。他一直觉得养父母就是自己的亲生父母，他们那么呵护他，就像母鸡般展开双翼护住自己的鸡雏。

杨家长辈说："桂科，去昆明吧，那是省城，你爹就在那里，以后你就在省城上学，将来考个大学。就像你的名字一样，桂科，就是折桂登科，考上进士啊！"

年幼的李桂科并不知道省城与孟伏营有什么区别，是不是个更大的村庄？长辈们把杨茂清的照片拿给李桂科看："这就是你的父亲，穿着工装，长得那么俊！"

李桂科并不以为然："他是他，我是我，与我不相干。我爹是李奎甲，不是杨茂清！我不去昆明。"说完便转身跑向孟伏营的旷野。

孟伏营，比"三营"地名更早，传说这里曾是诸葛亮擒孟获之地。

(第一章)
如苦竹般生长的少年

据《滇云纪略》记载:"七擒孟获:一擒于白崖,今赵州定西岭;一擒于邓赕獴猪洞,今邓川州;一擒于佛光寨,今浪穹县巡检司东二里;一擒于治渠山;一擒于爱甸,今顺宁府地;一擒于怒江边,今保山县腾越州之间;一以火攻,擒于山谷,即怒江之蟠蛇谷。"

孟伏营离佛光寨不远,诸葛亮在此扎营攻打佛光寨也有可能。历史遗迹早已不存,只留下史料中的只鳞片羽。而天主教堂,至今仍伫立在李桂科老家对面的田野里,经过翻修粉刷后更醒目。这个教堂是1906年法国传教士毕由天建的,后来成了孟伏营小学的校址,李桂科在这里读过书,也教过书。

至于"三营"地名的由来,根据《洱源县志》记载,与元世祖忽必烈征大理有关:"元世祖入大理,以此为吐蕃襟喉,留军三百户镇之,故名三营。"可知,孟伏营地名比"三营"更为久远。1958年,剑川大县成立,三营是县治所在地。后剑川大县撤并,三营划归洱源。坦荡如砥的三营坝子,是洱源县最大的平地。

在三营坝子里,李桂科像风一般成长。读过小学,就考上洱源一中的初中班,接着在洱源一中上高中。养父母疼爱他,比四个亲生子女更甚。然而,那毕竟是物资匮乏的年代,李桂科仍然要自筹学费。他的养父李奎甲是个能干人,篾匠、木匠、泥水匠都会,也懂得些中草药,会几剂治病的单方,种田更是一把好手。他虽不会写字,但三国、水浒都会看,也会摆古(摆龙门阵之意)。

闲暇时光,李奎甲便在村头的大槐树下,给孩子们摆古,在聆听的孩童中,自然也有李桂科。李奎甲就是李桂科的启蒙老师,《三国演义》《水浒传》《西游记》《说岳全传》《隋唐演义》等古本,在李奎甲绘声绘色的讲述中,那些故事情节、那些人物命运使小小的李

桂科浮想联翩。听养父摆古不过瘾，他还想自己阅读更多的书，这也培养了李桂科读书的兴趣。

　　1972年，李桂科考上洱源一中初中部，算是三营公社的优等生。有些成绩一般的同学上了三营小学附中，有些小学读完便回家种地。20世纪70年代，读书真是不易。且不说极左路线的干扰，对贫困家庭的孩子而言，缴几块钱的学费和生活费都难。怎么办？只有自己挣钱供学。李桂科从小便跟着养父李奎甲上山砍竹子，扛回家里编小花篮，再拿到洱源街上卖。李桂科便靠"篾匠"的手艺挣钱读书。那个时候李桂科一天可以编10只小花篮，价低的5角钱，价高的1块钱，平均8角。洱源一中的伙食费一月9块，学费3元7角一学期。李桂科编小花篮卖得的钱，供书绰绰有余，还可以贴补家用。篾匠，是李桂科读书之外的副业。

　　时光回溯至那个年代的某个周末，身材瘦削的李桂科匆匆离开学校，踏上回孟伏营的路。从位于洱源县城小南山的洱源一中到家，李桂科紧赶慢赶，要走2个小时的路。肚里缺少油水，回到家已是饥肠辘辘。匆匆吃了碗"面面饭"（苞谷与大米混合的蒸饭），李桂科便开始坐下编小花篮。他性格温润，心思细腻，手也巧，动作麻利，编出的小花篮精巧美观牢实。那些锋利的篾片不小心会刺破他的手指，殷红的鲜血常滴落在翠绿的竹皮上。钻心的疼痛阵阵袭入他的身体。但他只是用黑蒿揉碎了敷在手指上，简单处理后又忙碌起来。对他来说，周末的一天时间太金贵。他在养父的指导下，用篾刀将竹子分解成篾皮和篾心，又将这些材料穿插编织。这些坚硬有刺的竹条，在他的手里，柔顺得像面条。转瞬之间，便成为经纬交错的平面。再将平面围成不规则的椭圆，加上些装饰。汗珠在他的额头纷纷滴落，花篮

〔第一章〕
如苦竹般生长的少年

在他的手里如同城里孩子手中的魔方，不停地转动。周六半天，他一刻不曾歇息，5个，6个，10个，等到掌灯时分，一摞花篮便整齐地堆在小院里。星期天，他要把这些小花篮挑到洱源街上卖，在那个熙熙攘攘的洱源街天，竹木制品自然形成个小市场。李桂科的小花篮跻身于桌椅板凳、簸箕、提篮、背箩之间，并不显得寒碜。他是个中学生，面皮薄，也不善与顾客讨价还价，但他的小生意却出奇的好。太阳当顶时，他的花篮便已卖完。他可以吹着口哨，一路小跑着返回学校上晚自习。

李奎甲，1934年生人。这个乡间的奇才，他教会了李桂科很多。按理说，李桂科是养子（孟伏营叫抚子），他还有三个亲生儿子李桂明、李桂华、李桂龙，还有个女儿李桂霞，可他却与李桂科的感情最深。他不仅给李桂科摆古，也教会了李桂科做木匠、篾匠、铁匠、泥水匠，使他尽快适应乡间生活。都说艺多不压身，能做的手艺多，饿不着。都说"天干三年，饿不死手艺人"，李奎甲就是这样想的。李桂科结婚时的家具，都是靠养父传授的木匠活自己打的。年少的李桂科明白自己的境况，十二三岁便开始下地挣工分，他不愿成为养父母的负担。初中毕业后，李桂科和村里的张开武、李金龙、李子华考取了洱源一中，但李金龙和李子华决定不去读，原因是家庭困难。

1972年7月，那个难眠的雨夜，李桂科在暗夜里圆睁着双眼，听着雨滴敲打着瓦片的声音。去洱源一中读书，那是他梦寐以求的，对于15岁的李桂科来说，那个县城所在地，就是他的诗和远方，也是走向广阔世界的通道。但是学费呢？父母那么艰难，还要养育弟妹们。他去了洱源一中，也就意味着家里少了个挣工分的劳力。他辗转反侧，难以入眠。

次日清晨，他揉着红肿的双眼起来，看见父亲早已坐在院子里编花篮。

李桂科走近父亲，嗫嚅着说："阿爹，我不去读书了，我就在家帮您干活吧！"

李奎甲不同意。他说："既然考上了，就得把中学念完，至于家里的事，你不用操心。学费的事，会有办法的。"

"家里也挺不容易的，我就在家帮您吧！"李桂科恳切地说。

李奎甲默然无语，他放下手中的篾刀，沉思良久。他缓缓站起身说："桂科，你和我进山砍趟竹子。"

天色方明，父子俩沿着崎岖的山道向灵应山中前行。灵应山孤峰兀立，像柄倚天利剑，其外形与迪庆藏族自治州德钦县的卡瓦格博相似。站在灵应山巅，可以远眺南面的洱海、北边的剑湖，近观海西海和茈碧湖，故名"一山望四海"。海拔近4000米的灵应山巅，只有稀疏的枯草和苍青色的峭岩，远望高不可攀。而在海拔2000多米的山箐里，却生长着满坡满箐的毛竹。

"新松恨不高千尺，恶竹应须斩万竿。"这些山毛竹，越砍，长得越旺。地下的竹根互相串联，很快便漫山遍野。父亲带着李桂科，挥动砍刀，两人很快便砍了两捆竹子。父亲扛得很重，却把较轻的留给儿子。李桂科抢着去扛重的，父亲不允，两人便争吵起来。

李奎甲说："桂科，你要听爹的，你正在长身体，身子又单薄，扛东西不能超过体重，不然会落下病根的。"说着，他不容分说把较轻的竹捆搬到李桂科肩上。

父子俩一路下山，要经过白沙河。那时白沙河上没有桥，只能脱掉鞋子挽起裤脚渡过去。秋日的白沙河依然很凉，冬春时节更冷。李

（第一章）
如苦竹般生长的少年

桂科也学着父亲的样子，挽起裤腿，脱掉草绿色的"解放鞋"准备渡河，父亲却制止了他。

"桂科，从山上下来，走热了，水冷，双脚就像烧得正红的火炭放到冷水里，你不能渡河，会落下病根的。"

李奎甲让李桂科把竹捆放下，他先把儿子背到对岸，接着又来回渡了两次，把两捆竹子扛过了寒彻肌骨的白沙河。

李桂科看着养父佝偻着的腰、正值壮年却早白的须发，不禁潸然泪下。

回到家后，李奎甲开始教李桂科编花篮。那个时候，背篮是家家户户的生活必需品，赶街要背，放牛要背，出门做活也要背，甚至背娃娃也用竹篮，如同现在随身携带的背包。李桂科心灵手巧，父亲教他的活计一学就会。当然，篾刀会不小心削到手背，篾片会在不经意间戳破手心。几个时辰坐下来干活，常常腰酸背痛，头昏眼花。但看着眼前的竹竿变成篾片，细密的篾条成为经纬交织的花篮，李桂科的成就感陡增。

父子俩把花篮背到洱源街上卖掉后，李奎甲将皱皱巴巴的票子塞给儿子："桂科，去上学吧！我知道你想上学！"

李桂科说："爹，咱们不是说好了吗？我不去读书，我下地挣工分，还可编花篮弥补家用，给家里减轻点负担。"

"傻小子，你在家干活，顶多是个男劳力，就像爹半生就在孟伏营这块地上春种秋收，过着一眼望得到头的日子。你去读书，才能有前途，哪怕回来种地，都是个新型农民。你的学杂费你就自己挣。爹教你做篾匠，还教你做木匠。俗话说，家财万贯，不如薄技在身。再说了，你要考上中学不去读，我们怎么对得起你死去的妈！"

在泪眼婆娑中，李桂科不时回头望，父亲那瘦削的身板在旷野中越来越远，终至看不见。

周末回家，李桂科便跟着父亲学做各种手艺，篾匠、木匠、泥水匠，养猪、养鸡、养牛，凡是农村需要的，他都得学会。李桂科掌握了乡间的生存之道。很多年后，他结婚的家具也是自己打的。后来，他带领山石屏麻风疗养院的康复者及其子女发展生产，这段早期的农村劳动使他成为农村产业发展的行家里手。在山石屏，麻风病患者用的劳动工具和日常用品都靠自己的双手制造。面对周边村民的歧视与远离，他们选择了勇敢而艰难地活着。

进入中学后，李桂科很快崭露头角。他小学时就是班长，到了初中后，也是班长兼学习委员。初中毕业后，李桂科顺利考上高中，仍在洱源一中就读，排序为高30班。

到学校报到时，校长王克明对李桂科说："班主任李聚同的家人生病，他忙不过来。这样吧，同学报到就找你，你把30班管起来。"

于是李桂科团支部书记、班长"双肩挑"，整个班的大事小情，都归他管。管理高中班级，并不简单。高中生大都处于青春期，有些年龄还偏大，同学之间吵闹是常事。男生动不动拳脚相向，女生动不动就哭哭啼啼。逃学、旷课、睡懒觉、辍学，这些都是家常便饭。面对各种情况，李桂科总带着谦和的微笑，春风化雨地解决问题。说来也怪，男生也好，女生也罢，只要看到李桂科脸上那道浅浅的笑，不管闹得多凶的同学，都会平静下来。面对睡懒觉的男同学，他会回到宿舍把他们拎起来；面对那些逃学、辍学的，他会找到他们，和他们聊聊高中生活的难得，聊聊父母的不易，聊聊青春岁月的奋起。同学们的裤子破了，他到街上买来针线，帮他们缝补好；同学生病了，他

（第一章）
如苦竹般生长的少年

把他们带到医务室。他是严肃的班干部，同时又是个和颜悦色、体贴入微的大哥哥，同学们对他都信任有加。

那时候，李桂科常将著名作家柳青的那句话挂在嘴边："人生的道路虽然漫长，但最关键的只有几步，特别是当人年轻的时候！"说起这些，李桂科眼里常含着泪水，他时时会想起养父养母的不易。

小时候，养母李润秀常背着李桂科下田插秧。插秧是重体力活，需要弯腰驼背，双脚泡在泥水里。从黎明到太阳落山，腰身从疼痛渐变为麻木，双腿如铅般沉重。而李桂科的养母，这位善良仁慈的农村妇女，还要背着李桂科干完这些活，其艰难程度可想而知。

"大人们给我讲，我小时候，我妈背着我去栽秧，还受到大队表彰，这是我很难忘的。"李桂科动情地说。

养父李奎甲同样如此，面对着生活的重压仍然坚韧不拔。他养了蜜蜂，采了蜂蜜，平时舍不得吃。周末李桂科把同学带回来玩耍，养父便高兴地割了蜂蜜给他们解馋。

养父母给予了李桂科所有的父母之爱，亲生父母不能给他的，他们给了。所以当生父杨茂清要让李桂科去昆明时，他坚决不干。养父母那么疼爱他，突然又冒出个没有见过的爹，他无法承受。他年幼的心灵，无法弄清这里边的究竟。

几年后，杨茂清觉得一个人待在昆明也无趣，便调回了大理州血吸虫病防治专科医院做电工，这个医院也就在他的老家三营。杨茂清最后在三营卫生院退休。回到孟伏营后，杨茂清见要回李桂科无望，便也重新娶妻生子。他生了杨育全、杨体全、杨松三个儿子，还有个女儿杨庆梅，四兄妹都把李桂科当大哥。因为子女多、工资低，杨茂清后来也没帮补过李桂科，只给过他一支钢笔。李桂科也从不向生父

索取什么，只是对他说："你们医院订的医学杂志，有空给我找几本。"因此，每次杨茂清回村，都会在"永久牌"载重自行车的货架上，带些医学杂志给李桂科。

父子虽难融洽，但都先后选择了与医疗相关的工种，也算是同行。

身为洱源一中高30班的团支部书记、班长，李桂科很快成了同学们的主心骨。大家遇到什么烦心事，都会来找他。手头有点紧，也会与他说。那时他每周回去编小花篮卖，手里有些小钱，除了缴齐学杂费、伙食费外，他还接济同学。人心都是肉长的，大伙都服他。

在李桂科的高中同学中，不得不提的人叫杨晓元，此人后来与李桂科的专业有关。李桂科考上卫生系统后到山石屏当麻风病医生，而他的同学杨晓元却患了麻风病，成了李桂科的患者。多年后，杨晓元担任了山石屏麻风疗养院的院长，现在是山石屏村的党支部书记。

杨晓元说，读高中那几年，他就被查出得了麻风病，这对他来说是晴天霹雳。风华正茂，正是对知识充满渴望、对未来充满憧憬的年龄，却查出患有麻风。在那个"谈麻色变"的年代，这无异于判了缓期死刑。当时，对这个几千年的古老疾病，人类还没有完全控制的办法。杨晓元只好含泪告别学校、告别父母，独自到山石屏麻风疗养院报到。那时的他已心如死灰。岂料数年之后，李桂科也来到山石屏，昔日的同学成了他的治疗医生，这令杨晓元百感交集。

还有位高中同学，毕业后也患了麻风病，却隐瞒不报。那时已有联合化疗方案，麻风病已能治愈，而且在家就可服药。有次李桂科赶街，骑着单车与这个同学相遇。凭着职业医生的敏感，他发现同学的面色不对。这个同学见了他，也慌不迭地朝前赶路。李桂科起初无

> 第一章
> 如苦竹般生长的少年

意，后来越想越不对劲，便掉转车头，追上那个同学，询问他的情况。那个同学支支吾吾，拒不承认得病，其实他心里是有谱的，否则他也不会见了李桂科就跑。李桂科说："你别怕，咱们做个化验。如果真得了病，现在药物先进，在家吃药就可以，少菌型半年，多菌型两年就可治愈。"他把同学带回防疫站化验，果然得了麻风病。这个同学经过在家服药后治愈。可见，讳疾忌医终归不行。现在李桂科谈起往事，也不禁感慨道："想不到同学中就有几个得了麻风，看来，我这个麻风病医生也是注定的。"

李桂科上高中时，学制是两年。高二上学期，李桂科便被选为村干部。对于现在的高中生而言，这确实是个传奇。而在那时候，却是普遍存在的现象。高二学生李桂科既是团支部书记兼班长，还是孟伏营村的副队长兼记分员，放暑假就得回去记分，边读书边当农民。

高中毕业，李桂科立即回村里，挑起了生产队副队长的担子。从高中生到知识型农民，李桂科做到了"无缝对接"。当时也没想到高中毕业要上大学，直接就回村干生产队副队长。李桂科就是这样，做什么都热情满怀。他没有想自己好歹是个高中生，得要吃上"国家粮"。他想的是回去好好干活，让养父母少受点苦。当起副队长后，他先是到大理市凤仪镇引进新品水稻7344，当年栽种后孟伏营的水稻获得了丰收。李桂科在孟伏营村民中的威望迅速提升。"农村是个广阔的天地，在那里是可以大有作为的。"李桂科铭记着这句话，也想在农村大展拳脚。在20世纪70年代的农村，高中生已经是知识分子，李桂科是土生土长的村里人，又是生产队干部，还是高中生，自然被大家寄予厚望。他想在土里刨出黄金，想带着大伙过上富裕的日子。他想带着村民们，实现"农业现代化"，让孟伏营成为全乡乃至全县

的样板。

　　生活总在不停地转折,人生的道路总会出现很多岔口。正当李桂科做梦也想实现农业现代化的时候,孟伏营小学的民办教师张立堂考取了大学,这在整个三营公社都是件轰动的事。孟伏营村人奔走相告,都觉得脸上有光。可是问题来了,二、三年级的老师缺乏,急需找个人顶上去。村里想到李桂科是高中生,便想让他去教书。李桂科掂量了下,教书也行,他也挺喜欢孩子的。

　　他是个做什么事都很认真的人,性情又和善,对学生也很关心。在孟伏营小学教了一年,二、三年级24个学生,获奖的就有22个,李桂科自己也感到意外,因为整个永胜学区获奖的也就40多个。学校里的老师都说:"李桂科神了,没教过书,居然比老教师还厉害。"只有李桂科知道其中的甘苦。当起教师后,他便把整个心思都扑在学生身上。为了鼓励学生学习,他自己掏钱买了100本作业本,对有进步的学生给予表彰。他还将学生分组,让成绩好的学生帮助成绩差的。他几乎是手把手地教每个孩子。二、三年级是复式教学,也就是两个年级的学生在一个教室里上课,教师课堂教学与学生自动作业相交替。对于现在的教师和学生来讲,这样的教学方式太古老,有些甚至不知道复式教学为何物。但经历过复式教学的教师就知道,这的确很累。两个年级,仅语文、数学两个主科就需要备4门课,还有其他各科加起来,就是七八门,光教案都要写许多本。对于学生而言,也难适应。老师在给另一个年级授课时,自动作业的这个年级必然受到干扰,每堂课的教学时间又相对有限。能在这样的复式教学中取得优异的成绩,教师付出的汗水和智慧是单式班的两倍还多。

　　"李桂科这小子天生是个教书的料!"学校的同事和家长提起

（第一章）
如苦竹般生长的少年

这个教书刚一年的民办教师，都竖起了大拇指。他们说，让他在孟伏营教小学屈才了，还是到永胜小学教附中吧！那个时候，洱源一中、二中、三中都有初中，属于县里的拔尖班。各个公社都有初级中学，有些大的村小都有附设初中班。那时候，孟伏营叫生产队，永胜叫大队，大队下属有完小，完小设有附中。于是，永胜完小的校长和大队长都跑来找李桂科。

校长说："桂科，你是教书的料，才教一年的小学就成绩斐然，你来大队教初中吧，我们需要好老师！"

大队长说："桂科，我们今天来，就是要调你去大队教初中的，你不用考虑了，是金子就要发光。"

李桂科搓着双手，脸上还是浅浅的笑，却笑得有些局促。刚刚高中毕业，就去生产队当副队长，位子还没焐热，又到孟伏营小学教书。才教了一年，似乎才刚开了个头，就要去教初中。他有些懵，也不知道自己能否胜任。

他说："初中我怕教不了，要不，你们先回去，我再考虑考虑！"

大队长说，"咱们大队缺教师，好教师更缺。把咱们娃娃教好，以后多出几个高中生，多出几个大学生，那就是大大的功劳！就这样定了。"

校长也说："是啊，大队长说得对，好钢就要用在刀刃上，你别磨蹭。明天就来永胜小学报到。"

两人说完，转身就走，扔下李桂科在那儿发愣。

夕阳将余晖洒在孟伏营小学空荡荡的院子里。此时，学生们早已放学，老师们也已各自回家，只有李桂科独自在石凳上发呆。孟伏

营小学就在天主教堂里授课，这个教堂是1906年法国传教士来这里盖的，虽经几十年沧桑，仍然耸立在旷野中。新中国成立后，教堂成了农家子弟学习文化知识的殿堂，孟伏营村的孩童们就在此接受启蒙教育，包括李桂科在内。李桂科心里怅然若失，如果他明天离开学校，他的那些学生会不会哭，他会不会落泪？也许到附中教书，他会获得更大的成就感。但就目前，他舍不得离开这些学生们，他本来是想把他们教到小学毕业的。他走进教室，再次看着自己在木制黑板上写得工整文雅的板书，看着讲桌上摞得整整齐齐的教本，看着学生们交上来的作业，还有几盒白粉笔，两块用羊毛毡卷成的黑板擦。他的眼里忽然就冒出了泪花。他不敢想象与那群天真无邪的孩子分别时的场景。他想，还是悄悄走吧！

夜里，一灯如豆，他与养父促膝而谈。

养父说："教初中好呢，你的本事才能更好地显现。你别担心，小学你教得好，初中更没问题，你的水平阿爹是晓得的。"

李桂科说："阿爹，去那边可能要住校，家里的事就顾不上。"

养父说："这个你不消操心，你几个兄弟姊妹也能挣工分哩！你去初中好好教，莫给老李家丢人。"

李桂科说："阿爹你放心，你儿子咋样，你最清楚呢！"

李桂科在大队教附中的时间也不长，教了两年数理化。在永胜附中这两年，李桂科果然不负众望，两年都被评为学区的先进。很多年后，他教过的学生遇见他，还是叫他李老师，其中有几个还成了国家干部。其中有个女生令李桂科心痛，她叫龚金妹，是李桂科在永胜附中的学生，后来考上大学，分在洱源一中教书，却死于肺结核。每忆及此，李桂科就扼腕叹息，那个时候，在洱源这个高原贫困地区，

(第一章)
如苦竹般生长的少年

肺结核也会要人命，治愈率总体不高。如果是在现在，肺结核规范服药，半年到一年就可痊愈。后来人们还发现，治疗肺结核的药物如"利福平"，同样可以治疗麻风病。

李桂科不光书教得好，还爱生如子。他自费买了套理发工具，课余时间就帮学生洗头理发。那时候，农村普遍不讲卫生，娃娃头虱多，他也不嫌弃。很多学生头发上都是密密麻麻的白色虮子。李桂科常不厌其烦地将他们头上的头虱和虮子清理干净，然后再理发。

学生说："李老师，我们爹妈都不会这么细心地帮我们洗头理发，你不嫌弃我们脏，还帮我们仔细清理，你比我们爹妈还亲！"

李桂科笑着说："你们爹妈把你们辛苦拉扯大，又供你们读书，那才是亲。他们两头黑，下地干活挣工分，那么劳累。他们不是不想把你们打整干净，是没有时间精力。你们放学回家，也要帮父母干点家务活呀！"学生们都点头称是。

俗话说，亲其师，方能信其道。李桂科就是靠自己的言传身教取得了学生们的信赖。他把学生当子女般呵护，学生也将他当成父兄。这种师生一家、其乐融融的氛围即便在当时的农村中学，也是很少见的。李桂科的教育之道，对学生身心健康极为有利。如今管理森严的学校，学生稍有不妥，老师便把家长叫去耳提面命，师生之间难以融洽。现在的学校，讲的是竞争。"分分分，学生的命根，考考考，老师的法宝。"在严峻的就业压力面前，考一所好大学，为的是找份体面的工作，而中国家长最重所谓的"面子"。学校和家长，都盯死学生的成绩，当代教育，隐藏着很多问题。

1980年12月初的一个早晨，张开武对李桂科说："桂科，明天去县里考试！"

这句话把李桂科听得云里雾里。仔细问，才知道县卫生系统招工，张开武的姐夫在县卫生局，所以早早知道消息。他自己报了名，帮李桂科也报了。他怕李桂科不去考试，所以迟迟不敢告诉他，直到考前一天才说。

张开武与李桂科的缘分，贯穿了他们的一生。他与李桂科同是孟伏营人，从小学到高中都是同学，又同时到永胜附中教书。后来又一起参加卫生系统的招考，一起进入防疫站，一起到山石屏疗养院。从孩提到青春岁月，他与李桂科几乎是同频共振的。也可以这么说，如果没有张开武，也就没有李桂科后来的人生轨迹。他可能一直教书，也可能回到农村，甚至有可能去做生意，却未必成为云南省麻风防治的功臣。

张开武约李桂科去考试时，李桂科开始还有些迟疑。

李桂科说："我现在教书教得好好的，突然要去考卫生系统，未必考得上。即便考上了，当医生可比不得教书，人命关天呢！"

张开武急了，大声喊道："咱们现在的身份是民办教师，考上卫生系统就是国家干部。再说了，考不取还可以回来教书嘛！我就晓得你脑壳拐不过弯来，所以提前帮你报了名！"

不管李桂科答应不答应，张开武软磨硬泡把他拽到了考场。考试结果，张开武考了第一，李桂科第二，此次共招了五人，全都到防疫站。李桂科后来才知道，这次县卫生系统招考，就是要培养麻风病防治医生。

考试揭晓，张开武欢呼雀跃，李桂科也喜出望外，然而两人却高兴过早了——大队不同意，学校也不同意。校长还说他们不安心教学，辜负了学校的重用，声色俱厉地批评了他们。大队、学校皆不

(第一章)
如苦竹般生长的少年

允，招办也就只能将他俩束之高阁。

那时已是十二月中旬，两人像泄了气的皮球般走在旷野中。天地间一片肃杀，空中没有飞鸟掠过。草木都已泛黄，田野和道路都披着层白霜。远处的灵应山巅，已是白雪皑皑；身边的白沙河，也已结上了层薄冰。凛冽的寒风呼呼刮着，吹得他们的脸刺痛。可更痛的是他们的心。两人良久无语，只是默默地行走在灰白的沙土路上，耳畔只有脚步声"嚓嚓"地响着。

蓦地，在他们的眼前，出现了白杨林，像身穿铠甲整装而立的军士，金黄的树叶在风中摇摆，像簇簇橘色的火焰。这些火焰首尾相连，似成一片火海。在这个萧瑟之冬，陡添了几分生气。两人精神为之大振。

张开武说："桂科，好不容易考上，就这么放弃了，我不甘心啊！"

李桂科问："开武，那你说现在咋个整。"

张开武说："我想再找找大队长和校长，让他们同意放人，好不容易考个铁饭碗，不能说丢就丢。"

"找大队长和校长不会有用的，还是要到县上找相关部门表明我俩的态度。"李桂科有些担心。

"那就再问问卫生局，请他们协调下。"张开武笃定地说。

事实上，那段时间洱源县麻风病的防治处于严峻时期，麻风患病率达2.73‰，人们陷入对麻风病的恐慌之中。县里决定招考5个人，也正是为了强化麻风病防治。考了第一、二名的张开武和李桂科不能录用，这怎么行？卫生局专门派人到三营镇永胜大队协调，时任县防疫站站长的卢洲还特意跑到学校找到校长。

·021·

卢洲把洱源麻风防治的严峻性与校长分析，强调了防疫站特别需要麻风病防治医生，而张开武和李桂科都是卫生局非常看好的，要重点培养。教育很重要，但是能教好书的教师也多，教育后备人才也不缺乏。但是，医德高尚、医术精湛的麻风病防治医生是可遇而不可求的，这得有牺牲精神，要耐得住孤独和寂寞，要有慈悲心，还要能忍受误解。

"这样的人，在这个世上少之又少。我很看好开武和桂科两个。特别是那个李桂科，看着就是个心地善良的人，他做麻风病医生，准没错。"卢洲对校长说。

卢洲没有看错人。李桂科从事麻风防治工作后，将自己毕生奉献给了这项艰苦、平凡而又慈悲的事业，别人叫苦叫累不愿干，李桂科却甘之如饴。

经过卫生局的协调，1980年12月26日，张开武和李桂科终于被通知体检，成为洱源县卫生防疫站的职工，分在皮防股。

20世纪80年代初，洱源县对麻风病防治格外重视，1980年12月，新招了李桂科、张开武、杨德昌、朱占山、李国兰等5人；1981年12月，又招了严云昌、杨云虎、胡正清、胡云华、王汉喜、许玉梅等6人。皮防科长分别由丁文先、李桂科、严云昌、杨云虎、王汉喜担任，负责全县的麻风病防治。

在白沙河的哗哗流水声中，在茈碧湖的潋滟波光里，李桂科度过了艰难却又闪烁着金色光芒的青春。生产队长、民办教师，他在农业生产和教书育人方面颇有建树。数年之后，他如热烈奔放的红杜鹃，绽放在罗坪山下，惠水之滨！他将悠悠岁月，付予黑惠江畔那些身患麻风的弱势群体，结缘于斯，悲喜于斯！

第二章

磕磕绊绊中的相濡以沫

那次我刚住院回来，老李最起码也该在家照顾我几天。可他没有，头天回来，第二天就下乡，一走又是10多天。那个时候做饭要生煤炉，光生火都要花很长时间。没有自来水，做饭的水要自己去楼下的水管里接。有天我拎水时不小心把伤口拉裂，伤口便持续出血，落下了病根。

——杨芬

2004年6月2日，英国著名残疾预防专家、世界卫生组织顾问宋爱真（Jean Margaret Watson）女士到山石屏疗养院考察。先到洱源县城时，她对李桂科说："李医生，我要见见你的夫人！"同样，2006年3月18日，利玛窦社会服务机构93岁的陆毅神父来到山石屏时，也提出要见杨芬女士。

这些专家心里很清楚，如果没有家庭的支撑，李桂科走不到今天。

李桂科也深有感触地说："如果没有媳妇的支持，我可能早就改弦易辙，另起炉灶啦！"

在有些领域，包括传染病防治领域，也有取得大成就者，但因为有太多的奉献和牺牲，有些人成就的代价是终生未婚，或者是妻离子散，这不鲜见。李桂科长年坚守在麻风病防治最前沿，却能家庭和美，全靠他的妻子杨芬。

说来也巧，李桂科在永胜小学附中教书时，就已经见过杨芬，那时她还在大理卫校读书。

杨芬的堂姐叫杨莉，大理师范毕业后，在永胜实习了一年，便有机缘认识了李桂科。李桂科老实本分，又心地善良，实习老师们都跟他处得熟。杨莉家在邓川新州街开了个小卖部，卖各种杂货。

有次，杨莉对李桂科说："李老师，你帮我买点葵花可以吗？家里的小卖部要卖。"

"没问题，我们孟伏营种葵花的多，我周末就回去买。"李桂科说。

说归说，杨莉也不当真。从三营到邓川，几十公里的路，还要带大袋的葵花籽，挺辛苦的。

(第二章)
磕磕绊绊中的相濡以沫

哪知李桂科忙前忙后，帮杨莉买了一大袋葵花，选了星期天亲自送到邓川，这让杨莉全家很感动。杨莉没想到，她本来也就顺口说说，李桂科却如此认真，还跑了几十公里路把葵花送到邓川。当时杨芬刚好在家，便与李桂科认识了。杨芬的母亲对李桂科的印象也挺好。

杨莉的二姐叫杨英，在洱源县照相馆。李桂科所在的学校照毕业照时请过她帮忙，这样也就熟悉起来，杨英也对李桂科感觉特好。

人的缘分就是这么奇怪，有缘了，转来转去都是与你相关的人，他们都喜欢你。李桂科当然不知道，他偶然认识的姑娘，从未想过交往，竟成了他的媳妇。

1980年底，李桂科到县防疫站上班。1981年，杨芬也从大理卫校毕业分到洱源县医院，与李桂科属同一系统，单位之间相隔只有几百米。她与李桂科的相似点颇多，两人还是同年同月同日生。

李桂科出生7天母亲便去世，杨芬是父亲早逝。不过即便如此，两人也未曾心动，更谈不上惺惺相惜。倒是杨芬的堂姐杨英，很欣赏李桂科这个心地纯良的小伙子。杨芬的母亲也认为李桂科靠得住，杨英便有意撮合他俩。

当时杨芬刚到县医院，职业生涯初开始，每项事务都要熟悉，没空谈恋爱。李桂科虽说到了防疫站，但干的是麻风防治，心里便有些自卑，想想人家如花似玉的大姑娘，年轻貌美，能看上他？再说了，麻风病医生，这是多少人望而却步的职业啊，要娶个县医院的护士，怕是白日做梦。因此，杨英说归说，李桂科却只是笑笑，从未想过他们之间有姻缘。杨芬也对这个瘦削的小伙子虽有好感，但从未萌生过托付终身的念头。

这真是件奇怪的事,两人"不来电",不是青梅竹马,也非一见钟情,不是同学,不是老相识。只是彼此觉得对方顺眼而已。

有时候山盟海誓的爱情,未必能走到尽头;有时候相惜相知的婚姻,未必能有善果。或许是期望值太高,易把婚姻理想化,因此往往会失望。而不咸不淡的婚姻,反而更持久。

1983年,"三月街"前两天,杨英把李桂科和杨芬叫到照相馆,劈头盖脸就问:你俩谈得咋样?李桂科低下了头,没有吱声,杨芬也红着脸不语。其实他俩也就认识而已,有过几回来往,根本算不上谈恋爱。

杨英又问:"李桂科,你觉得杨芬咋样?"

李桂科说:"杨芬当然是个好姑娘!"

杨英又问:"那你喜不喜欢她?"

一句话把李桂科搞了个大红脸,支支吾吾半天才说:"喜倒是喜欢,不过就怕人家看不上我。"

杨英一拍大腿说:"李桂科,有你这句话就得。"说着将一沓钞票递给杨芬:"你俩去赶'三月街',置办点东西,把婚事办掉,不准再拖。"

杨芬接过钱,没说好,也没说不好,只是一直低着头不吭声。

后来,杨芬提起选择李桂科的原因,也并非自己毫无主见,只是觉得李桂科家弟兄姊妹多,家庭贫困。他母亲早逝,很多事都是自己做主。杨芬家的情况和李桂科家差不多,她父亲早已过世,家里四姊妹,也属贫困家庭。可以说是门当户对吧!她觉得李桂科人品好,早在心里认定了他,只是嘴上不说而已。不过婚姻大事男方要主动,李桂科不说,她也不好意思开口。

（第二章）
磕磕绊绊中的相濡以沫

杨芬说："李桂科初中、高中都是自己砍竹子编篮子补贴上学的费用，是个实在人。相处了一段时间，觉得这个人靠得住。很多时候，他都是先人后己，先把别人的事做好，再管自己的事。跟这样的人过日子，心里踏实，所以我姐让我们去买结婚用品，我也就不吱声，算是应允。"

"三月街"期间，李桂科和杨芬就搭车到大理置办婚礼用品。"三月街"又叫"观音市"，是个盛大的物资交流会，由来上千年之久，所以又有"千年赶一街，一街赶千年"的说法。清代学者师范有诗为证："乌绫帕子凤头鞋，结队相携赶月街。观音石畔烧香去，元祖碑前买货来。"

1959年，电影《五朵金花》更使得"三月街"闻名四海。电影里有歌唱道："一年一度三月街，四面八方有人来。各族人民齐欢唱，赛马唱歌做买卖。""三月街"也是当年结婚的伴侣必赶的，似乎已成定俗。

小两口赶三月街，一则向大伙宣布要结婚了，一则采购结婚用品，也是图个吉利。李桂科和杨芬到了"三月街"，简单置备了新郎新娘的婚服，又买了给两边老人的衣物鞋帽，买了些床上用品，就算是置办了结婚用品。至于家具，李桂科就施展他木匠的绝活，买了些木材，自己动手打家具，不仅省钱，还有纪念意义。虽说是相比做工精细的江南家具粗糙了些，但也算牢实耐用。那时打的沙发，沙发面和靠垫都用麻布包弹簧，沙发的框架，用的是松木，与弹簧床的感觉差不多。最后，再买些花色好看的布面铺平，就是张实用的沙发。手巧的媳妇，再绣些"喜鹊登梅"之类的绣品，装饰在沙发靠背上，那就完美了。这种沙发虽然笨重，却特别耐用。实木床、电视柜、立

柜、橱柜、方桌、靠椅、书桌，这些全都出自李桂科的手。这些家具就摆在老防疫站的宿舍内，直至退休。

1983年12月，李桂科与杨芬喜结连理。

1984年12月，儿子李莹辉呱呱坠地。

1989年9月10日，女儿李碧辉出生（后改名为李袁萍）。

现在，李桂科与杨芬已经有了孙男娣女。

三代同堂，其乐融融。

退休后，正好含饴弄孙，李桂科却仍去山石屏，能够照顾孙男娣女的时间不多。但两姐弟回来，就要找爷爷。如果恰好爷爷也在，就缠着他打闹嬉戏，屋子里都是姐弟俩的欢笑。有时发生争执，也会呜呜哭。老人就喜欢这种带着人间烟火味的热闹。

却顾所来径，苍苍横翠微。提起数十年的婚姻，李桂科感叹唏嘘，杨芬跟着他，真是历经磨难。为了麻风病防治，他欠杨芬的太多，欠两个孩子的太多。记得1984年12月，儿子刚出生，李桂科便去弄了个手推车，把母子俩推回孟伏营，丢给老人照管。李桂科则转身就返回防疫站。过了几天，杨芬眼睛忽然看不见，只能把孩子丢在孟伏营，让老母亲照顾。李桂科把杨芬带到大理卫校门诊部，请杨超林医生看，他是杨芬的同学杨培德的父亲。杨超林看后，确诊为视神经乳头炎，只好转到州医院住了3个多月。在州医院的治疗过程中，还服用大理卫校门诊部杨品超医生的中药，两天温1服，服药1年多。后来杨芬的双眼恢复得较好。直至今天，她的双眼仍是视力如常，看不出曾经得过眼疾。

然而杨芬的磨难远未结束，眼疾只是她病痛的开始。

1989年，南京医学院开办预防医学大专班（麻风防治），招收

(第二章)
磕磕绊绊中的相濡以沫

全国各地的学生。当时省"麻防所"直接通知李桂科去考试，李桂科抱着试试看的心态参加了考试，没想到一考即中。这时杨芬已怀有身孕。李桂科思前想后，还是要向她透底。

夜里，一灯如豆，小两口待在防疫站狭窄的宿舍里。李桂科坐在书桌前整理材料，杨芬坐在床上准备婴儿用品。窗外，挂着半轮秋月。

李桂科抬起头说："杨芬，你早点休息，我再抄两页就好。"

杨芬说："桂科，你也早点睡吧，明天早起又要去山石屏，你这一去又是二十几天。"

李桂科假装不经意地说："唉，有个事忘了告诉你，省上让我去报考南京医学院，那里办了个麻风防治的专科班。"

杨芬问："那你考了没？"

李桂科说："考了。"

杨芬又问："那你考上没有？"

李桂科说："考上了。"

杨芬这才怔住。看着李桂科似真似假的神情，杨芬知道，眼前这个男人说的是真话。杨芬的眼泪夺眶而出。她知道她要面对没有丈夫陪伴的生产、没有丈夫陪伴的"月子"、没有丈夫陪伴独自抚养婴儿。她要承受太多的重负啊！

李桂科说："杨芬，这次我只是抱着试试看的心理去考的，没想到考取了。不过这次机会太难得，我可以系统学习麻风病的防治，对我的专业确实有帮助。虽然你苦点、累点，但我们全家都会感你的恩，洱源县的麻风病患者都会感谢你。"

杨芬含着泪点了点头。那夜，她没有睡着。

9月1日开学，9月3日，李桂科才去报到，杨芬挺着大肚子送李桂科上车。本来预产期是8月30日，但这孩子似乎生爹的气，硬是不出来。李桂科看着杨芬臃肿的身体艰难地在车窗外移动，看着她流着眼泪挥手作别。那时，李桂科不敢直视她的眼睛，他心中百转千回。他不停地自我谴责："李桂科，你是不是太自私了？"

1989年9月10日，女儿李碧辉姗姗来迟，那时李桂科已到南京。

李桂科回忆说："卫生部在南京医学院（现在的南京医科大学）举办的'预防医学（麻风防治）专业大专（专业证书）教学班'，学校很重视教学效果，开设了11门课程，麻风病学、皮肤病学是全国著名的专家授课，其他学科是医学院的科主任授课，我学得很扎实，对我帮助很大。毕业30年，有的同学提出到学校聚会。我很感激学校的培养，内心也对学校充满思念。我也感激妻子杨芬对我的支持，于是决定带杨芬到我读书的地方看看。2019年10月18日，我和杨芬参加了同学聚会。南京医科大学十分重视这次聚会，一进大门就看到'欢迎89级全国首届麻风防治专业证书班校友荣归母校'，班主任徐静陶老师热情迎接，我十分感动。在座谈会上，我表达了对学校的感激和思念之情，也讲述了我来读书时杨芬在家生小孩的故事，同学们都表达了对杨芬的敬佩之情。"

1992年，杨芬又因输尿管狭窄患上肾水肿，再次到大理州医院做手术。这次李桂科不含糊，及时向县防疫站请假，去州医院细心护理了3个多月。尽管精心医治了很久，那次手术还是留下了后遗症。手术后，发生了输尿管粘连。那次肾水肿后，杨芬的肾脏功能始终不佳，直至发生了肾萎缩。

杨芬回忆当时的情形，那次她已连续发烧了几天，但还是坚持上

(第二章)
磕磕绊绊中的相濡以沫

班。有次她上班时还发高烧,被值班医生发现,打给防疫站电话,让李桂科把她接回去。可李桂科不在家,他下乡去了玉石厂麻风村,暂时回不来。杨芬拖着发烧的身子回到家时,两个娃娃都睡着了。那时候,她真是欲哭无泪。后来杨芬终于住进了县医院,但病情始终查不清楚,输液一个月仍无效果,只好转院到州医院,经过反复检查,才得知是输尿管结核。李桂科在防疫站,当然知道结核病的治疗方法,于是也参与到杨芬的治疗和康复进程中。杨芬吃了很久的利福平等抗结核药,才慢慢治好。

提起这事,杨芬有点抱怨李桂科。她说:"那次我刚住院回来,老李最起码也该在家照顾我几天。可他没有,头天回来,第二天就下乡,一走又是10多天。那个时候做饭要生煤炉,光生火都要花很长时间。没有自来水,做饭的水要自己去楼下的水管里接。有天我拎水时不小心把伤口拉裂,伤口便持续出血,落下了病根。"

李桂科在旁听着,眼眶湿润。他低下头,用纸巾揩了下眼角。

杨芬说:"那次他去玉石厂麻风村回来,我跟他大吵了一架,把这几年的委屈都发泄掉。"

那个时候,彼此都很无奈,也很迷茫,不知道以后的路要怎么走。

2003年,杨芬感觉腰眼疼痛,很久也无法缓解,于是又到大理医学院附属医院治疗一个多月,发现右肾功能已经丧失,只好切除。直到现在,杨芬身体都显得孱弱。

李桂科也很自责,如果妻子出院后,他能在身边做些家务,多侍候她几天,杨芬的身体也许就会恢复得较好,她也许就不会失去右肾。如今李桂科虽然已退休,却仍然忙着麻风历史博物馆的事,每

个月待在山石屏20多天,更是照料不了老伴。李桂科说:"有时候细想,我真是对不起杨芬。"

两人磕磕绊绊过了一辈子,虽说不是举案齐眉,却也互相体贴。杨芬对李桂科更多的是理解与支持,当然也有抱怨。

杨芬说:"当初我嫁给李桂科,是因为堂姐撮合、母亲喜欢。我也觉得李桂科良心好、人品好,做事认真。"

但婚后不久,家庭矛盾便初露端倪。杨芬是学医的,自然明白麻风可防可治不可怕。但在20世纪80年代,整个社会都"谈麻色变"。且不说人们怕麻风病人,就是治疗麻风病的医务人员也饱受非议,好像治疗麻风病的医生也会传染上麻风病。按现在的说法,杨芬的闺蜜不少,但与李桂科结婚后,她们就不再与杨芬多来少往。同事、朋友、亲戚都不敢上她家的门,即便到家也不敢喝她泡的茶。更多的时候,他们在门口说完事就转身离开。这种处世的陡变,令活泼开朗的杨芬很委屈,常常以泪洗面。

1984年,洱源县地震办缺个人手,便想起李桂科,他读高中时就做过地震测报,和地震台的人熟。杨芬觉得机会难得,便鼓动李桂科趁早改行。

杨芬说:"人家炼铁、乔后、西山的人都拼命读书考出去,不想再回那个鬼地方。你李桂科倒好,不在坝区待着,还天天往'麻风村'跑。这些'麻风村',除了山石屏外,洋芋山、干海子、玉石厂都是要步行几个小时的山坳。再说了,离开麻风防治,就不用再受到亲戚朋友和同事的歧视了。"

当时李桂科也心动,去地震办就可以离开麻风病,也可以不用老是跑到大山里。可当他收拾行囊准备离开的时候,山石屏村的麻风病患者抹起了眼泪。有个老奶奶颤巍巍地走到他身边，仰着脸哀哀地说："李医生，你走了，谁来管我们啊？"

顿时，李桂科如触电般呆立良久。是啊！他走了，谁来管这些病人？虽说疗养院里总会定期派来医护人员，可大多都留不住。他是仅有的共产党员，他走了，谁来管他们？或许这句话有些牵强，你不管总得有人管。可是不同的人管，产生的效果是不同的。这就像有些学生，遇到好老师就能考出去，遇到敷衍的老师或许就是把读书的过程走完而已。

在采访过程中我也疑惑，难道李桂科调走了，这个村就没人管？这也未免太夸张了吧！但仔细寻思，当时的情况确实就是如此，进山石屏的麻风病医生，前前后后有11人，但只有李桂科留了下来。前段时间看到电影《守岛人》，讲的是"时代楷模"王继才和妻子王仕花的故事。守岛人王继才原来是替人守几天，结果上岛就下不来，因为没人去，最后他的妻子王仕花也跟着他上了岛。有些事的确就是如此，你不干，还真是没人干。

在这个世界上，每个人都是过客，不同的是怎样走完这个过程。

杨芬说："面对妻子的泪水和麻风病患者的泪水，李桂科选择了后者。"杨芬转身就走，她很生气，也想不通，怎么会遇到这样执拗的人。换一种说法，是大公无私的人。但她生气归生气，还是与他同甘共苦过日子。

杨芬说："老李总是很忙，每月总有20多天下乡，家对于他只是个旅馆。亲戚朋友请客办事都已经习惯了李桂科不在，两个娃娃也习惯了爸爸不在家。我先忙完医院的事务，才能回去管娃娃。两个娃娃，白天大的领小的，晚上要等妈妈回来才能做饭吃。有时饿不住，就在防疫站院子里游荡,看见哪家的饭好了就混一顿。有次我下班迟,回到家看见两个娃娃灯也没开,趴在桌上就睡着了,心疼的眼泪就如同河水般哗哗流下来。那次,我心疼娃娃,又恨老李。别的娃娃有父疼母爱,我家,搞得像单亲家庭。"

恨归恨,李桂科风尘仆仆地回家,杨芬又心疼,满腹的怨气换成了嘘寒问暖、换成了满桌可口的饭菜。夫妻之道,大抵如此吧!

有次,杨芬去上夜班时先把娃娃哄睡,刚出门却遇到电闪雷鸣。顷刻间,大雨如注,老天像漏了般。杨芬冒雨赶路,视线不清,一不留神就跌倒在雨地里,手也摔破,脚也摔肿。当她满身泥水赶到医院时,同事们都很心疼,责怪起李桂科来。

有人问:"你怎么摔成这个样子,这么大的雨,你家老李也不送送?"

杨芬只好把眼泪憋到肚子里,装作听不见。那天晚上的雷雨不曾停歇,她担心两个娃娃被雷声吓醒,整夜提心吊胆。她说她真羡慕别的同事上夜班有爸爸陪着娃,羡慕别人整日有丈夫相伴。她怀疑当初的选择是否正确。但嫁鸡随鸡,嫁狗随狗,真是无奈啊!

有天夜里,儿子发高烧,女儿太小不能扔在家,杨芬只好抱着儿子背着女儿到医院。那时,她在心中又骂李桂科:难道你亲生骨肉的健康比不上麻风患者的健康?但是,等到李桂科回家,看到身形瘦削的李桂科像个泄了气的皮球,杨芬满腹的怨气又消散于无形。

如今的家长都注重子女的教育,李桂科却很少开过家长会。有次,他已答应儿子去开家长会,儿子也欢呼雀跃,少有的高兴。可准备开家长会时,李桂科又被叫去下乡。儿子这回不依不饶,哭哭啼啼地追着他跑。李桂科骑着自行车往前走,头也不敢回。儿子在后边追

（第二章）
磕磕绊绊中的相濡以沫

着哭喊：爸爸不要走，爸爸回来！杨芬追了很远才把孩子拉住。儿子哭着说："同学们都说，从来没见过我爸爸开过家长会，问我有没有爸爸。"儿子哭得伤心，杨芬也抹起了眼泪。

李桂科做麻风防治后，感到自身知识储备严重不足，于是他把杨芬卫校的教材都读得滚瓜烂熟，还让杨芬做他的老师。

一边是济世救人的事业，一边是妻儿老小和美生活，他选择了治病救人。而他自己的内心，又何尝不想与家人团聚，享受天伦之乐？

好不容易回家，李桂科又和杨芬聊麻风病人的痛苦与不幸，他们不仅承受着肉体的痛苦，还要承受着世人的歧视、家庭与社会的遗弃。他们内心的无助，是常人无法体会的。后来李桂科带着杨芬到麻风疗养院。杨芬目睹了麻风患者因为肢体残疾，吃饭都拿不住筷子，行动极为不便，顿生恻隐之心。

杨芬说："看到病人见到老李时，他们之间那种自然而然的亲近，那种特殊眼神的交流，我突然懂得了老李做这件事的意义，由此理解了他。"

因为有了理解，杨芬开始包容李桂科的"不顾家"，同时也不断地发现他的优点。

杨芬说："李桂科虽然陪伴孩子的时候较少，但他是个温和的父亲。他从来不打骂孩子，都是耐心地讲道理，两个娃娃都喜欢他。有时候我埋怨老李不顾家时，娃娃们都向着爹说话，还主动帮我承担家务，纾解我这个老母亲的愁绪。

"李桂科还有个好处——他是个闲不住的人。只要他在家，他什么活都能做，什么都会做，没有什么家务事能难倒他。

"李桂科还很俭朴，一辆1986年买的单车，他下乡、回老家都

骑,直到退休。现在这辆单车已摆在麻风历史博物馆,成为时代的记忆、麻风防治的见证。"

杨芬说:"老李是个孝子,对父母很孝顺。他家在农村,他又是长子,为了替父母分忧,他什么事都做,兄弟姊妹的事都是他的事。他命苦,星期六、星期天只要在县城,都要回老家看看,连籽种都要帮兄弟姊妹买。他的母亲身体不好,70岁时突然中风。那时候,老李白天上班,晚上就回十余公里外的老家照顾母亲,风雨无阻。经过他的悉心照料,母亲恢复到能走路。对于老年中风病人来说,真是奇迹。现在,二老都已过世,老父亲不在时已登九十高龄。但父母不在,兄弟姊妹还在,老李还是得经常回去关照他们的生产生活。"

星期天,也是洱源大街天,麻风康复者和他们的子女都会来李桂科家。对此,最为难的应当是李桂科的家属。

杨芬坦言,起初麻风康复者来的时候她是难以接受的,尽管她是医务人员,但还是担心娃娃被感染。她也不相信那些麻风康复者真的已经治愈。他们走后,她就跟李桂科吵起来,似乎要把满腔怨气都撒在眼前这个男人身上。

李桂科仍是笑着,不急不缓,慢悠悠道:"杨芬,你莫急,听我解释。"

杨芬哭骂道:"你搞麻风病几十年,害得亲戚朋友都不敢登门,你还把麻风病人领进家门。两个娃娃要是被感染,我就跟你拼命!"

李桂科叹了口气说:"杨芬,你是学医的,这些都是麻风治愈者,是经过查菌确诊过的。你要相信医学。再说了,即便就是真有麻风,95%的人都具有天然免疫力嘛!我怎么会拿妻儿老小的健康做试验?"

(第二章)

磕磕绊绊中的相濡以沫

"虽然话是这么说,但凡事皆有可能,万一染上咋办?再说了,咱们都是从医的,还能理解,左邻右舍怎么看?亲戚朋友怎么看?以后还有谁敢来我们家?我已经跟着你被误解了几十年,我真希望我的生活会正常一点!"

杨芬呜呜地哭了。两个孩子也跟着哇哇地哭起来。

李桂科沉默了。他抬起头,捋捋稀疏的白发,看着远处的罗坪山出神。不知何时,他头上仅存的白发,也已渐如罗坪山的雪线。

等杨芬哭够了,李桂科走到她身边,轻抚着她的背说:"杨芬,我们学医之时,就以救死扶伤为己任,受点委屈正常。总有一天,整个社会都会理解我们、支持我们。但是,那些麻风治愈者,如果我们都不让他们来家里,他们能相信自己已被治愈吗?他们的身体虽已康复了,但还有漫长的心理康复期,让他们到咱家来,也是心理康复的方式之一。要鼓励他们重新融入社会。他们来找我们看病,是因为别人不愿帮他们,我们不帮谁帮?"

李桂科的一席话,终于打开了杨芬的心结。

杨芬知道,其实,最受委屈的还是他,做了那么多常人难以做到的好事善事,换来的却是世人的曲解。

在医学这个领域,一名好的外科医生,可以因为手中那把柳叶刀受到万众追捧;一名专治疑难杂症的老中医,在患者的心中可以是神一般的存在;一名好的教师,众多的学生、家长都会交口称赞。可是李桂科呢,很多人却是唯恐避之不及。别人不大了解,可杨芬应当明白。

他和善的外表下,隐藏着巨大的孤独。

杨芬终于能够理解李桂科的良苦用心。她说:"好吧,下次我带

他们去医院。"

从那以后，只要麻风康复者到县医院看病，都是杨芬主动带他们去。她也多次跟着李桂科到山石屏去，手把手教李桂科简易的清创包扎的技法。

杨芬说："麻风病患者都治愈了，我以为老李也该消停消停，可他偏不，又管起麻风病人子女读书的事。"

杨芬很难理解李桂科的举动，于是又跟李桂科争吵起来："你是医生，你的职责就是治病，怎么又管起麻风康复者子女读书的事？你自己娃娃读书你也不管，家长会也不去开，还管到别家的娃娃上去！"

李桂科说："住在麻风院的父母没有能力管娃娃的读书。我们的小孩读书了，他们没得书读，我心里难受哪！我下决心了，我不仅要在麻风院办学校，还要帮助在家治疗的麻风患者子女读书上学。"

杨芬说："老李，这样下去，你跟山石屏的瓜葛就没完没了了！"

"我也老啦，这辈子与山石屏是扯不断了。那里已经是我的第二个家。"

杨芬无可奈何，心中再有老大的不情愿也拗不过这个李桂科，他就是这么个人，温柔而坚定。看着他笑眯乐呵的，其实认准的事，九头牛也拉不回。

后来好几个麻风康复者的子女考上了大学，他们路过县城的时候就在李桂科家吃住。杨芬热情地接待了他们，还告诉这些孩子，他们来这里，就是回家！

杨芬说："2013年3月3日，洱源发生地震，山石屏疗养院的房子

(第二章)
磕磕绊绊中的相濡以沫

也大多倒塌，所幸没有人员伤亡。老李在麻风院一待就是40多天，整个人苍老了很多，体重掉了9公斤。我很心疼，要他去医院检查。他不去，说身体没问题。第二天一大早又返回山石屏麻风疗养院。"

好不容易盼到李桂科退休，杨芬终于长舒了口气。

杨芬说："年轻的时候你怎么忙就忙你的，现在老了，也该回家。俗话说，少是夫妻老是伴。"

李桂科说："虽然退休了，但那里的老人还需要我照顾，我还要帮助他们发展生产脱贫致富。另外的重要事情，就是建个麻风历史博物馆。你也退休了，两个孙孙在下关的时候，你就和我去山石屏吧！"

这个李桂科，不仅自己要留在山石屏，还把老伴也"贴"上。杨芬拗不过他，有空时，就跟他去山石屏。好在李桂科买了个二手车，进出也方便。

在李桂科家闲聊时，杨芬医生对我说："退休后，老李还是选择了山石屏，要在那里建个麻风历史博物馆。以前疾控中心的工作丢不下，还经常回来。退休了，单位的事可以不管，他待在山石屏的时间更多，每个月有20多天，他是真的以山石屏为家了。"

杨芬歇口气又说："最忙的时候我都已经挺过来了，现在我也退休啦，儿女也已各安其业，老李想折腾就随他吧！他苦了一辈子，现在得到了社会的肯定，也算是个心理安慰。"

杨芬是普通的医护人员，自己饱受疾病的折磨，费尽艰辛带大两个孩子，还做了麻风病医生李桂科的坚强后盾。她是平凡的，但她一生所承受的，却是那些风光无限的女性难以坚持的。她的忍辱负重，她的淳朴善良，让每个人都为之动容。如果没有她，就没有李桂科所做的一切；如果没有她，也可以说就没有山石屏的今天。

　　杨芬说了很多，脸上始终带着历尽沧桑的浅笑。见我记录稍停，她如释重负，转身到厨房收拾杯盘碗碟。

第三章

风雨同舟的家庭

记忆中，父亲总是不在，总是下乡，一去就是好多天不见，母亲又在县医院上班，因此我从幼儿园开始就自己上学。有次父母都不在，我肚子实在太饿，便在县防疫站院内游荡。

——李莹辉

《礼记·大学》里提出"修身、齐家、治国、平天下",是儒家关于为人立身的重要思想,强调这是有先后顺序的,修身方能齐家,齐家方能治国平天下。而在现实社会中,很多取得建树的专家、学者为了事业,连家庭子女都舍弃。比如2022年年底离世的百岁老人李桓英教授,为了新中国的麻风防治事业,毅然离开父母回国,一生没有结婚生子。她将自己的全部献给了新中国的医学事业。"时代楷模"张桂梅,同样将自己的大半生,全部献给了学生。在事业上有巨大建树的同时,却失去了天伦之乐,从中国的传统观念来看,她们的人生总有些缺憾。

　　李桂科却是个例外。他是个最底层的麻风病医生,也将毕生精力献给了麻风病防治,但他却能做到家庭和谐。不仅是他那个小家,即便是家族邻里之间,老家孟伏营那边村里的事情,他也尽可能处理妥当。

　　可以看出,李桂科具有超强的协调能力,同时精力过人,处理各种事务井井有条。按他的说法,他是个闲不住的人,他总在做事。

　　李桂科长子李莹辉,现在大理州公安局指挥中心任职。他毕业于昆明理工大学的电子科学与技术专业,毕业后,他以笔试和面试第一名的好成绩考上大理州公安局,成为捍卫公共安全的警察。他的妻子杜杏钿原在曲靖一中,现为大理新世纪中学的英语教师。夫妻俩育有一子一女,女儿在大理市少儿艺术学校读小学二年级,儿子尚未入学。姐弟俩聪明伶俐,活泼可爱。一遇到假期,两口子便把小孩送回洱源,让爷爷奶奶带,平日稍显冷清的家里顿时生机勃勃。

　　李莹辉对父亲的评价是凡事皆有韧性。他几十年如一日做麻风病防治,普通人难以做到,这个优点持续影响着兄妹俩。小时候,李

第三章
风雨同舟的家庭

莹辉不知道麻风病为何物,因而也没什么印象。就业后去过几次山石屏,才知晓父亲的不易,由此对父亲更加敬重。

李莹辉说:"我小时候得过鼻窦炎,老是觉得头昏脑涨的,成绩下滑很严重,老师把家长都请去了几次。小学三年级的时候,我父亲有些着急,便把我带去做穿刺诊断,接着再持续治疗。不过鼻窦炎很顽固,上初中、高中都没有痊愈,也对学业造成了影响。现在,我的鼻窦炎才算彻底治愈。

"记忆中,父亲总是不在,总是下乡,一去就是好多天不见,母亲又在县医院上班,因此我从幼儿园开始就自己上学。有次父母都不在,我肚子实在太饿,便在县防疫站院内游荡。"

小李不愧是大学生,他用了"游荡"一词,显得那么无奈,又那么孤独。天黑了,他爹没回来,他妈也没回。邻居看不下去了,便把他叫到屋里去,给他煮了碗炸酱面。李莹辉说,那是他今生吃过最香的面条。

李莹辉回忆,尽管父亲经常不着家,但他只要在家,就是全家的节日。父亲对子女,不打不骂,摆事实讲道理。给孩子买画册、教画画,教他们下象棋,是个可爱的老爸。提到父亲的俭朴,李莹辉深有感触。以前经济条件不好,父亲省吃俭用,衣服鞋袜总是旧的,吃穿用度都很节俭,一辆单车骑了几十年。直到退休了,才买了辆上海大众"朗行"二手车,开着这辆车,更多的是为到山石屏村方便,实际上就是辆"工作车"。

李桂科的女儿李袁萍,现在是个自由职业者。她大学毕业后考了两年公务员,没考上,便选择了自主创业。原来开过美容店,生意不大景气。后来大学有个女同学嫁到洱源来,两人便合伙开了个蛋糕

店，生意还不错。主要做些饼干、面包、生日蛋糕等，虽说有淡季和旺季之别，但平扯下来，每月都有七八千，收入不差，还比较自由。

李袁萍和她的父亲一样，说话慢声细气的，挺温柔。

李袁萍说："小时候我爹经常出差，母亲在医院上班，都忙，我和哥哥都是各管各。因为忙，家里也不做早点，都是各自买了吃。有次我爹给了我1块钱买早点。在那个时候，1块钱对于我来说是笔巨款。我爹给了我那么多钱，我的理解是对我的信任，也是培养我计划用钱的能力。在20世纪八九十年代，1毛钱就可以买早点。我爹经常下乡，有时母亲只能带着我兄妹俩上班，就在医院的值班室睡觉。"

李袁萍记得母亲负责病案室，放假时她就和母亲一起去，平时上学放学都是自己走读。由于母亲病痛较多，但又必须上班，渐渐就学会了隐忍。这些都影响到女儿的性格。父母都比较善良，女儿也就对人友善。他们的处世态度也直接影响到子女的成长。

李袁萍很感激父亲对她的包容。她说："在择业方面，我爹从不为我做主，做什么都行，只要你去做就可以。在家备考他也支持，自主创业也行，父亲从不逼着我们做什么。"

从不逼着子女做什么，这大概就是李桂科独有的教子之道。在当今浮躁的社会中，尤其显得难能可贵。他让子女有自由生长的空间，有善良的品质。相比现在有些家长，想方设法让子女上贵族学校，逼子女到处补课，分数或许提上去了，但这样的孩子有什么幸福感可言？唯分数论的结果，就是使他们的人生有可能误入歧途。

李桂科的教子之道，也体现了他良好的择业观。职业不分高低贵贱，只要凭着劳动养活自己，那么人就活得有尊严。因为每个行业总要有人去做，为人，不论从事何种职业，都是生而平等的。然而，

(第三章)
风雨同舟的家庭

整个社会择业的不当观念仍在，"国考"，更是千军万马过独木桥，才有上千人争个公务员岗位的现状。即便事业单位，也是数百人争个岗位。而比如服务性行业，却少有人去触碰。特别在大理，做服务性行业的人少，做企业的人也少，搞发明创造的人更少。从李桂科教育子女的方式，我们或许能得到启示，俗话说，三百六十行，行行出状元，不是只有公务员一条路可走。

李桂科的善良，使得他在麻风病防治领域四十多年如一日，而且投入时间、精力和感情，不计报酬。他的善良，也使得他的家庭保持和谐友善的氛围。孩子们都勤奋上进、和善对人，时时有着花朵般绽放的笑容。

2022年9月12日，我随李桂科回到孟伏营老家，依旧是走村串户。李桂科热情地讲述着村落的历史和现状。旷野里有个瞩目的白色建筑，李桂科说，那是天主教堂，以前在里边教小学。天主教堂西边的空地，是李桂科的老家，如今只剩残垣断壁。

走过村巷，李桂科指着陈旧的门框说："这是以前寨门的遗址，以前孟伏营是有寨门的。"

说话间，有个老人闻声将大门打开，喊李桂科进院子里坐，那是个宽敞的三合院，早晨的阳光洒下来，将院心分为阴阳两半。

老人说："桂科，你一进村子，我就听见你的声音了。"

这个叫杨润标的老人已经80岁，虽然身形矮小，却耳聪目明，行动利索，应当是从没有放弃田间劳动的原因。他听见李桂科的声音就出来开门，说明李桂科经常回老家看望，村里的老人们对他的声音都很熟悉。

杨润标说："桂科，你现在退休了，还是应该把你家地基盖起

来，这样丢着也不行。"

李桂科说："我不盖，没有这个能力。家里人都在外面，盖起也住不完。"

进来的时候李桂科就指着块老地基，那是他的宅基地。他完全可以回家盖点房子，但他不盖也有他的道理——身为全国优秀共产党员，应当做廉洁自律的表率。其实更主要的是他的精神境界高，不为物欲所左右。

"你是有儿有女的人，退休金也不多，还是要节省些。这个叫一声大哥也给钱，那个叫一声大哥也给钱，以后别给了，给娃娃留着点。"杨润标老人又说。

李桂科呵呵一笑，没有说什么。可是，当我们离开麻风康复者李跃全家的时候，李桂科又掏出两张红票子塞给他。

我问李桂科："你给麻风康复者的钱都是自己掏吗？"

他笑笑说："肯定得自己掏，否则这钱从哪儿来呢？"

我记得之前我们俩翻越罗坪山去山石屏的路上，提过这些问题。李桂科说，他从没在山石屏疗养院的账户上报过钱，连麻风历史博物馆立的那块碑石，都是请人在城里刻字，又用自己那辆二手车拉到山石屏的，村里想给他报点燃油费，他坚决不要。平时，那些麻风康复者自家菜地里种出的菜拔给他几棵，他都要付钱；麻风康复者自家养的鸡下的蛋给他两个，他也要付钱；即便是他种下的核桃板栗，秋收后每户分到几十斤，他都要付钱。他就是要和大家清清楚楚、明明白白，让大伙都相信他没有私心，不是来贪便宜占地盘的，否则有人会怀疑他留在山石屏的动机。

只有不断的付出，没有任何索取，这就是李桂科。

（第三章）
风雨同舟的家庭

什么是共产党？共产党不是个模糊的概念，是由有血有肉有个性的党员组成的。他们也会笑，他们也会哭，他们也生来平凡。李桂科的言行，就是共产党员应有的样子。

孟伏营83岁的村民杨文华说："李桂科的父亲李奎甲和我是'老表'（在大理，老表就是表兄弟的意思）。桂科才脱生几天母亲就去世了，便把他送到李家做抚子。他从小吃尽了苦头，高中毕业后在村子里当生产队干部、当民办教师，后来又去防疫站当医生，但他从来没有中断跟村子里的联系。农忙时节，他经常回来帮我们栽秧。以前他每到周末都要回来一次，星期六、星期天我们这些老人都盼他回来跟我们闲。2016年我们村的老年协会成立，都是桂科回来主持操办的。"

杨文华是孟伏营的文化人，他自己家的春联都是自撰自书，结合党和国家的政策方针和当地的实际情况，既有高度，也有情怀，看得出他有深厚的古文功底。我们到他家的时候，村里的三五位老人正聚在他家院子里晒太阳。

"老好人回来喽！"看见李桂科进来，杨文华老人呵呵笑道。李桂科向他介绍了我。杨文华老师又转过头对我说："我们村里都叫李桂科是老好人。"

这里的"老好人"，丝毫没有贬义，而是对李桂科心存善念、行有善举的褒扬，意思是一直做好事的人。

78岁的杨同会老人，是李桂科的姑姑，也就是他生父杨茂清的妹妹，孟伏营人叫娘娘。我们去到杨同会老人家时，已是正午12点左右，她家门前停了辆火红色的"东方红"牌拖拉机，李桂科说这种拖拉机耕地很厉害，几十亩地个把小时就耕完，真是与牛耕田不可同日

而语。杨同会老人家的院子极为宽敞，种植着果木与花卉，树上的白木瓜已有碗口大。小溪流绕着花圃游走。这有点像大理古城，家家流水、户户栽花的花园式院落，看来主人在景观营造上费了番心思。

提起李桂科的童年，杨同会老人便掀起裙裾擦拭眼泪，她说桂科小时候可怜，生下没几天他妈就去世了，家里养不起他，便把他送人。说着竟有些哽咽。坐在一旁的表弟李汉林忽然就号啕大哭起来，边哭边说他哥的命太苦，从小就要砍竹子编篮子供自己读书。李桂科的眼睛也湿润了，说那时大伙都难呢！李汉林仍是没有止住哭声，他说杨家对不起他哥。

看着三个人在那里抹眼泪，我有些后悔走入这个院落，勾起他们的伤心往事。我的笔在笔记本上停滞不前。我想说，其实那个时候的选择是正确的，一个出生几天就失去母亲的孩子要活下去，送给母亲的姐妹是最好的选择。但我知道他们肯定知道这个道理。他们的哭泣，是对隐藏在内心深处的数十年愧疚心理的释放。

李桂科说过，他读小学时，他的生父回到孟伏营，要把他领回去。他对突然冒出的生父措手不及，无法接受这个事实。杨家人聚拢反复劝他回到生父身边，养父母也尊重他的选择，但他不愿回到杨家。那时候，在他幼小的心里，有对杨家的怨恨吗？还是对养父母有着深深的依恋？数十年后，杨家母子的哭泣，是不是对他们无法要回李桂科而感到自责，为没能尽杨家抚养的义务而懊恼。复杂的人生，复杂的心理，不能再触碰这个话题了。

交谈无法深入下去，大家都陷入沉默与忧伤之中。

时下在网络上有句很火的话：幸福的人用童年治愈一生，不幸的人用一生治愈童年。李桂科是不幸的，生下来没几天就失去母亲；

(第三章)
风雨同舟的家庭

李桂科又是幸运的,他有视自己如己出的养父母,还有杨、李两个家族对他的关爱、对他寄予的厚望。但不管怎么说,失去母亲的伤痛,生父的去而复回,对他的童年生活无疑有着深远的影响。确实,李桂科就是用一生治愈童年的人,善良、温暖、友爱,这些亲生父母无法给予他的,他给予了那些麻风病患者和他们的子女。而这些美好的品质,最初,却是他的养父母给予他、教会他的。

泰戈尔在《飞鸟集》中写道:"世界以痛吻我,要我报之以歌。"

李桂科始终守候着忠诚与善良,治愈麻风病人,也治愈自己的人生。

在孟伏营,我们去看了李桂科出生的院落、他养父母的老家,并在那里留影。那些承受时光磨砺的老屋,有些黯然地伫立在村庄里,如同我彼时的心情。

第四章

古老的麻风，人世间的恶魔

  20世纪60年代，180多位麻风病人被一条黑惠江隔离在方圆五公里没有人烟的山沟，形同"孤岛"般生活。直到1981年，23岁的李桂科带着两套棉布防护服进入村庄，从医病到医心、医穷，四十年来他坚守"孤岛"一心只干一件事。

——李京泽

(第四章)

古老的麻风，人世间的恶魔

麻风，是种古老的传染病。早在《战国策》中，即有关于殷商时箕子漆身为厉，以避杀身之祸的记载，可能是中国最早有关麻风的传说。春秋战国时期，孔子的弟子冉耕就得过麻风。《论语》中记述："伯牛有疾。子问之，自牖执其手，曰：'亡之，命矣夫！斯人也而有斯疾也！斯人也而有斯疾也！'""疾"即"恶疾"，"先儒以为癞"。冉耕，字伯牛，公元前544年生。这是关于麻风记载的最早病例，来自权威的儒学经典。

在诗人中，著名的"初唐四杰"之一的卢照邻，不幸患上麻风病。他曾向孙思邈求医，但"药王"也不能根治。《旧唐书·卢照邻传》记载："因染风疾去官，处太白山中。"他的好友裴瑾之、韦方质、范履冰等人常给他送药送物资。患病期间，他写下了著名的《病梨树赋》，发出"树犹如此，人何以堪"的感慨。随着病情加重，卢照邻手足均致残，加之孙思邈去世，卢照邻治愈的希望破灭，他不堪忍受生不如死的折磨，投颍河自尽。

《黄帝内经》中，称麻风为"大风""疠"及"疠风"。隋唐后的中医典籍如《诸病源候论》《千金要方》《解围元薮》《疯门全书》等，对麻风的症状、治疗已有较深的认识和系统的论述。

麻风病是全球性的疾病，因此在世界各国有不同的名称。埃及莎草纸书称"Set"，希伯来文《圣经》为"Zaraath"，希腊语称之为"Lepra"，英文叫"leprosy"，德语称之为"Aussatz"，阿拉伯语为"Judham"，印度梵语为"Kushtha"，日本语称之为"癞病、业病、例外、傍居"等。在古罗马名医阿拉图斯Araetus的著作中，曾称之为"真性象皮病"。公元前150年，《圣经·旧约》译为希腊文时，将"Zaraath"译为"Lepra"，意指鳞屑性皮肤病，后译为英文时

·051·

为"leprosy"，专指麻风，就是现在世界卫生组织通用的术语。有些学者主张称为汉森（Hansen）病。在中国，麻风病的名字挺多：《战国策》称之为"疠"，《灵枢》称为"疠风"，《素问》称"厉、大风"，《神农本草经》里叫"癞疾"，《肘后救卒方》称之为"癞病"，《诸病源候论》称为"癞"，《千金要方》称"恶疾"，《医学入门》名之"天刑"，《丹溪心法》《景岳全书》称为"麻风"，《证治准绳》称之"癞风"，《医宗金鉴》称为"大麻风"，《医学辞汇》叫"麻风"。总之，中医认为此病为"风症"，故集中在"麻风""癞风"等词上，现代大多称之为麻风病。

从世界各地的麻风记载中获悉，东非可能是最早受麻风侵袭的地区。从埃及木乃伊中发现有麻风侵犯引起颅骨损害的证据，认为公元前300～前200年埃及已有麻风存在。

公元前700～前165年的《圣经·旧约》中，为麻风患者制定了系列的礼仪法律、诊断、检疫、隔离及愈后清洁等程序，同时弘扬博施济众的奉献精神。在西方的这部经典中，可以看到麻风早在欧洲就曾肆虐，同时这套法律对全世界的麻风病防治有深远影响，特别是"博施济众"的精神尤为难得。

1543年，在美洲哥伦比亚的西班牙人中发现了麻风患者。大洋洲则在10世纪末曾经麻风流行。

亚洲的史籍中，印度《妙闻集》记载，梵文"Kushtha'"即为"正在腐烂"之意，指麻风。美索不达米亚（苏美尔、亚述、巴比伦及古犹太）的典籍中记载，古巴比伦王国尼尼微城的亚述巴尼拔皇宫（建于公元前612年）的遗址中，发掘出刻有楔形文字的陶土板，称其中有令麻风患者远离城市的法律条款，有人认为那时亚洲西部的底格里斯

（第四章）

古老的麻风，人世间的恶魔

河与幼发拉底两河流域，已有麻风流行。《古兰经》记载，亦有"结节性麻风"的记录，当代英国作家维多利亚·希斯洛普的长篇小说《岛》中记述的女主人公之一伊莲妮患的就是"结节性麻风"。

世界上对于麻风的认识与研究有个漫长的过程。在19世纪中叶以前，挪威医学家波亚克（Boeak）和丹尼尔森（Danielssen）等是当时麻风研究的权威。在《论麻风》一书中，他们认为麻风是一种遗传性疾病。1850年，德国病理学家魏尔肖（Virchow）发现了"麻风细胞"；1859年，丹尼尔森描述了这些细胞内的"棒状小体"；1873年，挪威医学家汉森（Hansen）在麻风患者的组织中发现了一种棒状小体，认为是麻风的病原体；1879年，微生物学家奈瑟尔（Neisser）在德国首次通过染色予以证实；1882年，麻风菌的发现早于结核分枝杆菌，并被认为可能是第一个确定为引起人类重要疾病的细菌；1931年，在马尼拉举行的国际麻风会议上，被命名为麻风分枝杆菌，使麻风病的认识进入到细菌学的范畴。

古老的中国对麻风的认识与西方不同。秦汉主"风"说；隋唐时有"虫"说；南宋陈言的《三因极——病证方论》中，除提及外部原因外，首次记述"然亦有感染者"；明代沈之问《解围元薮》中，把传染作为麻风的主要原因，且肯定麻风是可以感染他人造成流行的传染病，并强调了家庭内传染的重要性；明末吴有性在《温疫论》中，将"瘟疫"与其他热性病分开，第一次建立以机体抗病功能不良、感染庚气为发病原因的新论点；清代吴谦等编修的《医宗金鉴》中，认为传染为麻风病因之一。

数千年以来，人们就与麻风抗衡，并试图治愈这种恶疾。

隔离，成为自古以来预防麻风传染的主要手段。在《圣经·旧

约》中，发现疑似麻风患者，先禁闭7天，确诊则宣布此人不洁，移居城外，与家人及居民"村外隔离"。在公元9世纪的法国，规定麻风患者不许结婚。荷兰、西班牙、挪威、美国及日本等多国，都颁布了麻风患者要入院终身隔离的法令。君士坦丁大帝之母海伦娜（Helena）创立救济老人和贫民的"旅社"（拉丁文Hospitlia，为英文Hospital的渊源）。公元329~379年，卡巴多喜阿（Coppodocia）地方的大主教巴西尔（Bacil）创建了Bacil旅社，也收容麻风患者。公元4世纪时，欧洲各国共有麻风收容所（隔离病所）636处。13世纪时，麻风收容所达19000多处，其中仅法国即有2000处，英国有326处。公元1400~1410年，挪威的卑尔根建立了圣约尔根麻风病院，1702年，挪威基督教会重建。1839年以后，该院成为挪威制定麻风防治对策的本部，也是当时欧洲麻风科学研究的中心。丹尼尔森和汉森等著名医学家曾在这个麻风病院担任过院长。19世纪中叶之后，建立麻风病院收治麻风患者，已成为世界各国普遍采用的隔离措施。1930年，《麻风评论》在英国出版。1931年，国际麻风防治协会（ILA）在马尼拉成立。1933年，《国际麻风杂志》在美国出版。1943年，在大洋洲的瑞鲁岛，曾发生过岛上所有麻风患者被集中于一艘船上，并用炮火击沉的事件，制造了惨无人道的悲剧。

人类经过了漫长的岁月，方才将麻风病攻克。19世纪前后，采用过大风子制剂治疗麻风。这是700多年来，唯一可用于治疗麻风的药物，但仅有部分疗效。

1897年，首届国际麻风大会在德国柏林召开，决议成立国际性的麻风防治团体，仿效挪威的经验强制隔离患者。

1909年，第二届国际麻风大会在卑尔根举行，仍推荐隔离麻风患者和强制报告新病人。并认为,只有做了输精管切除术后的患者才允许结婚。

1938年,在开罗举行的第四届国际麻风大会上,埃及提供了大风子树的种子,这是许多世纪以来治疗麻风的唯一药物。

1941年,美国麻风患者施坦(Stein)在卡维尔国立麻风病院创办了 The Star 杂志,并编辑出版至今。

1943年,美国人费格特(Faget)已用砜类药物葡胺苯砜(Promin)静脉注射治疗麻风。

1943年砜类药物问世,麻风进入了化学治疗时代,使困扰人类数千年的麻风成了"可治之症"。

1946年至1947年,英国科克伦(Cochrane)医生使用氨苯砜(DDS)肌注和口服治疗麻风。砜类药物治疗麻风是对长期缺乏有效药物局面的首次突破,同时进入化学治疗划时代的新阶段。DDS多年来一直成为主要的抗麻风药。

1948年4月,第五届国际麻风大会在古巴首都哈瓦那举行,主张"只隔离有传染性的患者,可允许部分患者在适当管理下接受门诊治疗"。这次会议中,中国山东齐鲁医科大学尤家骏教授代表中国出席。

1950年,第三届世界卫生大会的报告中,世界卫生组织秘书长首次提及麻风病。

1953年,在马德里召开的第六届国际麻风大会上指出:"化学治疗的进展,为重新审查本地预防隔离方法创造了新前提。"

1958年,第七届国际麻风大会在东京举行,此次会议认为,将患者隔离入院作为控制传染的政策和方法具有重大缺点,"强制隔离是不合时代的错误,应予废除,仅在有特别指征时,才需入院治疗"。

同年，世卫组织又在日内瓦建立了麻风科。

1966年，国际抗麻风组织联合会在瑞士伯尔尼成立。

中国的麻风治疗，可谓"路漫漫其修远兮"，经历过漫长而又艰难的历程。

公元前359~前217年的《睡虎地秦墓竹简》的《法律答问》中，有秦代将犯罪的麻风患者遣送专门的"疠所"，"生定杀水中"的记载。汉代以后，不许麻风患者参与祭祀和宗社活动，要"绝乎庆吊"或"幽隐山谷"。北齐天保七至十年（公元556~559年），北印度来华僧人那连提黎耶舍在河南汲郡霖落山香泉寺中，设立有"疠人坊"，男女分开收养麻风患者，四时供给，可能是中国最早的"麻风院"。晋代葛洪著《抱朴子》中，记有"上党赵瞿，病癞历年，垂死，其家弃之，送置山穴"。公元6世纪末，吐蕃三十代赞普仲年德如身患"龙"病（麻风），考虑会影响后代和王族的兴衰，国王决定与王妃秦萨鲁杰一起活着进入墓穴。"初唐四杰"之一的诗人卢照邻因患麻风，去官隐居山中，后不堪其苦，投颍水而亡。

隋唐时期，有悲田院、养病坊、疠人坊等机构，收容、供养麻风患者，多为佛教寺院兴办。武则天当皇帝时，由官方设置了收容麻风患者的机构，有专门管理的官员。到会昌五年（公元845年），唐武宗下令这些病坊由地方接管。《续高僧传》中记述公元650年以前，石头城（今甘肃武威东）有"疠人坊"存在。宋元明清各代有疠村、疠坊、悲田院、养病坊、普济院、养济院、留养局、栖留所等机构，收容有麻风及其他病的患者。

1840年鸦片战争后，万国麻风救济会和英、德、美、法及加拿大等国教会，也在中国各地建立了麻风病院。比如英国圣公会在广东创

(第四章)
古老的麻风，人世间的恶魔

设北海普仁麻风病院、在杭州广济医院设收治麻风患者的分院；英国伦敦会在湖北孝感设乐仁麻风医院，法国天主教会在广东东莞设石龙麻风院，德国浸礼会在广东东莞设稍潭麻风院。

1934年1月及12月，中华麻风救济会先后在湖南新化和琼崖（即海南岛）建成麻风病院；1935年12月和1936年9月又建成中华麻风疗养院上海和南昌麻风病院。1935年至1937年间，在广州白云山等地，发生过多起军政当局集体枪杀麻风患者的惨案。至1948年，全国共有40所麻风病院，共计病床2391张，其中昆明麻风院和陕西自基寺麻风院为政府所设，其余38所均为外国教会举办。

中国是文明古国，在麻风病的治疗方面，古时即有诸多成功事例。《睡虎地秦墓竹简》中，记述有皮肤损害、肢体麻木、声音嘶哑、眼损害等明确的临床症状，以及测试患者的方法，科学技术史专家约瑟夫·李约瑟（Joseph Needham）称"这是世界上关于麻风病的最早记载"（《中国科学技术史·医学卷》）。隋代巢元方所著《诸病源候论》开始有初步的分类。唐代医圣孙思邈不仅在我国首部临床医学百科全书《千金要方》中系统论述了麻风，还亲手治疗过600名麻风患者，称"愈者十分之一"，可以说是中国乃至世界上最早的麻风病专家。前文提到的"初唐四杰"之一的卢照邻即为孙思邈的病人，可惜还没治愈，孙思邈即仙逝，卢照邻见治愈无望，才投水而死。唐代张文成著的《朝野佥载》（约公元673年）中，有民间用乌蛇酒治疗麻风的记载。1928年12月，国民政府卫生部在南京召集的五省行政会议上，通过了"取缔癞患者"及"规定设立麻风院办法"两个决议案。1940年，中华麻风疗养院病员庄剑雄等，在上海出版了世界上第一份麻风患者主办的《晨光季刊》，历时6年多。

处于西南高原的云南，自古以来便是"蛮荒"之地。麻风在云南何时流行，没有具体的资料可以佐证。据康熙《大理府志》记载："在苍山兰峰半，有救疫井，疫疠者饮即愈"，但这应当只是传说。相传南诏时期（唐代），南诏王阁罗凤的国师赞陀崛多在苍山兰峰下建无为寺，并手植从天竺带来的香杉。相传大理坝子中瘟疫流行，赞陀崛多便用救疫泉的水煮香杉叶，给民众饮用，瘟疫得以消除，故名"救疫泉"。这个传说的真实性已无更多的史料佐证。但传说中的瘟疫，应当是急性传染病。至于《大理府志》中的记载，"疫疠者饮即愈"，是不是能治麻风，也没有具体例证。在科学飞速发展的今天来看，这似乎不大可能。当代的地方医学报刊也没有提及"救疫泉"可治麻风的案例。

云南的通志、地方志中曾先后出现过8种传染病，其中就包括"疠疫"（麻风病），这些记载至今约400年。云南省麻风病防治曾由教会与各地方政府合作开展。民国时期，云南省政府将治疗麻风病列为四大要政之一，与修路、足兵、禁烟具有同等重要的地位，麻风病与疟疾、甲状腺肿并列为云南三大地方病。

1920年，云南省警察厅在昆明市东郊金马寺狗饭田建立了首个麻风院，就此，云南现代麻风病防治拉开序幕。

1933年至1947年，云南省政府先后制定下发了《云南取缔麻风办法》，但由于战争和经济不景气，加之诊断技术等因素制约，这些措施收效甚微，更多是流于形式。那个年代，麻风病被称为不治之症，麻风病患者曾遭受驱逐、枪杀、火烧、活埋等迫害，恐惧、歧视、偏见与麻风病如影随形，麻风患者如鬼魅般存在，大多苟且偷生，也有自杀而亡者。而这种偏见始终存在，影响至今。

(第四章)
古老的麻风，人世间的恶魔

1982年推行麻风联合化疗后，全世界登记麻风病人数从20世纪80年代中期的500多万减少到2020年底的129192例，减少了近97%，可谓取得了前所未有的治疗成效。每年新发现病人数在1998年达到高峰，共报告发现麻风病人804357例，以后逐年减少，2020年减至127396例。2020年有15个国家和地区新发病人数超过1000例，这15个国家和地区共报告新发病人118369例，占全球的92.91%。其中印度65147例、巴西17979例、印度尼西亚11173例，占全球新发病人数的74.02%。

在中国，1949年至2020年，全国共发现麻风病人约51万例，其中5万例以上的有4个省份，分布在广东、江苏、山东和云南。2020年，全国报告新发麻风病患者406例，新发患者数居前五位的省份为云南、四川、贵州、广东、广西，五省合计占全国的69.61%，发现率居前五位的省份分别是云南、贵州、广西、西藏和海南。云南省129个县（市、区）均曾有麻风病流行。2020年，全省共报告发现麻风病人128例，其中新发119例，复发9例。截至2020年底，累计报告新发麻风病人56432例，复发1256例。除去死亡等原因减少外，还有治愈存活者1.4万余人，有现症患者302例，患病率为0.0064‰。累计发现病人数居前五位的州（市）分别为文山州、楚雄州、昆明市、大理州、昭通市，其中洱源县的患病率高发期时为2.73‰，现已基本"清零"。

洱源县的麻风病防治记载始于1920年。《洱源县志》载："麻风病，在境内流行历史较长，1920年首次发现病例。因政治腐败、医学落后，群众对麻风病缺乏科学认识，有恐惧心理，对病人歧视至敌视。曾发生枪杀和活埋病人事件，一些病人被迫四处逃匿或隐瞒不报，致使病菌扩散，发病率较高。1933年，邓川、洱源两县分别在江尾玉石场和城南干涧龙王庙办麻风病人收容所，管理人员每所男、女

各一人，洱源所收容71人。1941年，洱源县当局将不少麻风患者赶往荒山饿毙。其他如父兄打死患麻风病的子弟，儿女将患麻风病的父母赶出家门；街道居民不许麻风患者在当地居住；很多患者沦为乞丐，或因悲观失望而上吊、投河、服毒自杀。"

《大理白族自治州州志·大事记》记载：民国十九年（1930年），洱源、邓川教会成立后，美国女传教士万恩普在洱源建麻风隔离所，为患者治病传教。

新中国成立后，1951~1980年间，洱源县主要采取隔离住院措施，使得大部分病人无法及时治疗，治疗率达40%左右，治愈率也较低，畸残率较高。治疗药物以单药氨苯砜（DDS）、大枫子油、氨硫脲为主，辅以维生素B_1、维生素C、硫酸亚铁等治疗，由防疫员到点发药。

洱源县先后成立了洱源县山石屏麻风疗养院、牛街干海子麻风院、邓川麻风院（玉洱村）等，麻风病人自行集中的有洋芋山麻风村。

1980年前的防治措施，主要是反复调查发现病人，扩建病院，强行隔离。这种隔离管理办法，病人怕进病院，讳疾忌医，发现病人靠普查，查出病人畸残多，加之病院病人治愈后社会不容、家庭不收，认为治不好，病人只能长期住院，靠国家供养，等待老死。麻风防治医护人员也备受歧视，顶着社会压力，心理负担重，导致麻风防治人员大多不能安心，长期处于变动状态。

1979年，洱源县麻风防治人员仅为3人，到1981年增至11人。1982年在山石屏疗养院改用单一氨苯砜治疗，试验加利福平或利福定26人，治疗效果明显。1983年起，全县麻风患者用氨苯砜、利福平或利福定治疗，不定期尿测监督，年治疗率为98.4%；1981年至1987年共治愈病人382人，治愈率为68.0%。对现症病人家属和巩固治疗病人家属，全面采

(第四章)
古老的麻风,人世间的恶魔

取口服氨苯砜或醋氨苯砜注射预防。1984年,洱源县开始防治改革,防治工作由院内转向院外,院外治疗比院内治疗效果明显,病院不再收住病人,动员住院病人回家治疗,院内外工作实行承包责任制。病人在家治疗心情愉快,按规则服药,减少残疾率,治疗期间或治愈后可劳动致富。从费用上看,院内治疗是院外治疗的8.2倍。推广院外治疗还有好处——能尽可能地消除人们对麻风的恐惧心理,也能减少社会歧视。同时加强对治愈病人的巩固治疗,每年随访2~3次,多菌型巩固10年,少菌型巩固5年,累计复发1例,复发率为0.2%。

从1987年开始,洱源县开始实施世界卫生组织推荐的联合化疗方案,用氨苯砜、利福平、氯法齐明联合治疗,作为大理州的联合化疗试点县。对病人免费检查,免费治疗,每月送药一次到家中。1987年以来,累计接受联合化疗308例,累计完成治疗295例,外迁1人,死亡9人,到2020年应化疗1例,实际上化疗1例,联合化疗率100%,联合化疗覆盖率100%。

联合化疗方案效果极佳,服药几天后,就杀死体内99.99%的麻风杆菌,病人失去了传染性。因此,病人在治疗期间,不必隔离治疗,且用药物安全,不需要住院治疗,可在家、在单位、在学校治疗,不影响工作和学习。

古老的麻风,终于遇到了克星,人类不必再饱受这个恶魔的摧残。

曾经有部关于麻风病的长篇小说,在海内外引起轰动。这部由英国作家维多利亚·希斯洛普创作,出版于2005年的《岛》,讲述了几代人同麻风病抗争的故事,正面反映20世纪中叶欧洲麻风病隔离区的实际状况。在希腊克里特岛上生活的佩特基斯家族几代人与麻风病抗争,由绝望到希望,由浸透骨髓的痛苦到如释重负的喜悦,直至重

获新生。这部小说中,伊莲妮是个小学校长,她查出麻风病后被送到斯皮纳龙格岛隔离,与丈夫和两个女儿隔海相望,最后悲痛地死在小岛上。她的女儿玛丽娅长大后,在谈婚论嫁的关键时刻,又查出麻风病,被她的父亲很悲情地送到小岛上。玛丽娅的生活被毁,爱情被毁。难得的是这个时候,化学药品氨苯砜治疗麻风病已进入试验阶段,玛丽娅有幸被治愈。同时,麻风病医生克里提斯爱上了她,她又收获了新生的爱情,她的治愈离岛与新婚几乎是前后进行的。

玛丽娅的养女索菲娅(其姐安娜之女)在18岁时,被养父母告知其生母的情感纠葛,以及安娜被丈夫杀死的真实情况。得知养父母并非亲生父母后,她远赴雅典读大学,并刻意埋藏了她家族的麻风病史,刻意隐藏了自己的出生地。最后,索菲娅的女儿阿丽克西斯回到克里特岛,回到斯皮纳龙格,寻觅到母亲家族的故事,在此过程中她重新找回自我。"岛"就是悲凉生活的希望,是污秽之地盛开的鲜花,而浇灌、滋养这朵鲜花的,是温暖、博大的人性之爱。作品在最后写道:"最后,她看不到耻辱,只看到英雄主义,没有不忠,只有激情,没有麻风病,只有爱。"

《岛》的最大魅力在于,在悲凉哀婉的情节里,始终能看到希望。

2022年10月20日,中新社记者李京泽写了篇报道,标题即为《二十大代表李桂科与他坚守的"麻风村":健康中国,没有"孤岛"》。这篇文章说:"20世纪60年代,180多位麻风病人被一条黑惠江隔离在方圆五公里没有人烟的山沟,形同'孤岛'般生活。直到1981年,23岁的李桂科带着两套棉布防护服进入村庄,从医病到医心、医穷,四十年来他坚守'孤岛'一心只干一件事。"

李桂科相信,山石屏村再也不会成为"孤岛"。

第五章

洱源麻风村的前世今生

> 翻山越岭足磨破,飞雪满身不怨天。扶伤救死人道高,可算当代白求恩。
>
> ——洪登才

1949年后，洱源县主要有4个麻风村：洋芋山麻风村、玉洱村、干海子麻风村和山石屏疗养院。其中玉洱村现已划归大理市。

洋芋山麻风村在洱源县三营镇的大山深处，海拔3100米，离镇政府所在地要走四五个小时的山路，山陡路滑，难以行走。山上的岩石呈白色，所以又称小白岩。人们在这里种植洋芋，因此又名洋芋山。1963年，干海子麻风院撤并山石屏麻风疗养院时，有些麻风患者不愿进山石屏，就自行集中到洋芋山。也有的患者从山石屏疗养院跑出来在这里居住，也有村里和家人将麻风患者送到这里居住的。这些人混杂在此生儿育女，安家落户，便形成自然村。可以说，洋芋山麻风村有自然形成的因素，后来就成了防疫站重点开展防治的村落。

洋芋山历年来居住有21户，人口68人，其中家属22人，属三营镇永胜村管辖。洋芋山自然村的管理人是麻风康复者洪登才和李跃全，治疗由县卫生防疫站负责。在20世纪80年代前，他们所需的治疗药物是派人到县防疫站取。80年代后，洱源县卫生防疫站皮防科医生定期进村体检，每人建立一份病历，给予氨苯砜规范治疗。1984年加利福平治疗，每年查菌判定疗效。至1987年，对尚未治愈的7人，用联合化疗方案氨苯砜、利福平、氯法齐明治疗，1990年全部病人治愈。

洋芋山的麻风病人治愈后，需要妥善安置。县防疫站医生配合当地政府，做了大量宣传，深入这些麻风康复者的原籍村寨、各家各户调查研究，帮助他们解决户口、子女上学、责任田、家庭财产等诸多问题，为他们回原籍创造条件。最终，所有子女都回原籍落户上学，麻风康复者能回家的陆续回家。2000年，还有12人因各种原因未能回家，经反复多次协商，终于回家9人，剩余3人无家可归，便安置到山石屏疗养院生活。

（第五章）
洱源麻风村的前世今生

2001年1月17日，洋芋山麻风村从地球上消失。这是快乐的消失，也是美丽的消失。

李桂科说："为了这个村庄的消失，我是下了决心的。1984年我带着皮防科的医生来到这个村，我的心情很复杂，后来我下决心要让这个村庄消失。我对麻风患者说，这个地方不是我们子孙长期生活的地方，你们一定要配合我们正规治疗，相信病能治好，治愈就能回家。我们共同解决户口问题、子女读书问题、责任田问题，能回家的就回家，今后这个村是不会存在的。做了很多的工作，用了16年时间才把洋芋山麻风村从地图上抹去。"

李桂科医生为此撰文《为了这个村庄的消失》，发表于2001年10月15日《中国麻风防治协会通讯》总第225期。文中说："1984年，我们第一次来到这个村庄，眼前是病人们的一片笑语，满怀喜悦的心情，他们高兴，太高兴了。在这深山里第一次看到医生，感受到党和政府的温暖，他们压不住内心激动的心情，一位男士在高呼：共产党万岁，社会主义好，医生们好！大家也随之振臂高呼！"

李桂科的这篇文章还提到了洋芋山村的生活情况，时有三营坝子的农民到山上换洋芋，每斤大米兑换5斤洋芋。大多数家户养了驴，驮些洋芋到三营街换取自己所需的物品，日子还算过得去。有几户身体有残疾的，生活就很拮据，不仅地种不好，到山下也很困难。有时请有驴子的带几斤洋芋到街上换点盐巴什么的，日子过得很紧巴。他们在山上20多年了，几乎与世隔绝。他们不愿回家，怕把麻风病传染给别人，也怕受到歧视。长年在山上，家庭分崩离析，有的房屋被占，无责任田，儿女长大无条件上学等，这些都是棘手的社会问题。

李桂科写道："在这个村工作不到3个小时，我们又要抓紧赶路

了,否则一定会摸黑赶路……这个村一定要消失,一定要治好全部病人。"

从1984年到1990年,经过6年的精心治疗,洋芋山所有的病人都治愈了,但又存在社会歧视和家庭改组的问题,部分康复者无法安置。能安置的,又涉及户口、子女上学、责任田、家庭财产等,问题很棘手。有些原籍不愿接收落户,有的子女无法上学,有的没有责任田,有的原有家庭财产早已被弟兄姊妹侵占,要不回来。李桂科和防疫站的医生又摇身变为"民事调解员",经过反复说服与磋商,终于打动了有些家属尚未泯灭的良知。

有个康复者的儿媳妇说:"医生们这样关心,我们一定把老母亲背回家。"

有个康复者的弟弟说:"感谢医生们对我哥的关怀,我们一定把他接回家。"

王长有,这个长住洋芋山的麻风康复者,时年67岁,双目失明,手足残疾,走路困难,孤身一人,无家可归。唯一的亲戚是妻弟,几年来的生活靠这家亲戚及病友们照料。李桂科便将他送至山石屏疗养院,安排专人照料他的生活。

洋芋山麻风村消失后,李桂科和医生们还多次到被安置的康复者家中探望、慰问,了解他们的生活状况。看到医生们来,康复者眼里闪耀着幸福的泪花。他们说,感谢共产党,感谢医生们,只有在社会主义的新中国,他们才能得到这么好的治疗,以前他们活得人不像人鬼不像鬼,现在回到了正常的生活轨道。

有个洋芋山的康复者洪登才,是个颇有文才的人,他有感于李桂科和麻风防治医生们的敬业奉献,有感于他们的大爱无疆,便专门赋

第五章
洱源麻风村的前世今生

诗一首，并用红底金字写成一面锦旗赠送给李桂科，这面锦旗至今还收藏在山石屏疗养院。年深日久，很多字迹已模糊不清。李桂科将锦旗铺在水泥地板上，我拍照后反复识别。这面锦旗的书法为行楷，字迹儒雅圆润。

敬谢洱源县卫生防疫站皮防股李医生大人台鉴：
仰颜喜望明朗天，家家共乐尧舜年。道不拾遗共富裕，夜不闭户各安居。
喜鹊声报春来早，患者回生重见天。春节前夕来慰问，无微不至胜娘爹。
尊老爱幼好品德，和蔼态度非虚谦。翻山越岭足磨破，飞雪满身不怨天。
以身作则带头干，每逢来山总当先。县内患者共瞻仰，望梅止渴早痊愈。
率领皮防各医生，沿门访户送药医。日行千里不知疲，夜眠全盘挂心间。
正规施治达痊愈，费尽多少心与精。生怕患者体内虚，服药再给营养费。
人我如一非同情，十年一日始志坚。火海刀山敢闯上，满腔热情涌滔天。
远道而来受饥饿，煮给六蛋付三元。区区小事体清廉，退还付钱硬不接。
高尚行为实罕见，感报大恩是何天？爱吾之心胜保姆，救我重见此青天。
扶伤救死人道高，可算当代白求恩。春美美春春光美，报恩恩报报党恩。
再接再厉永不懈，终于誓要除病根。
　　一九九一年春节，县内受治愈者全代表洪登才提笔共鸣谢！

　　在这首诗中，我们可以感受到李桂科和洱源县防疫站皮防科的同事们"翻山越岭足磨破，飞雪满身不怨天"的艰苦卓绝，可以感受到"生怕患者体内虚，服药再给营养费"的仁慈之心和"远道而来受饥饿，煮给六蛋付三元"的清廉。这些，都是实实在在的，出自患者之口，是患者真实感情的体现和表达。

当年，李桂科一个人到洋芋山查治麻风病，患者给他煮了6个鸡蛋，当时1个鸡蛋也就1毛钱，李桂科却付给3块钱，给洋芋山麻风村的患者留下了深刻印象。

干海子麻风村，位于云南省洱源县三营镇永乐村委会干海子。1959年成立牛街麻风院，选址干海子，又名干海子麻风院，累计收住麻风病人100多名。成立之初，修房费由病人所在管理区交纳。每个病人5元，不足部分由国家补助，有耕牛4头、马2匹、母猪1头、小猪4头，政府给每人每月发放生活费4元，每年发给1套单衣。从山石屏麻风院调来康复者李安负责管理，由患者杨尊协助。医生和护理人员均是麻风病人，分别是西医杨洁清和中医李汉香，还有护理人员3人。

1963年，干海子麻风院撤并山石屏疗养院。有的麻风患者不愿进山石屏，自行留下，便形成了干海子麻风村，管理人员为康复者杨仕龙，治疗由县卫生防疫站负责。20世纪80年代前，他们所需治疗药物派人到防疫站取。80年代后防治人员深入村落调查研究，查病治病。1981年，有在村病人12人。洱源县防疫站皮防科医生进村体检，每人建立一份病历，给予氨苯砜规则治疗。1984年，加利福平治疗，每年进行查菌，判定疗效。至1987年，治愈10人，对还未治愈的2人，用联合化疗方案氨苯砜、利福平、氯法齐明治疗，效果明显。1990年，全部病人治愈。

玉石厂麻风村，后更名为玉洱村。1958年，因集中麻风病人隔离治疗建于吴家山。这座山峰在海潮河村委会干海子以东、青索村委会玉石厂以南，属洱源县江尾乡，现已并入大理市管辖。1959年，这里叫邓川麻风院，收住病人40多人，有耕牛4头、马2匹、猪5头，每人每月生活费4元，每年发给一套单衣。邓川麻风院未能完成建院，按现在

（第五章）
洱源麻风村的前世今生

的说法就是"半拉子工程"，因此合并到山石屏疗养院。有的病人不愿到山石屏，就在这里留下来。也有的从山石屏疗养院跑出来待在此地，也有村民和家人将麻风患者送到这里。这样，这里便形成了自然村。人们称之为玉石厂麻风村、小梨园麻风村、干海子麻风村、吴家山麻风村，总之，喜欢怎么叫都行，只有固定不变的"麻风村"。洱源县防疫站则称这里为玉石厂麻风村。1986年后，这里由麻风康复者杨锡全管理。

1981年，玉石厂麻风村在村病人34人，家属16人。洱源县卫生防疫站皮防科医生进村体检，每人建立一份病历，给予氨苯砜规范治疗。1984年加利福平治疗，每年进行查菌判定疗效。至1987年，死亡2人，治愈28人，对还未治愈的6人，用联合化疗方案氨苯砜、利福平、氯法齐明治疗。1992年，全部病人治愈。

此后，洱源县卫生防疫站的医生们，又成了"驻村干部"，帮他们抓生产、促经济，走脱贫致富路。全村病人治愈后不能回家的20人，家属24人，共16户44人。他们在此种植经济林木，绿化荒山近千亩，种植梅子千余株，梨树、桃树等林木500余株，种植烤烟30亩、农作物100多亩，养猪18头、牛2头、马19匹，年经济收入2万多元，人均500多元。粮食能做到自给自足，过上了安居乐业的日子。

1999年6月1日，洱源县政府将洱源县江尾乡"玉石厂麻风村"更名为"玉洱村"，正式纳入当地政府管理。为此，新华社北京1999年12月8日电报道了这个消息。李桂科撰文《摘掉"麻风村"帽子，戴上"玉洱"桂冠》发于1999年9月15日《中国麻风防治协会通讯》总第200期。李桂科在此文中称，玉，比喻无瑕、美丽；洱，与"耳"同音。"玉洱"近义"玉坠"，如同白族妇女耳垂上的玉坠一样。他们

（麻风康复者）用自己的双手种植了大量的梅树、梨树等经济林木，将荒山变成了欣欣向荣的"绿色企业"。

李桂科说："1984年，我带着皮防科的医生来到玉石厂麻风村，生活条件比洋芋山麻风村好些，到集镇也就一个半小时左右。我们下决心将麻风患者全部治愈，打算让他们回家。可与大家商量时，他们都不愿回家。原因很简单，患者查出麻风病后，村里就把他们送到这里，每年给360斤大米，有的村里还给生活费，回家就啥也没了，因此他们都不想回家。山石屏疗养院他们也不愿去，去了村里就不给大米了。我就想，不愿回家，也不愿到山石屏疗养院，那就只有待下来，形成自然村。可是他们又有子女，今后子女读书，户口转移，不能没有村名。1992年，我以洱源县卫生局的名义向县政府提出请示，将玉石厂麻风村更名为玉新村，归当地政府管理，请示没有批下来。后来我每年都写请示，我不放弃，同时宣传麻风可防可治不可怕的科学道理。终于，1999年，洱源县人民政府同意发文将玉石厂麻风村更名为'玉洱村'，归当地政府管理。我们把'玉洱村'的麻风病人全部治愈用了8年，为这个村更名用了7年。"

2003年，玉洱村人自己动手挖通了4公里的车路。2004年，洱源县江尾乡划归大理市，更名为大理市上关镇，"玉洱村"从此隶属大理市上关镇青索村委会。2008年，玉洱村通电通水，在村的麻风康复者11人，政府每月补助其生活费200元。2016年，玉洱村村主任为罗友林，村里仍居住麻风康复者6人，家属4户11人，康复者享受民政救济每人每月410元，并有新农合医疗保障。

昔日的玉石厂，没有产出玉石，却是麻风患者的收容地；今日的玉洱村，却是洱海周边村落里的一粒翡翠，春来香雪成海，夏日浓荫

第五章
洱源麻风村的前世今生

匝地，金秋硕果满枝，冬至梅花竞艳。

洱源县山石屏疗养院建于1951年12月，由云南省人民政府大理区专员公署派员，会同洱源县，在乔后段家村南一所古庙内收容麻风病人。成立时为"大理专区麻风院洱源第一分院"，管理员为麻风患者张允培。至1953年9月，先后收容洱源、邓川两县的麻风病人165人，除逃跑、死亡外，尚有68人。生活费由专区拨款，口粮主要由指定的村负责供给。由于四合院古庙简陋，住宿拥挤，1952年8月，大理专区公署拨款旧币5883万重修，然而当地群众不同意建房。于是重新选址在山石屏，派出症状较轻的病人26人，开垦土地30余亩，帮助修建房屋6幢34间。

1953年12月，麻风患者全部迁到山石屏。这里属炼铁乡茄叶村，地处黑惠江西岸的山坳里，依山傍水，风景优美。不过因为麻风疗养院的设立，这里成为人们不敢涉足之地。山石屏距县城60公里，距炼铁乡集市10公里。建院初期至1956年，麻风院的医疗由炼铁卫生所承担。后来，在昆明金马疗养院治愈的康复者黄升东担任山石屏麻风院的医生，成立卫生室，在病人中培养了卫生员8人，开展常见病的诊疗，进行常规化验和麻风杆菌检查，组织病理取材送检，用氨苯砜、苯丙砜、氨硫脲、大枫子油等治疗麻风，开展苍耳子、大蒜液治疗麻风的研究。1958年，首批治愈病人8例，到1980年治愈86例。1957年，大理州民政科将麻风院移交洱源县接管，命名"洱源县山石屏麻风院"，当时在院病人77人，其中男41人，女36人；结核样型27人，瘤型49人，未定类1人。

"逝者如斯夫，不舍昼夜"，黑惠江如同孤独的老者，在漫长的岁月中见证了山石屏数十年的变迁。20世纪60年代，山石屏疗养院成立了中共党支部，有中共党员8人，后来党员逐渐减少。到2000年11月，最后一位党员去世，党支部自然消失。其间支部书记分别由麻风康复者李安、杨保佑、熊成桂、杨汉玺担任。2013年6月，中共洱源县委组织部将洱源县疾控中心党支部李桂科的组织关系转出，迁入炼铁乡党委茄叶村委会总支，在山石屏村组建党支部，李桂科任支部书记。党支部发展党员4人，其中康复者杨晓元是村主任，宋树江、赵凤桃、周富山均为家属。其间，撤销三营干海子麻风院，合并到山石屏麻风院，更名为"洱源县山石屏疗养院"，住院173人，耕种土地190亩，饲养水牛7头、黄牛23头、骡马11匹、猪123头、羊51只，有房屋44间。20世纪60年代，黑惠江曾发生特大洪水，冲毁苞谷91亩，冲走了黑惠江上的铁索桥。为解决渡江出入问题，山石屏村自己建造渡船一艘及过江溜索。渡船每3至5年更换1艘。70年代初，山石屏麻风院住院190人，其中男126人、女64人。每月供应口粮26斤，发给生活费5元，重症病人每人每月增加1元，有寒衣补助，医疗免费。80年代初，洱源县卫生防疫站新招工作人员5人，经过3个月培训后，到疗养院进行调查整顿及病人检查治疗，对181人进行了体格检查，建立病历档案。此前疗养院属病人管理病人，麻风病的治疗由黄升东医生负责。

此后，李桂科医生负责麻风院的管理、麻风病患者的治疗和康复。同时，选举调整了病人管理委员会，选出主任黄升东，副主任梁国政、杨汉玺，熊成桂任党支部书记，还有4位委员，病人管理委员会由皮防科统筹安排。投资2万元，在炼铁乡上茄叶村征地4亩，建设疗养院健康区11间，共176平方米，供医生使用。

山石屏疗养院通过1953年建院，1964年和1979年等多次扩建，建成土木结构瓦房24幢133间、草房103间，开垦耕地298亩，养殖黄牛

(第五章)
洱源麻风村的前世今生

25头、水牛24头、猪22头、骡马8匹，基本满足了耕地、驮运和肉食之需，同时种植各种果树32株。疗养院购买了柴油机、碾米机、粉碎机、磨面机、抽水机、缝纫机等机械设备，在麻风患者中培养了各种匠人，熟练使用这些机械设备，磨面、粉碎、缝衣，自己动手，丰衣足食。山石屏疗养院组织病人和家属，自己动手挖通连接外界的3公里车路，并购买了1辆手扶拖拉机。投资5000元接通了自来水。在麻风治疗方面，1982年，将单一氨苯砜改为加利福平或利福定26人；1983年起，全部病人用氨苯砜、利福平或利福定治疗，至1987年对还未治愈的34人，按联合化疗方案用氨苯砜、利福平、氯法齐明治疗，1990年全部病人治愈。也就在这年的中秋节，黑惠江上发生了沉船事故，刚治愈的6名麻风康复者遇难。

20世纪90年代，山石屏麻风疗养院的重点转向了"康复"，也就是李桂科说的生理康复、心理康复、经济康复、社会康复，使这些麻风康复者真正走出峡谷，走向社会。购买了小型发电机和黑白电视，让大伙了解山外的世界；建成人行索道桥，不用再担心被江水吞没，后来又建成水泥大桥，车辆可以通过；开办学校，让麻风康复者的孩子走出大山；在国内外爱心组织的帮助下，到山石屏开展白内障手术；举办"国际尊严尊敬日"活动，邀请周围村寨群众，组织文艺表演和聚餐；让大学生志愿者走入山石屏，持续8天开展系列"献爱心"活动；组织"洱源县山石屏疗养院生命关怀公益之旅"，迎接旅游团队到山石屏，与麻风康复者同吃同住；带领麻风康复者到大理、丽江、昆明、广州、北京、西安等地旅游，开阔视野。

2013年3月3日，洱源县发生5.5级地震，山石屏疗养院受损严重，县委书记杨承贤、县长杨瑜到院指导抗震救灾，政府决定重建山石屏

疗养院，建筑面积2472平方米，共投资750万元。重建后的山石屏疗养院更名为山石屏自然村，隶属炼铁乡茄叶村民委员会。

从山石屏麻风疗养院建立，一直到改为山石屏自然村，其间走过了极为艰难的历程，得到了各级的肯定，负责人李桂科医生也受到了各级表彰。1998年9月，李桂科出席在北京召开的第十五届国际麻风大会，洱源县卫生防疫站被卫计委授予"全国麻风防治先进集体"称号。2015年6月，李桂科出席中国麻风防治协会第七届全国会员代表大会，并被选举为第七届理事会理事。2016年9月，李桂科、杨云虎、胡正清出席了在北京召开的第十九届国际麻风大会，在会上，中国麻风防治协会授予李桂科"中国麻风防治突出贡献奖"。2016年10月31日，中共大理州卫生和计划生育委员会将山石屏村列为大理州卫生和计生系统"医者仁心"道德教育基地。2016年11月2日，国家卫健委疾控局王斌副局长，结防处梅扬处长，中国疾控中心麻风病防治中心常务副主任、中国麻风防治协会会长张国成，防治室主任严良斌，在省卫计委副主任陆林的陪同下到山石屏村调研，并给予高度评价。之后，云南省医师协会将洱源县山石屏村列为云南省医师协会党建教育基地。中国残疾人福利基金会捐资布展一期麻风历史博物馆。大理州红十字会将山石屏村定为大理州红十字会红十字精神传播实践基地。

洱源县山石屏疗养院，建院到1981年由民政、卫生部门共管，1981年民政局交卫生局管理，隶属于洱源县卫生防疫站（后改为疾病预防控制中心），是防疫站的麻风康复、疗养院区。2014年，启用两个名字——洱源县山石屏疗养院和山石屏村，由卫生局和当地政府共管，工作人员依然是县疾控中心副主任李桂科医生。疗养院历来在院内疗养者中选举产生管理委员会成员，主任（院长）分别是张允培、杨伦、詹银延、张瑞田、李安、杨保佑、熊成桂、黄升东、梁国政、杨晓元，历年收住洱源、大理、丽江、兰坪、剑川等地麻风病人462人，至1990年全部治愈。2021年底，留院疗养36人，家属33人，疗养者享受民政特困人员救助供养补助，每人每月892元，享受新农合和民政医疗费全免补助。

李桂科医生由于贡献卓著，受到了党和政府的肯定，受到社会各界的好评。先后获得国家、省、州、县、乡镇各级奖励达82次，其中较有影响力的即有几十项之多。2014年，他获得"全国孝亲敬老之星"称号。2015年以来，他荣获"全国医德楷模""全国职工职业道德建设先进个人""全国疾病预防控制工作先进个人""全国麻风防治先进工作者"等称号，入选"中国好人榜"。他被授予"首届中国麻风防治突出贡献奖"，被《健康报》评为"生命英雄公卫先锋"，入选"中国好医生、中国好护士"月度人物，被中央电视台授予"最美医生"称号，被中共中央授予"全国优秀共产党员"称号。2022年10月，以代表身份光荣出席中国共产党第二十次全国代表大会。2023年以来，李桂科荣获全国五一劳动奖章和"诚信之星""全国最美科技工作者"等荣誉称号，而他的脸上仍挂着浅浅的笑，要么在山石屏，要么在去山石屏的路上。

第六章

黑惠江记得他们青春的容颜

那个时候,李桂科就显现出他的远见。康复者家里办事,他组织皮防科的医生到他们家里帮忙,必须在康复者家里吃饭。因为到麻风康复者家里吃几顿饭,能消除周围人对他们的戒备。说实话,我们也有想法,不敢去吃,但为了使社会接纳这些康复者,我们只好硬着头皮去吃。当时康复者和家属都有自卑心理,我们去他们家里吃饭,他们很感激。

——严云昌

(第六章)
黑惠江记得他们青春的容颜

从孟伏营到山石屏，从茈碧湖到黑惠江，李桂科翻越高耸的罗坪山，翻越海拔3000多米的鸟吊山垭口，一路向西，盘旋着来到炼铁街。这段山路要走55公里，如果坐班车，要2小时。从炼铁街到山石屏，又是10公里，如果运气好，能搭一截乔后镇到下关的班车。但是大多数时间，只能靠两只脚板前行。到了黑惠江边，还要坐渡船，才到山石屏麻风疗养院。

高入天际的罗坪山，经常云雾缭绕。鸟吊山垭口，更是不分季节，只要下雨，便是团团黑雾翻滚，能见度极低。对于生活在洱源西部的炼铁、乔后、西山三个地方的山民而言，倒也习以为常。但对于外面"坝子"里的人就显得极为艰难。相传炼铁新庄村有个女子到沿海打工，嫁了个广东人，小两口开了辆车回来过春节。车至罗坪山垭口，广东小伙子再也不敢前行。他说，那是天路。从此，广东姑爷再没回过炼铁。

罗坪山属云岭山脉，比起更高的玉龙雪山，只能算小兄弟；比起苍山十九峰，也赶不上大多数山峰的高度。但罗坪山可谓孤峰兀立，尤为险要。山峰东面是凤羽坝子，西面是黑惠江峡谷，因此显得高耸入云。其主峰鸟吊山，海拔3465米，是鸟类迁徙的重要通道。早在北魏郦道元的《水经注》中，即有"叶榆北有鸟吊山，凤死于此"的记载，唐代樊绰所著的《蛮书》也有记载："相传蒙氏时有凤殁于此，每岁八九月，百鸟咸集哀鸣，土人乘夜举火张罗之，多得异禽。"关于鸟吊山，还有"百鸟朝凤"的传说。相传凤凰经过现在的凤羽坝子时，落下一根羽毛，此地便名"凤羽"，民间还衍生了许多故事。

每年谷熟时节，往往是秋雨绵绵，鸟吊山终日云遮雾罩，鸟类迁徙经过这个通道时，常会陷入迷茫。过去环保意识淡薄，凤羽、炼铁和附近各乡镇的山民在鸟吊山垭口夜间生篝火。鸟类看见光亮，便趋

光前行。人们乘机用罗网罩住，将飞禽猎杀。如今，上山捕鸟者，轻则处罚，重则入刑。此类现象已基本禁绝。

因为有鸟吊山阻隔，去炼铁、乔后、西山就倍觉艰辛，这几个乡镇极度贫困，与罗坪山以东的乡镇差距甚大。外边乡镇的人说起炼铁人，也总是轻蔑地说，那些人是山后的。洱源西部几个乡镇的人，往往也发奋读书。炼铁教育，在20世纪八九十年代，曾经走在洱源县前列，被人们称为"山盖坝"，人才辈出，被称为洱源的"黄埔军校"。

炼铁人读书能吃苦，在全县都有名。其实大多数人的目的就是考出去，离开这个山旮旯，到外面的世界去。

李桂科却从三营坝子到黑惠江峡谷，他到底是怎么想的？人们都有疑虑。

按理说，李桂科从民办教师考到卫生系统，成为"吃国家粮的"，那时是农村人极为羡慕的。可以不用面朝黄土背朝天，可以吃1角3分8的大米，可以享受国家的粮油供应，那就是差距，是工农差距、城乡差距，刚刚二十出头的李桂科，正是刚刚出山的太阳，美好时光在等待着他。

李桂科刚到防疫站的时候，却有"当头棒喝"的感觉。他们招的这5个人，要治麻风病。关于麻风，李桂科是知道的，他的高中同学杨晓元，就在学校筛查时，发现患有麻风病，高中也没读完就去了山石屏疗养院。他的老家孟伏营，也有麻风病人，他叫李跃全，去了洋芋山。李桂科出生的三营坝子，在洱源县算是麻风高发区。那些年，村里只要发现患有麻风病的，要么就被送到洋芋山，送到山石屏，要么就被撵走。麻风就像田野里的游魂，人人谈之色变，人人唯恐避之不及。在村庄里，也没有麻风病人的容身之处。他们几人被招到防疫站，就是为治麻风病。

李桂科滚烫的心凉了半截，那种刚刚吃上"国家粮"的喜悦没有留存多久。

1981年12月，洱源县卫生防疫站皮防股开始培训新招的5名防疫人员，他们是张开武、李桂科、杨德昌、朱占山、李国兰，大家都由原先的欢欣，换作惴惴不安的神情。丁文先医生身材瘦削，有着专业精神和防疫的经验。他给李桂科几人培训3个月，主要内容涉及麻风病防治和防疫知识。

丁文先首先给大家"打气"。他引用孟子的话："天将降大任于是人也，必先苦其心志，劳其筋骨，饿其体肤，空乏其身，行拂乱其所为。"他告诉大家："现在咱们洱源县麻风病肆虐，患病率已达2.73‰，必须尽快控制麻风病、治疗麻风病，为人民群众解除痛苦。这是一场看不见硝烟的战争，咱们都是白衣战士，打的是一场维护人民群众健康的持久战。因此，咱们都要有自豪感和责任心。麻风病可防、可治、不可怕，咱们身为医务人员，不能怕麻风病，更不能歧视麻风病人。尽管社会对麻风病仍有很大的偏见，但是咱们就是要治好麻风病，消除社会的歧视。"

丁文先的一番话，起到了鼓舞士气的作用，再次使这些年轻人热血沸腾。

3个月的培训，使李桂科从民办教师迅速转型为麻风病医生。他知道自己不是毕业于专业院校，必须尽快弥补不足。每次授课，他都一丝不苟地记笔记。下课后，他都要默记授课内容。那些日子，他迅速地了解了麻风病的防治知识。他懂得了麻风病是由麻风分枝杆菌引起的慢性传染病，与结核病、梅毒并称三大慢性传染病，主要侵犯皮肤

和周围神经。抵抗力差的病人晚期可侵犯深部组织和内脏，可致残。麻风患者是麻风杆菌的天然宿主，也是唯一传染源。麻风病不胎传不遗传，主要通过飞沫和密切接触传播。95%的人对麻风有天然的免疫力，只有5%的易感人群容易通过密切接触被传染。但由于中国传统医药对麻风病束手无策，连"药王"孙思邈对麻风的治愈率都不高，因此人们对麻风恐惧、排斥，对麻风病人歧视、遗弃，甚至打击。有些地方，必置之死地而后快。民国时期的洱源县，就曾将麻风病人集体赶到荒野，让其自生自灭，结果大多饿死。楚雄州姚安县有个李姓老头，竟将自己得了麻风病的儿子活埋。永平县有个教师，因为得了瘤形麻风，到山上搭了窝棚居住，后不堪其苦，点火自焚。

麻风病，这种让人眉毛脱落、足底溃疡、嘴歪眼斜、手指脚趾断落的传染病，使皮肤失去痛感，针戳刀割无感觉，因此手足经常被烫伤，伤口无法自行愈合，手足溃疡还要下地干活维生。这种"人不人、鬼不鬼"的生存状态，是人间的噩梦。在医疗条件缺失的时代，得病后的遭遇比乞丐和犯人还要凄惨。被赶走、独居、毫无自尊地自生自灭，是麻风病人的生存状态。在云南，最典型的要算昭通天坑中的麻风村。这个天坑在镇雄，当地人叫"大锅圈"，是火山喷发遗留下来的大坑，属典型的喀斯特地貌。新中国成立以前的麻风病人，从坑顶用绳梯放下去隔离。除了按时投放药品和粮食，基本与世隔绝。而在洱源，除了山石屏麻风院外，还有洋芋山、干海子、玉石厂等几个麻风村，都是被安置到此，或自行到此隔离，是普通人避之不及的区域。

恐惧是可以理解的。麻风病的潜伏期是2～5年，而且缺乏有效药物。尽管欧洲在1943年就制成了化学药品氨苯砜，但中国用于治疗麻风病，还是50年代之后。当代诗人张二棍写了首《天坑下》的诗：

(第六章)
黑惠江记得他们青春的容颜

垂绳的人早已离开，绳子
在吊坠过最后一个人之后，就开始了
腐朽
只有麻风病人们
留了下来
他们宛如
一个个高僧，需要朝夕
面对着，这万仞悬崖
一遍遍，功课般
呼喊着每一个亲人的名字
那此起彼伏的喊声，在天坑下久久回荡着
——让那些喊声多回荡一会儿吧
他们一直喊着，就会忘记了疼痛
他们一直喊着，就不会绝望

新中国成立之初，有个叫马海德的美国医生加入了中国国籍。他一直在中国行医，4次到云南开展性病调查，培训和指导性病、麻风病的防治。马海德曾任第六、七届全国政协常委和卫生部顾问，担任过中国麻风防治协会会长和中国麻风病防治研究中心主任。在麻风防治方面，马海德在调查研究和充分论证的基础上，于1981年满怀信心地提出了"中国要在2000年基本消灭麻风病"的奋斗目标，并得到卫生部的支持。

为了实现上述目标，马海德认为不能再沿用欧美国家19世纪建立麻风村、麻风病院的老办法，而应根据中国国情，大胆闯出一条防治麻风病的新路子来。

他尊重科学,强调防治麻风病应由住院隔离治疗转变为社会防治、由单一药物治疗转变为多种化学药物联合治疗、由单纯的治疗转变为治疗与康复并重、由专业队伍孤军作战转变为动员全社会力量共同作战的"四个转变"。他还积极开展中外医学界的合作与交流,争取国际上的广泛援助。

1985年,经他不懈的努力,在广州成立了中国麻风防治协会、中国麻风病福利基金会和中国麻风病防治研究中心,并在中国召开了第一届国际麻风学术交流会。来自26个国家和地区的100多位麻风病专家出席了会议。他们亲眼看到了中国防治麻风病工作所取得的成就。

从1980年起,马海德把国外治疗麻风的新技术——强杀菌联合药疗引进中国。用这种药疗方法,病人一周内即可脱离传染期,平均两年即可治愈。但是这种联合药疗的三种药品价格较高,因而影响了在全国推广使用。为此,马海德抱病出访了十几个国家。经过紧张的工作,终于使日本、美国、意大利、比利时、加拿大、荷兰、英国和德国等国家的麻风基金会,分别同中国有麻风病防治任务的省份建立了对口联系,并提供了价值上千万美元的药品、医疗器械和交通工具等援助。

这样,到1986年底,强杀菌联合药疗在全国麻风防治中得到了推广,使全国每一个麻风病人的治疗都有了可靠的保证,大大加速了消灭麻风的进程,为中国医疗卫生事业和世界麻风防治工作做出了突出贡献。

马海德于1988年10月3日在北京病逝。1989年8月29日,在卫生部支持下,马海德基金会设立了马海德奖,旨在纪念为我国麻风病、性病防治工作做出杰出贡献的国际主义战士、新中国卫生事业的先驱马

〔第六章〕
黑惠江记得他们青春的容颜

海德博士，是表彰和奖励为中国麻风病防治、研究和管理做出贡献的优秀工作者的行业奖项，为我国医学最高荣誉之一。

李桂科说："马海德精神一直鼓舞着我做好麻风病防治。"

"不为良相，便为良医"，既来之，则安之，何况中国的麻风病，确实需要有甘于奉献、敢于牺牲的一批医务人员，李桂科在心里做好了准备，去医治麻风病人，挽救那些麻风患者的身心，践行马海德提出的"中国要在2000年基本消灭麻风病"的目标。

1993年1月，李桂科获得了第四届"马海德奖"，以此表彰他在麻风病防治方面做出的贡献。

记得1981年4月，年仅23岁的李桂科翻越罗坪山，来到黑惠江边的山石屏。此时已是春暖花开，黑惠江边的山崖上，红色的杜鹃花已漫山遍野开放。但李桂科无心观赏春景，虽然做了充分准备，但他还是有几分担心。在渡口，他和同伴换好了防护服，戴上口罩，挎上药箱，才步入摇摇晃晃的渡船。

春天的黑惠江水仍然寒冷，在两山夹峙间泛着黝黑的波光。水瘦山寒的时节，江水像根细瘦的带子，缠绕在老西山腰际。江岸的柳树已经吐绿，枝条随风摆动，在江面上划出道道波纹。

李桂科深深吸了口山中清新的空气，他变得松弛了，这哪里是避之不及的"人间炼狱"啊！这里多么像陶渊明笔下的世外桃源："缘溪行，忘路之远近。忽逢桃花林，夹岸数百步，中无杂树，芳草鲜美，落英缤纷……"

小舟将他们放在江岸的沙滩上。李桂科仰头看，峡谷上的天空像蓝色的玻璃，没有丝毫杂质，他的心情更为畅快。

然而，很快他就陷入了迷茫、恐惧和担忧之中，美景并不能掩饰

人间的苦痛。

在丁文先股长的带领下,李桂科和他的同事们从山间小径步入山石屏麻风疗养院。只见数十间土木结构的低矮瓦房横七竖八地躺着,背靠着笔立的大山,面前横亘着蜿蜒于峡谷间的黑惠江。没有上山的路,过河要靠渡船。山水之间,麻风病人在此苟且活着。山石屏麻风院内,不通电,也没有自来水,房子已多年失修,破旧不堪。

穿着防护服的李桂科走进院内,就被镇住了。只见院内住着很多麻风病人,外观明显异于常人:有的没有眉毛,有的嘴歪眼斜,有的手指勾曲,有的手指都没有了,只剩下残损的手掌。有的拄着双拐,有的直接在地上爬行。面对新来的这群穿着防护服的医生,他们似乎没有感觉,看都懒得多看一眼。长年疾病,使得他们不信能治愈,无非是苟且偷生吧!

那时李桂科想,如果真有地狱,这就是地狱的样子吗?

虽然培训时看过很多麻风病人的照片,但是面对眼前的情景,他还是感到身体在微微颤抖。

看了半响,他才低声说:"麻风病人的样子,真的可怕啊!"

丁文先股长说:"没事,凡事有个过程。他们都是人,凡是人,都生而平等。比起我们,他们更需要救治,更需要关爱!"

李桂科淌下了眼泪:"人生真是不易啊!上苍为什么要让他们忍受病痛的折磨呢?"

"人吃五谷杂粮,有七情六欲,就会有病,只不过发病机理不同。但麻风病,真是人间的噩梦。"丁文先也摇了摇头。

站在一旁的黄升东医生说:"以前我们都是病人管病人,现在你们这些新生力量来,山石屏的病人治愈大有希望。"

第六章
黑惠江记得他们青春的容颜

黄升东是昆明金马疗养院治愈的康复者。1981年之前，他是医生，在此管理着181名病人。

丁文先说："黄医生，在山石屏，你劳苦功高。以后你还是要帮忙管起来。治疗的事，你还要做好'传、帮、带'，让这些年轻医生多干，让他们尽快成长。"

"丁医生，有什么需要配合的，您就吩咐。"黄升东搓着手说。

那天，丁文先带着李桂科他们开始对疗养院进行调查整顿，对181人进行体格检查，建立病历档案。此后，进入规范化治疗。

有个病人已年过六旬，在门前支了个小马扎，躬着腰，在那儿晒太阳。李桂科走过去，打开药箱帮他检查小腿上的溃疡。他用钳子一扒，皮肉发黑发紫，一扒就稀烂，有些白色的东西在里边蠕动。李桂科用镊子夹出来，竟是肥胖的蛆虫。麻风病人皮肤已没有知觉，甚至连蛆虫在里边都感觉不到痛痒。

看着眼前蠕动的蛆虫，李桂科胃里不禁翻江倒海。他急忙跑出去，找了个无人的地方"哇哇"大吐，把苦胆水都吐出来，感觉把胃肠都翻出来才作罢。他的眼泪止不住唰唰地顺着脸颊淌下。

吐完，仍旧得回去处理伤口。李桂科忍住呕吐问老人："大爹，你伤口里都生蛆了，你不晓得嘎？"

老人抬起头，歪斜着眼睛说："像我这样，人不人鬼不鬼的，死了，反比活着好。我巴不得赶紧死去，伤口烂不烂都管不着了！"

李桂科心里发紧。老人身体还没死去，但已心如死灰。身为医生，不仅要医病人的身体，更要医他们的心啊！

"大爹，您放心，我们肯定能治好您的病，您还要安享晚年呢！"李桂科说。

老人说："也只有你们，共产党派来的医生来看看我们。自古以来，得了麻风病，就没有治好的。村里要我们走，老婆和我离婚，娃娃嫌弃我们。你说，这活着又有啥意思？"

"大爹您别这么说，等您的病治好，我们就去您老家和村上说，让娃娃把您接回去！"

李桂科满脸是泪，他真想找个地方号啕大哭。

那天，当李桂科和同行的几位医生离开麻风院时，那些麻风病患者眼巴巴地望着他们，那种目光里，有疼痛，有乞求，有不舍，有希望，有着太多的内容。

老人拄着拐杖将李桂科送上渡船。他的眼里流出了泪水，他问："李医生，你们还会再来吗？"

"大爹，明天早上我们再来！"李桂科说。

"你可不能哄我，明天还要来噶！"老人哽咽着说。

丁文先说："我们明天又来，莫哭，莫哭，你的病肯定能治好！回吧，回吧！"

李桂科突然跳下船，挽扶着老人转回麻风院，看老人坐下，才又折回渡船上。

"不错，你这小伙子心善！"丁文先向他竖起了大拇指。

那天晚上，李桂科吃不下饭、喝不了水。想起腐肉里的蛆虫他就胃翻，想起老人的神情他就心痛。

住在茄叶村的庄房里，他睁着眼盯着楼楞上的蜘蛛网，直至天明。

天亮后，他们又挎着药箱，走在通往山石屏的小路上，这截路有5公里。

〔第六章〕
黑惠江记得他们青春的容颜

洱源县的麻风防治医生，除了李桂科之外，还有丁文先、张开武、杨德昌、严云昌、朱占山、胡正清、许玉梅、王汉喜、杨云虎等人，他们或长或短，都为洱源县的麻风防治付出了辛劳。在采访李桂科医生的过程中，他多次提起这些朝夕相处的同事，并要求在写作过程中，要提及这些同事的成绩。其中朱占山医生于2015年7月31日去世，丁文先医生也已于2021年去世，遗憾未能采访。其余大多麻风防治医生，都做了交流。

丁文先，生于1933年7月，1992年10月退休。丁医生是个具有初中学历的医师，在那个年代，也算学历较高者。他历任洱源县防疫站的皮防股股长、皮防科科长、皮防门诊部主任，为麻风防治辛劳一生。丁文先医生1962年即到洱源县卫生防疫站，1965年到云南省麻风病进修班学习。1972年6月，丁文先担任皮防股股长。他干的第一件大事，即抽调组织了20多人的麻风线索调查队，查出全县668个麻风病人，登记造册，基本澄清了全县的底子。1979年5月，丁文先再次组织麻风普查队伍30多人，历时8个月，发现新病人101人，查出麻风病累计834人。1980年12月，洱源县卫生防疫站皮防股新增人员5人，这5人中就有李桂科。丁文先组织培训了3个月的麻风防治知识后，到山石屏疗养院对麻风病人进行查治，同时对疗养院的管理进行整顿，并于1981年10月结束。1981年，又新招麻风病防治工作人员6人，组织3个月的培训学习，并带教新入职的11位麻风防治人员开展全县的麻风防治工作，成效彰显。丁文先本人也在当年被评为全省麻风病防治先进工作者，出席省表彰大会。

张开武，生于1958年，与李桂科是同村人，也是洱源一中同级高中毕业，医师职称。他也于1979年到洱源县三营镇孟伏营小学当民办教师。1980年12月,张开武考入洱源县卫生防疫站,培训麻风病防治知识3个月后,到山石屏疗养院参与麻风病人查治和疗养院管理整顿。1981年10月,张开武返回县防疫站开展全县麻风防治工作。1983年10月至1984年9月,张开武到昆明市皮肤病防治院进修一年,获得结业证书。1986年,张开武又返回山石屏麻风疗养院参与麻风病防治,年底返回县防疫站。1987年4月,张开武调洱源县卫生局任职,后到茈碧湖镇卫生院任院长,任院长期间,也参与麻风病防治。2003年,参与县卫生防疫站开展的"洱源县消除麻风运动项目",获大理州卫生系统新技术新项目三等奖。

张开武与李桂科颇有渊源。他说:"我与李桂科都是孟伏营人,从小学到高中都是同学,高中毕业后又一起当民办教师,吃一锅饭,住一间宿舍。后来又一起招工招干,同时到县防疫站,一起到山石屏。李桂科医生很难得,一直坚持在麻风防治一线。我虽然也在卫生系统,但岗位多变。从事过麻风防治,也干过卫生局的各项事务,后来又到卫生院当院长。做过的事杂乱琐碎。"

张开武坦言:"当时到永胜小学当民办教师后,转正的希望渺茫,在我们之前有好多老民办都难以转正。正好县卫生局招工,我就约李桂科去报考。那时,人们都知道这次招的是麻风防治人员,因此报名的都是农村户口,城镇人口没有报名的。考试结果,我考了第一,李桂科考了第二。然而事情没有按照我们的意愿发展。我们要走,学校不放,大队里也不放。直到1980年12月26日,我们才通过各种渠道上岗。到防疫站后,培训了3个月,方才到山石屏疗养院进行麻风防治和规范管理。那时候,也没有吃住地点,大家便暂时委身于茄叶村的庄房。白天去麻风院,夜里回茄叶村的庄房居住。"

（第六章）
黑惠江记得他们青春的容颜

张开武说的庄房，是乡村的临时建筑，用来堆放集体的生产用具和杂物。

张开武说："那个时候，我们以院内治疗和社会治疗相结合，除了炼铁山石屏、江尾玉石厂、三营洋芋山等麻风患者比较集中的地区外，洱源的麻风患者分散在社会的各个角落。我们不仅要在麻风院集中治疗，还要到全县各村分片包干。有次我和李桂科从山石屏走到山羊坪和五十石村发药，往返要走40公里左右。那时交通工具欠发达，我们只能靠脚走。走到半路肚子饿，只能在田野里采摘野李子充饥。有次，我和丁文先到右所东湖龙王庙发药，从县城到那里，也有20多公里，路面坑坑洼洼，颠簸不平。我骑着破旧的自行车，结果骑到半路，坐垫上的弹簧坏了，戳穿了我的屁股，流了很多血。因为赶路，我也不敢说。回到县城，我才对丁股长说，屁股划伤了一道口子，丁股长忙让我去医院缝针。那时候人还很年轻，有些害羞。我没有去医院，自己胡乱包扎了下，又接着忙碌起来。那个时候，县防疫站要把消毒好的手术包送到各片点。那时王汉喜还是个小姑娘，她骑着单车去送手术包，从县城出发时已是黄昏，走到下山口，天已全黑，伸手不见五指。那时没有路灯，路上的车也很少。王汉喜说，仅有的亮光来自自己脚上的白球鞋，在蹬自行车的起起落落间，两只鞋子泛着白光。也不知从哪里来的勇气，鼓舞着她在黑夜中孤独骑行几十公里，将手术包送到指定地点。"

张开武侃侃而谈，讲了3个故事，涉及4个人——丁文先、李桂科、张开武、王汉喜，因为时间已晚，没有再深入讲述。

谈到麻风防治的过程，张开武最难忘的还是"消除麻风运动"。他说，之前麻风普查，他也曾参与过，只是人力物力消耗太多，达到

的效果却不甚理想。因为麻风是传染病，所以有些患者故意隐瞒不报，看见普查人员来，患者就躲开。有些患者也想配合普查，却担心被村里人知晓，只好隐瞒不报。而在"消除麻风运动"中，采用的是知情人提供线索的方式，不仅情况准确，而且人力物力消耗较少，还可以为患者保密，采用社会化治疗，康复效果也理想。那个时候，麻风患者不仅在农村人口中，机关单位的干部职工中也有。为他们保密，可以使他们在单位的人际关系不受影响，边治疗边上班，各方面都不受损失。此种方法，确实比过去科学。

张开武是个善于钻研的医务人员，他积极参与科研，并撰写了多篇论文发表在《云南皮防》《大理卫生》《大理健康报》等报刊上。

杨德昌，生于1956年10月，1976年3月参军，医师职称。1980年12月，他入职洱源县卫生防疫站，培训麻风防治知识3个月后，到山石屏疗养院参与麻风病查治和疗养院管理整顿。1981年10月，杨德昌留在山石屏疗养院进行麻风患者康复治疗。1982年6月，他到大理卫生学校皮防班学习1年，并获得结业证书。1983年12月，杨德昌回洱源县卫生防疫站开展全县麻风防治工作。1991年5月，杨德昌到云南省文山州砚山县参加云南省麻风康复培训班学习20天。1990年至1992年，他参加北京医科大学预防医学专业函授学习。1993年5月，杨德昌调卫生防疫站任鼠防科科长。

杨德昌记得，有些麻风病人不承认患了麻风病、不配合治疗的事时有发生。有次他和许玉梅、王汉喜到右所团结村给患者发药，那个患者坚决不承认自己得了麻风病，左说右说不听，还拔刀砍门槛相威胁。他们去了几次，耐心劝导，提醒他在症状轻时接受施治，如果症状严重时再治疗，就要麻烦很多。好说歹说，患者接受了治疗，麻风

(第六章)
黑惠江记得他们青春的容颜

病治愈后,外出经商。江尾玉石厂麻风村是患者自己聚集的隔离点,并形成了自然村落,群众自食其力。麻风防治医生不仅要给他们治病,还帮助他们发展生产。

"我在山石屏待了两年。刚进去的时候,疗养院里什么医疗设备也没有,患者病情很严重,肢残的也多,他们就在地上爬来爬去。卫生条件太差,患者身上发出腐烂的恶臭,我闻到臭味就想吐,回到我们居住的茄叶村庄房,那股恶臭似乎还在。端起碗来,根本吃不下饭。"杨德昌说。

严云昌,生于1963年3月,医师职称。他于1981年12月参加工作,培训麻风相关知识3个月后开展全县麻风防治工作。1982年6月,严云昌到大理卫生学校皮防班学习1年并获结业证书。1983年12月至1985年12月,他在山石屏疗养院做麻风患者的治疗康复,被评为先进工作者,获洱源县人民政府的表彰。1986年,严云昌回卫生防疫站开展全县麻风防治工作。1990年9月至1991年8月,他在昆明医学院学习皮肤病防治,并获专业证书。1993年6月,严云昌任县防疫站皮防科科长。1993年8月,严云昌调洱源县卫生局,先任办公室主任,后又任副局长,其间一直分管麻风防治。

2023年1月6日上午,正是新冠疫情在全国肆虐之时,阳光照耀着洱源县卫健局的办公楼,也从窗缝间洒落到严云昌的办公室里,严云昌、胡正清、王汉喜等几位麻风防治医生在此回顾"麻防"往事,我则是聆听者。

严云昌说:"1978、1979年,洱源县开始麻风病的普查,当时以防疫站为主组织了近30人,带队的是丁文先股长。通过普查,证实了洱源是云南省的麻风高发县,于是着手筹建麻风防治的专业队伍。1980年,

洱源县通过公开招考，招了麻风防治人员5人，成立了皮防科。1981年12月，洱源县又招了7个麻风防治人员，我就在其中。当时，我刚高中毕业，没考上大学，家里困难，不准补习，于是我就报考了防疫站，结果就考上了。我家在右所郭官营，有天我刚从地里回来，村干部就兴高采烈地到家里通知我，县里派车来接我去县城。"

我不禁插话道："还有这么好的待遇啊？"

"不是，当时社会上对病人和麻风防治人员都普遍歧视，防疫站担心我考上又不去，所以直接派车到家里接我。"严云昌笑笑说，"进入防疫站后，1982年3月，我们便集中到炼铁上茄叶村培训，住在上茄叶村麻风院的健康区。那时我们半天上课、半天劳动，培训了3个多月，后来又修建了健康区的围墙，茄叶村人把这个健康区称为'炼铁防疫站'。我们就从这个'炼铁防疫站'步行到江边，坐船到山石屏麻风院，为麻风病人检查身体，处理他们身上的溃疡。实习期间，我们为每个麻风病人建立了病理档案。当时人手不够，水平又参差不齐，学历有初中、有高中，还有退伍安排工作的。1986年，还聘用了临时工杨汝全，从西山卫生院调了李树发。记得有次，几个医务人员到山石屏时，坐渡船还出了险情。水流太急，船到江心就被江水往下冲走，不管撑船人如何用力，那船还是往下漂。幸好有个病人水性好，眼见渡船靠不了岸，便跃入水中把船稳住。那天，王汉喜、许玉梅都在船上，两人都不会水，急得抹眼泪。后来几个病人赶来，又喊又叫，游到水里把船拉到岸边。那次出现险情的原因还与撑船的竹篙有关。竹篙是空心的，被江水泡软，没了支撑力。所以说，1990年中秋节山石屏发生的沉船事故，也不是偶然的，渡船的安全隐患一直存在。当然，不仅渡船的安全，有时两个女的在健康区住着，也存在安全隐患。有时只有一个女医生住着,烧点柴火都要自己去砍、自己去背,生活的确艰苦。"

严云昌还提到麻风病社会治疗与集中治疗相结合的方式,从1982年起,麻风病已经初步实现在家治疗,送医送药到家。当时集中治疗点有山石屏麻风院、三营镇洋芋山、干海子和江尾乡玉石厂等,与在家治疗同步进行。在麻风治疗方面,实行大分工、小合作,任务主要是三项,包括病人的治疗、家属健康体检、高发区的普查等。严云昌说:"那个时候,李桂科就显现出他的远见,康复者家里办事,他组织皮防科的医生们到他们家里帮忙,必须在康复者家里吃饭。因为到麻风康复者家里吃几顿饭,能消除周围人对他们的戒备。说实话,我们也有想法,不敢去吃,但为了使社会接纳这些康复者,我们只好硬着头皮去吃。当时康复者和家属都有自卑心理,我们去他们家里吃饭,他们很感激。"

严云昌提到,在麻风普查中,澄清底数难度很大,要反反复复地填表,反反复复地核实,为此他还跟李桂科医生吵过架。现在回想起来,这事意义重大,在医学问题上不可有半分马虎,底数澄清了,治疗就心中有数,为消灭麻风病夯实了基础。那时不像现在可以使用电脑。

"当时的表格全是手工填写,我们写的字也确实难看,李桂科医生便动员大家练习书法,至少把字写得清楚明白。还不要说,练着练着,大家对书法产生了兴趣,不仅钢笔字写得好看,也练毛笔字,张开武的毛笔字就写得挺好,大家的字都不错。以练字为契机,整个皮防科的学习氛围很浓。我们还写宣传报道、写论文,有几个医生的论文还得了奖。"严云昌说。

"麻风病转入社会化在家治疗时，下乡条件很艰苦，防疫站给每个医生配了辆'金鸡牌'自行车，每人发了印有'为人民服务'的黄布包，里边装个小型的手术包，用于查菌和溃疡面的处理。那个时候下乡，大都是偏僻的山村，"严云昌幽默地说，"有时是人骑单车，有时是单车骑人。"

严云昌后来做了卫生局副局长，也分管麻风防治，始终如一。目前，他也面临退休。回顾自己大半生的人生之旅，严云昌说，今生无悔。

朱占山，1962年12月生，成人教育大专学历，主管医师。1997年6月加入中国共产党，1980年12月到洱源县卫生防疫站，培训麻风相关知识3个月后，参与到山石屏疗养院对麻风病人查治和疗养院的管理整顿工作中。1981年10月，留山石屏疗养院为驻院医生。1982年6月至1983年7月，到大理卫生学校皮防班学习1年并获结业证书。1983年10月至1984年9月，朱占山到昆明市皮肤病防治院进修1年并获结业证书。2006年8月，在云南省县级麻风病防治培训班学习，多次参加省、州级麻风防治短期培训。在麻风防治中，朱占山勤奋好学、努力钻研、技术精湛，积极参与麻风科学研究，在麻风防治中做出突出贡献，多次获麻风防治先进个人表彰。

胡正清，1961年9月生，高中学历，主管医师，1981年12月参加工作，培训麻风防治专业知识3个月后，开展全县麻风防治工作。1982年6月到1983年7月，胡正清到大理卫生学校皮防班学习1年并获结业证书，1986年在山石屏疗养院为驻院医生，年底回县防疫站开展全县麻风防治工作。1988年12月，参加云南省麻风联合化疗提高班学习。1990年9月到1991年8月，在昆明医学院学习皮肤病防治，并获专业证

(第六章)
黑惠江记得他们青春的容颜

书。1994年5月,胡正清参加了广州举办的全国麻风护理研讨班学习,多次参加省、州麻风防治短期培训。积极参与麻风科学研究,在麻风防治中做出突出贡献,多次获麻风防治先进个人表彰。2016年9月,出席在北京召开的第十九届国际麻风大会。

由于疫情期间,胡正清戴着厚厚的N95口罩,说话有些费力。他说:"我们去洋芋山,从县城骑单车到山脚,还要爬山四五个小时。那里主要种洋芋,后边几年产量不行,生存环境恶劣。我们将集中在那里的麻风患者治愈后,便千方百计动员他们的家属让麻风康复者回家,实在回不了家的就安置到山石屏麻风疗养院。有次我们去洋芋山,去的时候是天阴,到那里时,已是雨夹雪,只能待在那里烧洋芋吃,无形中与洋芋山的麻风患者有了更多接触。

"有时,我们在山下的铺子里买了两包过期的饼干就上山。还有次,我们在山下买了几个饼子,路上饿的时候掰开吃,饼子中间已经拉丝,严重变质。但不吃又饿得慌,我们都是医生,晓得这种变质食品不能吃,但不吃又没别的可吃,只好在路上烧了堆火,用高温消毒的方式烤吃。吃了又不放心,每人又吃了两颗随身携带的利福平。这件事真是终生难忘。

"李桂科医生在出行经验上确实比我们丰富,出门时带什么东西,他都会准备。去洋芋山,有三条路可走,可以分别从菜园村、石岩头、白沙河涧上去,为了缓解我们路途上的疲劳,他还一路给我们讲佛光寨古战场的故事,这样说说,那样谝谝。有次我们从洋芋山下来,经白沙河返回,有条沟道跨不过去,李桂科便找来根木头搭在两头,让我们从木头上过,他挨个把我们拉下来。

"在线索调查过程中,南大坪村报来个疑似病人,我们去看了,

反复观察了解，觉得不像，但没有依据。刚好那天我们没带手术包，李桂科医生就批评我们马虎，出门之前，应把该带的用具都带好，似是而非的，必须借助仪器，否则会事倍功半。后来我们又带手术包上去查菌，确诊是真菌感染。"

胡正清聊的都是治疗麻风的往事，但更多的还是与李桂科有关，从中可知洱源县的"麻防"医生们对李桂科的钦佩之情。

许玉梅，女，1962年7月生，高中学历，主管医师。1981年12月参加工作，培训麻风相关知识3个月后开展全县麻风防治工作，1982年6月到1983年7月到大理卫生学校皮防班学习1年并获结业证书。1983年底开始，她在山石屏疗养院任驻院医生2年，1985年底回卫生防疫站开展全县麻风防治工作，多次参加省、州麻风防治短期培训。在麻风防治过程中，还负责麻风病统计、资料管理、药物管理，并协助王汉喜做麻风杆菌检验，认真负责、积极主动、任劳任怨、勤奋好学、努力钻研、技术精湛，积极参与麻风科学研究，在麻风防治中做出突出贡献，多次获麻风防治先进个人表彰。

许玉梅说："我们在山石屏的时候，每天都要去查菌治疗、割病理组织，同时对家属做检查。那个时候没有桥，我们到江边后，坐渡船到疗养院，工作四五个小时，又坐渡船回到健康区。同时，我们还负责炼铁、西山、乔后的联合化疗，每个月都到病人家中发一次药。麻风病的治疗方式虽然单一，却涉及方方面面的社会问题。家庭破裂、亲朋疏远、社会歧视，给他们带来了很多心理问题，也需要我们疏导与治疗。"

许玉梅也提到了麻风病人拒绝治疗的问题。那时采取分片包干的形式，她和王汉喜负责玉湖镇（现茈碧湖镇）和凤羽乡。许玉梅记

第六章
黑惠江记得他们青春的容颜

得，有些病人拒绝治疗，担心自己的病被村里人发现。也有的病人不相信自己得了麻风病。医生耐心和病人解释，是经过查菌和病理检查才确诊的，绝不是毫无根据地上门发药。有些病人听了，经过半年或两年的治疗，彻底治愈。也有的病人坚决拒绝服药，最后落下残疾，追悔莫及。有的病人和医生们成了朋友，他们外出务工，回来都要找她聚聚，聊聊外出务工的见闻感受，聊聊自己的家庭生活。特别是那些已经治愈的女病人，回来都喜欢找许玉梅闲聊。

王汉喜，女，1962年5月生，高中学历，主管医师，曾任洱源县疾控中心皮防科科长。1981年12月入职，培训麻风相关知识3个月后开展全县麻风防治工作，1982年6月到1983年7月，她在大理卫生学校皮防班学习1年并获结业证书，1983年底在山石屏疗养院任驻院医生2年，后回县防疫站开展全县麻风防治工作。1990年9月至1991年8月，在昆明医学院学习皮肤病防治并获专业证书，多次参加省、州麻风防治短期培训。麻风病的诊断、疗效判断，主要靠麻风杆菌检验，王汉喜就负责这项工作，忙不过来的时候由许玉梅协助，每年省、州都要进行质量考核评比，每次她都能拿到先进名次。此外，王汉喜还负责统计、药物管理等，积极参与麻风科学研究，硕果累累，多次获麻风防治先进个人表彰。

王汉喜说："当时在皮防科的时候，男的几个下乡，我们要负责消毒、送手术包，有次临时决定去玉石厂，让我送手术包。我一个人骑着单车去东湖，离县城也有20多公里路。那几年没有路灯，骑到下山口就天黑了。看见有灯的时候，我就赶紧骑一截路，没有灯的时候，只能看到我穿着白胶鞋的反光。到了右所，又没电话，便挨家挨户找小旅馆，最后才找到他们住的右所招待所。第二天打早，我又骑车回防疫站上班。

"下雨天,我们到山石屏麻风疗养院查病治病时,撑船的麻风病人就听不见我们喊话,我们只好爬到半山腰扯着嗓子喊叫,他们听到后,才撑着船把我们接进去。

"皮防科就是麻风康复者的家,那些儿子讨媳妇、嫁姑娘的康复者,都要来请我们去做客。他们都很自卑,在家有话也没处可讲,遇到什么难处,他们会找我们哭诉,我们总是会百般安慰,要他们以身体为重。有个麻风患者家属,她的丈夫查出麻风病后,她很着急,为了治病,家里有什么她都拿出来送我们,我们总是婉言谢绝。有个女性康复者独居,她去信用社取低保金,都有人抢。我们只好帮她买面条、买油送到她家,让她自己煮吃。很多麻风康复者,都有不为人知的故事。"

王汉喜还提到了件令人动容的事。她和许玉梅都是怀着五六个月的身孕,还去溪登村驻村,开展查菌、化验、普查等"麻防"工作,孩子出生前十几天,还挺着大肚子去送医送药。有时走不动路,还让丈夫陪着去下乡。身为女性"麻防"人员,确实要承担比男医生更大的风险,比如渡船到麻风院、独自守在健康区、怀着身孕驻村等,她们同样为中国的麻风病防治奉献了青春和热血。

杨云虎,1962年11月生,高中学历,主管医师,历任县防疫站皮防科副科长、科长职务,1981年12月入职,培训麻风病防治专业知识3个月后开展全县麻风防治工作。1982年6月到1983年7月到大理卫生学校皮防班学习1年并获结业证书,1983年底在山石屏疗养院任驻院医生2年,后返回防疫站开展全县麻风防治工作。1990年9月至1991年8月在昆明医学院学习皮肤病防治,获得专业证书。2002年10月,参加云南

(第六章)
黑惠江记得他们青春的容颜

省麻风病与康复研讨班学习，多次参加省、州麻风防治短期培训。积极参与麻风科学研究。在邓川、右所的麻风康复者家庭都得到杨云虎的帮助，他成了康复者的知心人。由于在麻风防治工作中做出突出贡献，他多次获各级麻风防治先进个人表彰。2016年9月，杨云虎出席了在北京召开的第十九届国际麻风大会。

2015年5月20日，李桂科、严云昌、朱占山、胡正清、许玉梅、王汉喜、杨云虎等被中国麻风防治协会授予"三十年如一日坚守在麻风防治岗位，为我国麻风防治事业和人民健康做出了突出贡献"的荣誉表彰。

李桂科说："皮防科的人员都是招工招干参加工作，初中、高中毕业，没有专业学历，晋升职称比较困难。我就鼓励大家，一是要努力学习、钻研业务；二是要把工作做好、做出成绩。我带着大家搞科学研究，通过科研，出了不少成果，发表科研论文30多篇、科研成果13项。我们坚守在皮防科的朱占山、胡正清、许玉梅、王汉喜、杨云虎破格晋升了主管医师，我也破格晋升为副主任医师。在云南省麻风防治机构中传为佳话，说李桂科就是最关心单位职工的人。"

正是以李桂科为代表的这群"麻防"人，他们数十年如一日地奋战在"麻防"一线，风里来，雨里去，忍受着世人的不解与疏远，忍受着与世隔绝般的孤寂。那个时候，身为麻风防治工作者，物质是匮乏的，心灵是孤寂的，但他们依然坚守麻风防治阵地，刻苦钻研业务技术，直到消除了洱源的麻风病危害。即便退休后，他们依然为麻风康复者忙碌着。

第七章

点燃患者生命的心灯

  李医生跟别人就是不一样,他没有退缩。起先他还穿着防护衣来,后来为了打消大家的顾虑,接近患者,和大家沟通,他连防护衣都不穿了。

——杨晓元

(第七章)
点燃患者生命的心灯

2022年9月1日，我驾车随李桂科去山石屏。车至茄叶村旁的平甸公路弯道处，李桂科让我停车。他说，这个地方要看看。

我把车泊在路边，随他走到东边的山坳里。锈迹斑斑的铁门锁着，表明这里已多年无人居住。他指着院内土木结构的瓦房说："这里是山石屏麻风院的健康区，是1981年10月我负责建盖的，我在这里住了很多年。"

我看着杂草丛生的院落，想象不出当年健康区的样子。通往健康区的小径，两旁高大挺拔的银桦树，已有数十米高。

李桂科说："这些银桦树，都是我们当年亲手种植的，现已有水桶般粗，日子过得真快。当年进来的时候，才二十出头，现在已经六十多啦！"

李桂科说："我住在健康区时，大门从来不关，回去县城几天也没人拿东西。茄叶村的村民很纯朴，这也是我能留下来的原因之一。村里有个老头，经常到黑惠江里钓鱼，而且每次都有收获。他家又舍不得吃，就让孙子把鱼给我送来，只要卖点钱就行。有次他又给我送鱼来，我就逗那个小孩说，鱼是有了，但没佐料呢！小孩听后立刻回家，10多分钟后气喘吁吁地跑来，拿给我几个蒜头、几个辣椒、几根葱、几棵芫荽，嘴里喊着，桂科叔叔，佐料有啦！逗得我哈哈大笑。"

李桂科与茄叶村村民的关系就这么融洽，村民但凡对他有点好处，他都会记得。

茄叶村到山石屏足有5公里。1981年，洱源县防疫站派李桂科等8人住进麻风院，对麻风病人做检查整顿，建立病历档案，这事干了整整半年。10月底，其余几人撤离，留下李桂科、杨文彬、朱占山、杨

德昌4人，由李桂科负责麻风防治，同时在上茹叶健康区。后来朱占山和杨德昌去大理卫校进修，杨文彬回防疫站上班，留下李桂科在麻风院，一直待到1983年底。

山石屏麻风疗养院的健康区，其实早在1963年就曾在离麻风院600米的黑惠江东岸建过，是健康人管理疗养院的住所。健康区建好后，却没有人居住，因为没有健康人愿意来这里，至今那里还有遗址。为了改变疗养院没有健康人员管理的状况，县卫生局决定将健康区搬到离麻风院5公里的上茹叶村，由洱源县防疫站皮防科医生轮流居住，便于治疗麻风病人。

1981年10月，洱源县投资2万元，在炼铁乡上茹叶村征地4亩，建设疗养院健康区11间176平方米，供医生使用。1981年10月至1982年8月，李桂科、朱占山、杨德昌、杨文彬居住在健康区；1982年9月至1983年12月，只有李桂科在此居住；1984年至1985年，严云昌、杨云虎、王汉喜、许玉梅几人在这里；1986年，张开武和胡正清在这里值班；从1987年后，都是李桂科在这里值守。2000年，李桂科医生搬进了山石屏麻风疗养院，从此健康区闲置，却留下了李桂科的许多美好记忆。

"那个时候，我们从山石屏回到健康区后，就经常步行到江旁道班去玩，更多的时候是道班的人来找我们，也有炼铁的老师和卫生院的医生。我们会过日子，有茶叶、有开水，还有茶杯，他们来了都是自己动手泡茶。我们去他们那里，连杯热水都喝不上。我们还挂了好些腊肉，有次有个炼铁的老师来，盯着挂在梁上的腊肉直咽口水。我说，你别盯着看，我煮给你们吃。"李桂科呵呵笑道。

提及往事，在别人看来是"待不下去"的环境，对李桂科而言却

(第七章)
点燃患者生命的心灯

是津津乐道。

我问李桂科："为啥别人有的回县城，有的去卫校进修，就留你在麻风院呢？"

李桂科笑笑说："没办法，我们先后进去的11个医生，只有我是共产党员。"

关键时刻，还是要靠共产党员来扛，党员，就要把急难险重留给自己，从李桂科的身上，我看到了真正的共产党员是什么样子的。

1980年10月，在三营永胜小学附中当民办教师的李桂科加入了中国共产党，那时，他还没想到要考卫生系统，只是将时间和精力用来教书育人。

李桂科一个人留在麻风院这段时间，也是他最忙的时候，他不仅要给患者做清创手术，还要按时发药，同时还要负责健康区的修建，以便医生休息居住。那时，没有床架、没有桌椅，李桂科便到乔后请木匠师傅来做。有时木匠忙不过来，李桂科也亲自上阵帮忙做木工。健康区光秃秃的，没有绿荫，李桂科便到街上买来树苗，亲自动手栽种。

有人问他："李医生，你花力气把这里建好，说不定很快你就走了，何必那么费力？"

李桂科呵呵笑道："该走的都走掉啦，剩下我咋个走？再说了，即便我走掉，县里还会派医生来，好歹有个住处，让后来的医生安心些。"

山石屏村村民小组长杨晓元说："当时，村里条件很艰苦，很多患者的病情越来越重，有的身体溃烂，有的缺胳膊断手，有的双目失明。打个不好听的比方，就像人间地狱。那个时候，李医生才23岁。

当时我们就想，这个小伙子能待得下去吗？他到底会不会治病？他会不会嫌弃我们？说实话，一开始我们也没抱多大希望。但就是在这样的环境下，李医生没有畏惧，没有退缩，凭着他的党性和善良，一门心思地帮我们治病、照顾老人，为村里的生产生活忙前忙后。可以说，没有李医生，就没有山石屏的今天！"

那时，山石屏麻风院有8匹马，运送近200人的食物，显得捉襟见肘。如果是冬春季节的枯水期，马匹可以涉黑惠江到对岸；如果是夏秋季节江水暴涨时，只能绕道30多公里通过上游的惠江吊桥到集市上采购物资，往返得两天，还要在途中住一夜。

对于山石屏疗养院的麻风患者和家属而言，原来到江对岸种地，可以过铁索桥。自从1966年黑惠江发大水冲了铁索桥后，往返麻风院只能靠渡船和溜索。李桂科留在麻风院后，首先想到的是解决交通问题。黑惠江阻隔了麻风患者出村的道路，也阻隔了村外的人们对麻风院的了解。光治好麻风病人的身体是不够的，还要"治心"，让那些康复者能正常与村外的人交往。

据说，大水冲走的那座铁索桥，就是清末杜文秀起义时，拨2万斤生铁，在惠江上改建的那座神户铁索桥，"炼铁"之名由此而来。不是人们想象中的"铁厂"。清代诗人骆景宙来到炼铁，曾留下诗句："峻岭嵯峨一涧开，马蹄得得一鞭催。漫言炼城今宵宿，谁识生平炼铁来。"骆景宙曾当过大理知府，当年也曾来过炼铁。炼铁还是茶盐古道上的要冲，当时清末农民起义领袖杜文秀修铁索桥，也是为了运盐。

李桂科与麻风院的患者们说："神户铁索桥没有，我们光靠渡船和溜索是不够的，靠那8匹马驮粮食也不够。咱们要修路，以后还要架

(第七章)
点燃患者生命的心灯

桥,要使山石屏通向山外,要使疗养院的孩子能到外面去上学。"

李桂科推心置腹的话,感动了麻风疗养院的数百名患者。他们中有老人,也有年轻人,有晚期患者,也有轻症患者。还有患者家属和子女,他们未曾染病,但因为住在山石屏,也被看成与麻风病人无异。听说要修路,大伙都兴奋不已,有组织地拿起工具,到指定地点开挖,好像过节似的。轻症患者和家属每人均分到一截路。有的虽然指关节已经断落,却仍然用剩下的几根指头握紧锄棒,加入挖路的队伍中;有的足底溃疡行走不便,还被人搀扶着到工地上干活。年老体弱者没有力气,就生火烧水,或到集体食堂中帮厨,给大家送饭。

李桂科看着这支奇怪的修路队伍,心里五味杂陈。这群人里,有老人,也有小孩,有男有女,扛着奇形怪状的工具。因为是麻风院,所以连平时用的农具都没法去供销社买。山石屏人全靠自己打铁、自己做家具、自己制造农具、自己磨面、自己养牲口、自己种菜,很多人成了生产能手。比如现在仍健在的余振华老人,就曾做过木匠、铁匠、篾匠,各种生产工具他都能制造。他们的农具也是各具特色。挖路的锄头,厚薄宽窄各异,锄头棒也是有直有弯、有粗有细,有的光滑,有的粗糙。

李桂科看在眼里,记在心上。他在心里感慨,这些人是有希望的。中国有句古话,好死不如赖活着!对于绝大多数的麻风病人而言,他们不想死。只要有一线生机,他们就不会放弃活着的希望。有些患者,上有老、下有小,即便他们不顾及自己的生死,也要承担抚养子女的责任。想到这些,李桂科眼里放出了光亮,他有信心治好他们的病,也有信心点燃他们生命的心灯。

3公里的车路,从省道平甸公路直达江边。有了这3公里,驮运物

资和粮食就省了不少事。麻风院买了辆手扶拖拉机，可以把采购的百货直接拉到江边，再用渡船载到麻风院。李桂科给大家描绘了远景目标，以后还要在黑惠江上修公路桥，把物资直接拉到山石屏。等治好了病，大伙就可以坐上汽车，到县城，到大理、昆明，未来可期。

1981年，洱源县防疫站对麻风病的治疗主要是用氨苯砜，与以前黄升东医生的治疗方法相同，但很多病人对治愈信心不足，有些人直接拒绝治疗。1983年6月，麻风患者苏晓标病情严重，身体上多处出现溃烂。可他十分固执，他不相信麻风病可以治好，拒绝接受治疗。给他发的药，他总是悄悄扔掉。他的心理也极度脆弱，曾经不止一次试图轻生。李桂科让大家密切关注他的动向。有天夜里，苏晓标不见了，院内的管理人员急忙给李桂科报告。李桂科立即组织了20多个人去找苏晓标。后来，在黑惠江边的柳林里找到了他。那天夜里，李桂科与他彻夜长谈，与他探讨麻风病的病理、药品的药理，希望他配合治疗。

经过反复做心理疏导，苏晓标转变很快，他开始按时服药，以积极的心态面对生活。经过两年治疗，他的病情大有好转，身体上的溃疡也大多愈合，麻风病已治愈。

苏晓标欣喜若狂，逢人便说："李医生真是神医！"

李桂科对他说："我不是神医，是你规范服药的结果。"

其实早在1956年6月，在昆明金马疗养院治愈的康复者黄升东便担任麻风院的医生，并在院内成立了卫生室，在病人中培养了8名卫生员，开展常见病的诊疗，进行常规化验和麻风杆菌检查，组织病理取材送检，用氨苯砜、苯丙砜、氨硫脲、大枫子油等治疗麻风，开展苍耳子、大蒜液治疗麻风的研究。1958年，首批治愈病人8例，到1980年即已治愈86例。这在当时，是令人瞩目的成绩。

李桂科知道，黄升东医生是麻风康复者，他对病人的生理和心理都有切身感受，而自己作为首个进入麻风病院的健康医生，对病人的心理了解不够，对麻风病的防治知识也还在学习探索中，因此他经常与黄升东医生探讨医学方面的问题。

李桂科深知自己只是高中毕业，没有学过医，所以经常找医学书籍来读。每次同事回县防疫站，他都要嘱托他们带医学杂志来，有时他到炼铁卫生院去找。他生父杨茂清从昆明调回三营专科医院后，李桂科还请他把医院订的医学报刊找来。在防疫系统这么多年，他整理的笔记都有四五十本之多。

1982年，在上级防疫部门专家的指导下，李桂科在氨苯砜之外，再加了利福平。利福平是治疗结核病的药物，与氨苯砜合并后，对麻风病的治疗效果特佳，有些病人好转较快。

杨晓元说："李医生跟别人就是不一样，他没有退缩。起先他还穿着防护衣来，后来为了打消大家的顾虑，接近患者，和大家沟通，他连防护衣都不穿了。"

连防护衣都不穿，这需要多大的勇气、多大的决心？记得李桂科告诉我，刚来的时候，他从健康区走5公里山路来到黑惠江边，换上防护服，再坐渡船到山石屏。下午又坐上渡船回江东，在江边脱掉防护服。然而，这样相对严格的隔离措施，使麻风病患者与医生之间的心理距离拉远了，病人对治愈更没信心。他对麻风病的规律有了系统认识后，脱掉了防护服，连口罩也不戴，就这样近距离与患者接触。

俗话说，艺高人胆大。在与李桂科交往的过程中，我还是为他捏了把汗。虽说95%的人都对麻风杆菌有免疫力，但在那个"谈麻色变"

的年代，非大智大勇者不敢为也。

虽说95%的人都有免疫力，但谁能保证自己就在其中呢？或许，你在那个5%的易感人群之内。在交往的过程中，我也提到了这个问题。李桂科医生承认，他也忐忑。之所以能够做出大胆的举动，是在病人服药后，进入相对稳定的状态下，不具备传染性之后，才敢直面患者。不穿防护服、不戴口罩地接触患者，虽说有风险，但收获更大，医患之间的信任更重要。病人觉得医生不嫌弃他们，对治愈就平添了信心。

在山石屏的那些夜晚，李桂科手中的马灯，既照亮了暗夜中的道路，也照亮了麻风病人的心。

1982年下半年至1983年底，李桂科独自住在新建的健康区，既要负责山石屏麻风院的各项事务，还要治疗、随访乔后镇、炼铁乡在家治疗的麻风病人。最远的有乔后镇上井村，炼铁乡田心村的坝尾自然村、青罗坪村，北邑村委会的大叶坪自然村。这些都要用双脚去丈量。乔后镇的上井，坐落在乔后东坡的罗坪山西麓。李桂科背着药箱往山上爬，往返2个小时，再加诊疗，累得气喘吁吁，当天回到健康区的时间都不够。北邑村委会的大叶坪，就在鸟吊山的西坡，从那里走小路翻越鸟吊山垭口，可以通过茶马古道直接到凤羽街，当地人叫"舍上盘"。从这些偏僻的山村来看，麻风病往往出现在少、边、穷地区，是真正的"穷人病"，与卫生条件有关，也与营养不足有关。

有次，李桂科背着药物到翠坪、长邑、田心去给病人送药，顺着省道平甸公路走，想着边走边搭车。结果走了16公里路到长邑，连汽车的影子都不见。刚好遇到有个同学在长邑教书，李桂科便跟他蹭饭，晚上还跟他同宿舍住。白天到山里随访麻风病患者，给他们发药。每到一家，病人和家属都很高兴，像过节似的。

因为有这个同学的收留，李桂科得以在短短几天内把长邑附近各村寨的麻风病人走访完，把药品发放完毕，任务完成得很顺利。李桂科因此很感激那位同学。临行，李桂科千恩万谢。

同学笑道："不必客气，同学之间互相帮忙那是理所当然！"

李桂科说："要是所有的同学、朋友都像你这么理解就好了。"

"你不是说，麻风病可防可治不可怕吗？你天天跟麻风病人打交道，你都不怕，我怕什么？再说了，咱们都是读书人，不会盲目相信那些传言。"

同学的话，启发了李桂科，后来他亲自刻蜡版，油印讲义，培训乡村医生和防疫人员，让他们懂得麻风病的病理和传染途径，纠正人们对麻风病的盲目恐惧。

2022年12月8日上午，阳光洒下遍地黄金，暖洋洋地照着山石屏，我坐在篮球场上和杨小开老人聊天。这位古稀之年的老人是个孝女。因为她母亲得了麻风病，她16岁就跟着母亲到山石屏，照顾了老母亲50年，其间还同麻风康复者结婚生子。但她很健康。她说："我就不相信麻风病能传染，我跟麻风病人生活在一起几十年，现在也好好的。"

这也许只是个案，但证实了"95%的人对麻风病有免疫力"的科学论断。

过去有个传说："麻风女"在发病期间，都是面如桃花，美艳夺人，常会吸引好色的男人。她跟男人好上后，就会给男人煮荷包蛋吃。趁男人不注意，她会把身体溃疡上的脏东西悄悄放入锅里，男人吃了荷包蛋后就会患上麻风病。其实麻风杆菌不耐高温，真是这样也

不会传染，但民间对这些所谓的"段子"深信不疑，因此麻风病人卖的东西也没人敢买。麻风村的人把鸡蛋背到炼铁街上卖，人家说他们的鸡蛋上有麻风杆菌，不敢买。因为受到歧视，人们也不卖东西给麻风村，民间匠人也不敢到麻风村做活，所以，麻风病人只能自己建房、做家具、做棺木、造船，自己打铁。斧头、锄头、镰刀、砍刀、菜刀、犁头，全是麻风院里的铁匠自己铸造。他们自己编簸箕、箩筐、筲箕，自己缝补衣服、鞋袜，互相理发，甚至学会了开拖拉机、开运输车，形成了自给自足的小社会。但其实这样的状况不能长期维持，治愈之后，他们必须要接触社会，他们应当被世界接纳。

1984年5月，那时李桂科刚刚结婚不久，洱源县防疫站站长阿思尹和皮防股股长丁文先找到李桂科，要他任皮防股副股长。

阿思尹说："桂科，丁医生身体不太好，以后就让他看看门诊，你不光要负责山石屏麻风院，还要统管全县的麻风病防治。"

"我的专业水平不足，还是另选他人吧！"李桂科有些踌躇。当时他才27岁，说的也是实情。

丁文先说："桂科，你就别推了，你小子我还不了解吗？让你负责是站内反复讨论过的，你天性善良，又肯学上进，你最合适！"

"除了你，也没别人更合适喽！"阿思尹拍拍李桂科的肩膀说。

当时李桂科确实有点信心不足。整个县的麻风防治形势仍很严峻，点多面广，麻风防治人员严重不足。1980年招工5人，1981年招干6人。其中外调了1人，到大理卫校学习的有8人，到昆明金马疗养院学习的有2人，就李桂科没有出去学习过，总觉得专业不如别人。

再说了，麻风的治疗表面看起来简单，只要把药给病人吃了就行。但随之而来的问题较多：病人是不是规范服药？吃了药到底有没

(第七章)
点燃患者生命的心灯

有效果？患者的麻风病有没有治好，或者治到什么程度？这得要按国家标准给予评定，还需要做细菌检查、组织病理检查，最终才能下结论。

那时，也有学成归来的同事，但是停留在理论层面的多，实践少，因此不会做，也不敢做。李桂科没有学过，自然也不会，内心着急也没用，现代医学是很严谨的。于是李桂科又再次请州防疫站皮防科的医生们下来手把手地教。李桂科先学会，接着要求每个医生都会做。他为每个医生都准备了两个手术包，带下去到病人家里查菌取材、组织病理取材，来判定病人的疗效，判定是否已经治愈，同时也解决了新麻风病例的确诊问题。确诊麻风病例，不仅要看临床表现，还要看细菌和组织病理的变化。

做细菌和组织病理检查，不仅对医生的能力和素质有要求，同时病人还要配合。有的病人不接受，也要苦口婆心反复商量。很多病人文化水平低，有的直接就是文盲，跟他们讲"细菌"，他们根本不知为何物，也不愿做病理检查。

有个麻风患者叫陈茂堂，防疫站的医生给他治疗送药做检查时，有时他不接受，还要骂人。有时去了，他也接受和交流，由此可以看出他内心的纠结。他想治好麻风病，但表面又抗拒治疗，主要还是担心医生去的次数多，被村里人知道他有麻风病。要看治疗的效果如何，必须做疗效判定，而这个判定必须以查菌结果、组织病理检查结果为依据，方可下结论。

别的医生去找了陈茂堂几次，都被他骂了回来。李桂科说："我去试试。"便骑着单车去陈茂堂家，那时是正午时分。

李桂科说："茂堂，你的病应当治好了，我来给你做个检查，查

查细菌，结果出来就可以下结论。"

陈茂堂把头扭到一边不理。李桂科再说了一遍，陈茂堂还是不理。

李桂科看出他还是纠结的，担心检查结果出来，病还没治好，因此讳疾忌医。

李桂科说："我给你做检查吧！"

"你没看我正打谷子吗？忙不过来。"陈茂堂终于开腔。

李桂科说："我来帮你打，打完再查细菌。"

陈茂堂不理，李桂科也不恼，笑呵呵地扬起连枷帮他打起谷子来。这时，李桂科在农村学过的技术派上了用场。只见他轻扬连枷，忽轻忽重，忽进忽退，与陈茂堂配合默契。不多时，便将场上的稻谷打完了。打完谷子，李桂科又帮他扬场，将谷子收拾干净，装进麻袋里，将口扎紧。

陈茂堂看在眼里，点点头说："你干农活，倒是把好手！"

"我在老家还是生产队副队长呢！农活样样会干。"李桂科说。

陈茂堂点了根草烟，抽了一口说："看得出来，你干过农活。"

"我帮你查细菌嘎？"李桂科见他开腔，赶紧问。

陈茂堂又不吭声，只顾闷着头抽草烟。

李桂科打开手术包，走到他身边。

陈茂堂又转身去撕苞谷，把脊背对着李桂科。

李桂科想，今天我就跟你耗上了，看你还能怎样，便又去帮陈茂堂撕苞谷。撕得差不多时，天也将黑了。

李桂科说："老陈，天快黑了，我帮你查细菌，查完我也该回去啦！"

(第七章)
点燃患者生命的心灯

陈茂堂仍是不理,又去煮饭。李桂科跟进厨房说:"你不给我查,我就在你家吃晚饭,饭后又查。"

陈茂堂终于"投降"。他摇了摇头叹了口气,又点点头说:"你查吧!"

也许,他从未见过如此执着的医生。所谓精诚所至,金石为开,指的就是这样吧!

斗室内,一灯如豆,闪烁着摇摆不定的光。李桂科在昏暗的灯光下给陈茂堂做细菌和组织病理取材。

终于如愿,李桂科沐浴着月光蹬着自行车,陡觉"内力大增",有种大获全胜的自豪感。

细菌和组织病理结果出来,显示已经治愈。李桂科又骑着单车,兴高采烈地将治愈的消息告诉陈茂堂。

陈茂堂笑了,是那种如释重负的笑,重获新生的笑,欣慰和感激的笑,也有愧疚的笑。李医生治好了他的病,他却那么冰冷地对他,真是不该哪!

李桂科接着做他的足底溃疡清创术。陈茂堂用感激的眼光看着他,不知说什么好。手术做完,李桂科又叮嘱了些注意事项,陈茂堂满口答应。之后,李桂科连续随访了几次,陈茂堂的足底恢复较好。又过了几日,李桂科再次去随访他,陈茂堂不在家。李桂科问左邻右舍,有个老大妈将手向西一指,说他可能在对面山坡上的苞谷地里锄草。李桂科便挎着药箱爬到苞谷地里。

陈茂堂看见李桂科来到田埂上,便高声叫起来:"李医生,我在这里!"

李桂科心底涌上了暖流。他知道,陈茂堂还是很感激他的,因为

·113·

之前他从来不主动与李桂科搭腔。

"你把鞋子脱掉,我看看你的脚好了没。"李桂科笑呵呵地说。

陈茂堂高兴地脱下鞋说:"李医生,我的脚底板没事了。真得感谢您的精心治疗。以前我足底溃疡老不好,走路都不方便,地都撂了荒。现在您看,我的脚好了,心情也好了,种的粮食都比以前好得多。"

说完,陈茂堂笑得咧开了嘴。他开心的颜容绽放在蓝天下。

之前,李桂科从来没见他笑过。他那高兴的样子,李桂科几十年后仍记得。那也是他身为麻风病医生最高兴的时刻。

那天回去的路上,李桂科把单车骑得飞了起来。

李桂科还记得,有个患者叫杨春林,住在大山深处,他没有残疾,外表看不出来患了麻风病。李桂科背着药箱,紧赶慢赶3个多小时才到他家。杨春林见到李桂科,并不高兴,连水都不给他喝一口。

杨春林问:"你来干吗?"

李桂科说:"我爬了几个小时的山路,走得满头大汗,你板凳都不拿?"

杨春林极不情愿地拖过一条开裂的条凳,他担心李桂科的出现让村里人知晓他患有麻风病。

李桂科说:"我专程给你做细菌和病理检查。"

"你别费口舌,我不做。"杨春林很抵触,将手中的猪食盆重重地摔在地上。

李桂科见他态度很强硬,便也不与他多说检查的事,起身去院子里看。走到猪圈旁,看见他家养的几头猪瘦得肋骨根根毕露。李桂科叹了口气。

(第七章)
点燃患者生命的心灯

"你叹什么气？"杨春林说。

"可惜啊，你养的猪个个瘦得像土狗，我养过猪，咱们倒是可以冲冲壳子。"

杨春林的家庭副业就是以养猪为主，偏偏猪养得令人着急。听说李桂科懂养猪，他有了兴趣，便凑过来问："李医生，你懂养猪？怕不会。"

"我从小生活在农村，农活样样精通，木匠篾匠泥水匠都会，还干过生产队长。养猪，当然是老本行！"李桂科扬起头说。

紧接着，李桂科便跟他聊起了养猪的经验：怎样选仔猪，怎样搭配饲料，怎样给猪配种，怎样给母猪催乳，怎样治猪病，怎样催肥。从养猪说到养牛、养羊，说到种庄稼。李桂科丰富的农村生活经验让杨春林大为惊叹，不禁连连点头。

杨春林说："李医生，你说的养猪经验我都已记下，我就按你说的方法试试。如果不行，我再向你讨教。"

李桂科说："养猪不难，不过你先得把细菌和病理检查做了，我才慢慢教你。"

"没问题，不过你得要为我保密。"杨春林说。

"这个当然，每个患者的隐私我们都要保密的。"李桂科说。

当天，李桂科便给杨春林做了检查。后来李桂科不断随访，边治病边教他养猪。

杨春林的病已治愈，猪也养得又肥又壮。李桂科每次去，杨春林都是笑脸相迎。

第八章

麻风病患者的春天

我是第一个走进这个麻风院的健康医生,或者说,我是第一个走进山石屏的普通人。那时我的想法就是巴不得赶紧把他们的病治好。我常常痛恨自己医术的贫乏,也叹息我们国家没有研制出治疗麻风病的新药。所以,我拼命地学习。只要是有价值的资料,不吃不睡我也要搞清楚。

——李桂科

（第八章）
麻风病患者的春天

1984年以前，洱源县麻风防治人员大多都去脱产学习。1984年起，全体防治人员都投入到工作状态中。防治工作实行分片包干、责任到人，防治工作成效显著，得到了省、州的肯定。

1986年4月，卫生部顾问李桓英教授到洱源考察调研麻风防治工作，决定将洱源县作为短程麻风联合化疗试点县，用氨苯砜、利福平、氯法齐明三种药联合治疗多菌型麻风，24个月完成。用氨苯砜、利福平两种药联合治疗少菌型麻风，6个月完成。这无疑在麻风防治上有了很大的飞跃。

李桓英何许人也？只要在麻风病研究领域，提起李桓英的大名，便无人不晓。如今斯人已逝，享年101岁。李桓英教授1921年8月17日生于北京，1945年毕业于上海同济大学医学院（现华中科技大学同济医学院）。她是世界著名麻风病防治专家，在医学界享有盛誉。她曾荣获国家科学技术进步奖一等奖、首届中国麻风病防治终身成就奖，2019年荣获"最美奋斗者"称号，2021年8月20日，中共中央宣传部授予李桓英"时代楷模"称号。

李桓英教授于1946年前往美国约翰斯·霍普金斯大学攻读细菌学和公共卫生学硕士学位，毕业后留校任微生物学系助理研究员。1950年，李桓英被推荐为世卫组织首批官员。1958年，世卫组织提出续签5年合同的聘请，但李桓英选择了回国。1970年，在中国医学科学院皮肤病研究所的李桓英，被下放到江苏省一个麻风村。8年后，她调到北京友谊医院、北京热带医学研究所任研究员，将全部精力奉献给麻风病的防治和研究。1980年，李桓英被派到世卫组织做访问学者，她得知世卫组织正在研究联合化疗治疗麻风病，为了争取到世卫组织免费的药物支持和试验项目，她开始在全国走访调查。1982年，李桓英向

世卫组织递交了关于中国麻风病情况的详细报告，世卫组织批准在中国进行联合化疗方法的实验项目。1983年，李桓英的短程联合化疗方法在云南勐腊县试点取得成功。1994年，李桓英的治疗方案被世界卫生组织在全球推广。1996年，李桓英率先在国内开展消除麻风运动，首次提出麻风病垂直防治与基层防治网相结合的模式，被称为"全球最佳的治疗行动"。

1986年4月，在云南省皮肤病防治研究所黄文标副所长和张世保主任的陪同下，李桓英教授到洱源考察。那时，李桓英教授的短程联合化疗已在云南勐腊县试点取得成功。能在洱源县推广短程联合化疗试点，尽快为麻风病人解除痛苦，也是洱源乃至周边各县和滇西各地麻风患者的福气。在山石屏疗养院，就有来自洱源、剑川、大理和怒江兰坪、丽江永胜的麻风患者，辐射面广。

李桂科说："李桓英教授的精神深深地打动了我，坚定了我身处基层治疗麻风病的决心。她来洱源考察时，已是65岁的老人，但仍然神采奕奕。在交谈中，我了解到李教授快60岁才开始麻风病的研究和治疗，而且坚持不辍，尤为难得。李桓英教授是我的榜样。那时候，我就下了决心，要跟着李教授把麻风病治愈，把居住在洱源的麻风病患者全都治好。我们还去李教授的试点县勐腊县参观过。"

1997年，在李桓英教授的指导下，李桂科组织开展了洱源县"麻风DDS加RFP治愈后复发调查研究"，此项目获洱源县人民政府1997年科技进步奖一等奖，2007年又开展洱源县1985～2006年麻风联合化疗监测研究。1998年9月8日，在第十五届国际麻风大会期间，李桓英教授与李桂科亲切交谈，了解和指导洱源县的麻风防治工作。2016年9月16日，在第十九届国际麻风大会期间，95岁的李教授拉着李桂科的手

(第八章)
麻风病患者的春天

说:"李医生,我要去洱源,领导担心我的身体,他们不批。"

李桂科说:"那天,李桓英教授喉头哽咽,差点哭了出来,李桓英教授对洱源的情怀令人动容。"

在全县实施联合化疗试点,李桂科的压力挺大,同时也对治疗麻风病的信心倍增。他首先制订了洱源县麻风联合化疗实施方案,开始带领大家开展全县的麻风患者清理复查。也就是说,要将在册的每个麻风病人进行临床、细菌、病理的检查,由此判定疗效,达到国家规定的麻风治愈标准的患者,即给予判定治愈,纳入巩固治疗管理,未判定治愈的麻风病人纳入联合化疗方案管理。

表面看来,清理复查并不难;但要做起来,那是真难。

20世纪80年代,生活条件艰苦,交通不便,通信还处于"写信"的时代,现在电子化办公的人们很难想象那种艰难程度。麻风病患者大多居住在山区,又分散在全县各地。有时在山上走一天才能检查一个人。李桂科把每个乡镇所在地作为清理复查的工作点,派出分片包干这个乡镇的医生为点长,把工作人员分成两人一组,到病人家里去做临床检查、细菌取材,组织病理取材。还专门成立了后勤保障组,要保证每天用的手术包和敷料的消毒,送到乡镇工作点。另外,还成立了资料收集整理组,准备所需表格和资料。而检验组准备取材用的各种器具,保证检验报告的准确性。

"那时,我给我们皮防科的每个医生都配了自行车。那个年代,在单位上班能骑自行车下乡就倍感有面子,很荣耀,就跟现在人开宝马车差不多。"李桂科笑着说。

尽管能骑上单车,交通便利很多,但依然难以如愿。有的病人不愿做检查,李桂科就遇到好多个。有的外出不在家,骑了几十公里山

路到他家，也只能在门外候着。那时没有电话、没有微信，只能"守株待兔"，有的要等到天黑，病人才回来。李桂科和胡正清经常遇到这种情况。

有次，李桂科和胡正清到三营乐善村检查，直到天黑才返回。那个夜晚还下着细雨，风呼呼地刮着，刮得头发乱飞。天又冷，握单车龙头的双手都有些僵硬。骑在车上，只能看到公路两边的树像巨人般挺立。胡正清高度近视，雨水把他的镜片打湿了，眼前模糊不清，已完全失去了辨认道路的能力。

李桂科看他寸步难行，显得有些着急，便对胡正清说："我骑在前，看两边的树，尽量在路中间走，你看我的影子骑。"

胡正清点了点头说："试试嘛！"

"我的影子你能不能看见？"李桂科问。

"看得见一点点。"胡正清在后边说。

就这样，两人一前一后回到县城。两个人都很兴奋，终于平安抵达。

幸好，那个年代机动车很少，也很少有人夜间行车，否则很危险。

李桂科让胡正清回家好好休息，补休一天。胡正清没说什么。第二天，胡正清又准时到办公室。李桂科说：不是让你在家休息吗？胡正清说：你不是也上班吗？李桂科有些感动，不禁哽咽。

回忆起那段峥嵘岁月，李桂科的眼睛里有泪光闪烁："那时我们干劲很足，都舍不得休息。现在说的'五加二''白加黑'，对我们就是常事，我们心里根本就没有休息这个概念。"

李桂科经常告诫皮防科的同事，这次李桓英教授推广试点的联合

第八章
麻风病患者的春天

化疗是功在千秋的好事，搞得好就可以消灭麻风病。这次咱们清理复查不能漏掉一个病人，路再远也要查到。有些地方偏僻而又路远的，李桂科就主动陪着同事去普查。

洱源县牛街乡上站村有个地方叫偏岩子，麻风病患者普小贵一个人住在那里。去那个地方要走很远的山路。李桂科和严云昌、胡正清3个人爬了3个多小时，才见到他。

爬到偏岩子时，他们的汗水已将单衣浸透，脚上套的白胶鞋已被红泥巴涂得辨认不清颜色。李桂科不小心绊了下，鞋底裂开了个大口，像张开的嘴巴，露出脚指头。幸好他包里还备着洗得发白的解放鞋，便在普小贵家里打了盆水洗脚，换上解放鞋，又将白胶鞋找了个塑料袋裹了塞进包里。

普小贵看见他们，不禁喜笑颜开，到屋里给他们烧开水，并给他们随身带的茶杯里续水。

普小贵说："吃的不敢给你们，开水么不怕嘎？"

李桂科哈哈笑道："怕什么，我们几个饿了，快烧几个洋芋吃。"

"那还不容易，我这里洋芋多的是。"普小贵说着，转身进屋端了一撮箕洋芋，给他们在火塘里烧熟端出来。

几个人还真是饿了，剥开焦黄的洋芋皮，边喝茶边吃着热气腾腾的洋芋。吃过后，李桂科掏出5元钱塞给普小贵。

普小贵连连摆手说："李医生，你们吃我的东西，已经是看得起我了，我怎么还能收你的钱呢！"

李桂科说："要收，这是规矩，你在山上种洋芋也不容易。这些洋芋算我们买你的。"

普小贵的眼泪溢满了眼眶："人们都怕我，村里人把我赶出来。只有共产党的医生不怕我，给我治病。"

普小贵很配合，临床检查、细菌取材、组织病理取材，几个医生忙得满头大汗，但心生喜悦。毕竟像普小贵这么通情达理的病人并不多。

夕阳将余晖洒在偏岩子，那些笔立的峭岩显得金光灿灿。李桂科和同伴挥手与普小贵告别，普小贵依依不舍，追着他们走了很久。

直到夕阳西下，他还站在那里目送着，李桂科走到山脚，仍见他的身影在山路上，像株孤独的树。

经过疗效判定，普小贵治疗效果达到治愈标准。

李桂科说："麻风联合化疗前的清理复查，于1986年8月到1987年7月完成，对1985年前治愈的249人进行了全面复查，对1985年前死亡病人298例做了追踪和家属体检，对现症病人及治愈者家属1070人体检，对1985年底现症病人387例全面进行了细菌、病理和临床检查。在清理复查期间发现新病例20例。对新病例和还未达到治愈标准的152例，纳入短程联合化疗试点。"

事实上，纳入联合化疗对象的都是些治疗多年没有治愈的病人，他们服药不规范，或者自身的问题难以治愈。要使病人按联合化疗方案规范服药，必须采取多种措施。李桂科制定了《洱源县麻风联合化疗实施方案》《洱源县联合化疗实施考核细则》。纳入联合化疗的病人，每人必须有一份完整的病历，不仅内容要完整翔实，书写还得工整，这样才能表现联合化疗的重要性，也才能让患者感受到自己参与联合化疗的重大意义，方能完成此项重任。李桂科买来了作文本，要求皮防科同事一起练习书法，书写工整了才书写病历。大家对这个规

（第八章）
麻风病患者的春天

定也很乐意，认真练书法。洱源县是联合化疗试点县，书写一份工整的病历，也会起到示范作用。

我在山石屏走访的时候，看到家家户户门上的对联都是李桂科书写的，原来是联合化疗时集体练书法的成效。

为了使每个病人按规则服药，李桂科制定了"考评组监督、专业医生与基层医疗网监督、宣传教育与培训、使病人自觉服药"的管理模式。考评组是整个联合化疗规则的监督机构，考评组按《洱源县联合化疗实施考核细则》检查督促每一项工作按质按量完成，达到一定的质量指标。专业医生是联合化疗的骨干力量，一是直接对病人，二是指导督促医疗网再对病人。为了使专业人员与基层网点更好地沟通联系，明确责任，实行分片包干任务到人的岗位责任制，保证每个病人每月有一位专业医生或村医生送药看服药一次，做到"送药到手、看服到口、咽下再走"，对病人尿氨进行监测，判断是否规范服药。病人讳疾忌医、不规范治疗与偏见、歧视分不开。李桂科编印《麻风联合化疗培训讲义》培训乡村医生，编印宣传单，使人们更多地了解麻风，支持麻风防治工作。使病人自觉配合服药很重要，病人配合了，规范服药的问题就解决了，李桂科要求必须反复多次对病人及其家属做宣传教育，病人要保证规范服药，家属要保证督促服药。规范服药的每人每月给予5元生活费，生活困难的给予10元，对定时集中服药的给予路费，为病人解决一些实际困难和问题，体贴关怀病人，使病人信赖医务人员，而达到规范治疗的目的。

李桂科组织实施的洱源县短程联合化疗试点取得了较好成效。1987年3月29日，卫生部慢病司申鹏章主任、郑中波医师，云南省皮肤病防治研究所所长苗宇培等高度赞扬清理复查工作。1987年4月24日，

四川省皮研所刘学明一行8人到洱源参观学习。1988年3月7日，大理州麻风联合化疗现场会在洱源召开。1989年4月30日，云南省联合化疗质量管理现场会在大理召开，李桂科在会上做了交流发言，与会人员到洱源县参观了现场，对洱源县的成效评价甚高。世界卫生组织弗拉吉亚教授，卫生部慢病司申鹏章主任，中国医科院皮研所麻研室主任李文忠、张国成副主任，云南省皮研所刘凤梧副所长，大理州卫生局防保科樊有德科长，州防疫站赵宗孟副站长、皮防科王超英科长、健教科张桂宝科长等，于1993年11月21日到洱源县考核调研洱源县短程联合化疗试点，给予高度评价。李桓英教授在洱源县的短程联合化疗试点推广成功，得到世界卫生组织的认可，世卫组织于1994年向全世界推广了李桓英的短程联合化疗方法。

1987年，洱源县实施麻风联合化疗之后，差不多3年时间，洱源县麻风患者基本治愈。麻风病防治的重点变为发现麻风病人，并给予联合化疗。

开展疫村普查，就是对有麻风病人的村庄进行普查，使麻风杆菌无处躲藏。

疫村普查，仍然按分片包干来做。

有次王汉喜和许玉梅要去茈碧乡溪登村普查，李桂科知道后，担心这两个女同事走山路不安全，便主动跟她们去。

到了溪登村，几个人就吃住在乡村医生罗福桃家，他是李桂科的高中同学，见到他们，自然高兴。几个人花了两天时间完成了普查，没有发现病人，几个人高兴得跳起来。罗福桃也高兴，整个村的群众都欢天喜地。

李桂科独自负责洱源西部炼铁、乔后、西山三个乡镇的普查，山

(第八章)
麻风病患者的春天

石屏疗养院自然也在其中。炼铁乡北邑村的大叶坪自然村也是疫区，必须完成普查。县防疫站皮防科的同事都愿跟李桂科进村，李桂科婉言谢绝了。

李桂科爬到大叶坪，找到乡村医生杨汝全，就在他家吃住。大叶坪村的村干部们也很支持，带着李桂科挨家挨户普查，村民们也理解配合，两天时间就普查完毕，发现麻风患者一人。

想起那些时光，李桂科还是打心眼里感谢罗福桃、杨汝全，也感谢在麻风防治过程中帮助过他们的热心人。因为有他们的支持，麻风防治才那么迅速地取得成效。在那个年代，整个社会不仅对麻风患者畏惧，即便是对麻风防治医生，人们也是敬而远之的。

在发现病人方面，李桂科与上级有关部门协调，组织了多次全县消除麻风运动，1998年组织实施了消灭麻风特别行动计划，新发现麻风病人20例；2002年，在三营镇、玉湖镇、茈碧乡3个麻风高发乡镇组织实施了消除麻风运动，发现病人7例；2005年以来在全县开展了消除麻风运动项目6次，2005年发现麻风病9例，2009年发现麻风病3例，2012年发现麻风病1例，2014年发现麻风病2例，2017年发现麻风病2例，2018年0例。

组织家属检查、线索调查，展开地毯式的普查，发现一例治一例，使洱源县的麻风患病率从2.73‰下降至0.006‰，基本"清零"。

1986年起，李桂科每年编印宣传单，开展多种形式的宣传，普及麻风防治知识，鼓励报病，对自报和他报人员给予奖励，报病费从100元增加至现在的1000元。

1987年，开展麻风联合化疗后，李桂科每年都要编印培训讲义，每年都开展对乡村医生和村干部的麻风知识培训，发现麻风病人。

2022年9月2日，我在山石屏麻风历史博物馆看到了李桂科的刻笔和蜡版，看到了印刷讲义的油印机。回溯到那段时光，那时候我们也在大理刻蜡版、油印小报，不过那时我们印的只是一些稚嫩的小诗小文，而李桂科干的却是惠及民生的麻风病防治的大事业。在山石屏，我还看到了当年的宣传单，白底黑字，标题是显眼的初号大标宋"麻风病可防可治不可怕"，内容包括"麻风病的传染及预防、麻风病的症状表现、麻风病防治新措施、共同努力为消灭麻风病而奋斗"等几个方面，落款是"洱源县卫生防疫站"，时间是"一九八六年九月"。另一张是白底红字，标题为"麻风病早治早愈，报病有奖"。内容称："麻风病现在已有特效药，患麻风病是完全可以治愈的，早治早好。"之后说了些麻风病的特征，鼓励大家报病，"给自己报病补助100元，为他人报病者奖励20元。在治疗期间生活困难者给予适当补助，若需保密的患者，可给予保密治疗"。落款是"洱源县卫生局 洱源县卫生防疫站"，时间是"一九九二年一月二十六日 麻风节"。

　　在山石屏麻风博物馆，我还看到了李桂科刻蜡版油印的麻风知识培训讲义数十本，还有他用钢笔抄写整理的医学知识笔记，那些用蓝黑墨水写的字，仍在书页上游动呼吸，只是那些纸张已经发黄发脆。

　　在山石屏，李桂科说："我是第一个走进这个麻风院的健康医生，或者说，我是第一个走进山石屏的普通人。那时我的想法就是巴不得赶紧把他们的病治好。我常常痛恨自己医术的贫乏，也叹息我们国家没有研制出治疗麻风病的新药。所以，我拼命地学习。只要是有价值的资料，不吃不睡我也要搞清楚。"

　　那时，李桂科吃住在供医务人员学习、生活的"健康区"，隔疗

（第八章）
麻风病患者的春天

养院5公里，但是病人有什么需求，他24小时随叫随到。在那些黑黢黢的夜里，只要看见橘红的灯光游动在麻风院里的碎石小径上，大家就知道李医生来了。

李桂科说："患了麻风的人几乎都会自暴自弃，好像自己犯下了什么天大的罪过，根本不相信自己的病能治好。我感到要为他们树立面对生活的勇气和信心，比治病更为重要。从另一个角度来说，只有树立起生活的信心，才能彻底治愈麻风病。"

为了拉近与麻风病人之间的距离，赢得他们的信任，李桂科做了个大胆的举动。在患者规范服药后，李桂科脱下了隔离服、摘掉口罩、取下手套，和患者面对面聊天。那些麻风病人很吃惊，但很快他们就和李桂科热乎起来。他们开始和李桂科拉家常、交朋友，与他聊起家长里短，鸡毛蒜皮，也聊自己的烦恼与希望。

"脱下了隔离服，好像是消除了我们之间心灵上的鸿沟。他们很清楚、很明白，我不嫌弃他们，我是真的把他们当朋友。慢慢地，他们与我走得越来越近，我能够更加深入地掌握每个人的情况，知道他们究竟在想什么，需要什么！在我的开导和鼓励下，很多病人开始积极治疗，乐观地面对生活。"

第九章

千头万绪的麻风康复

那段时间，李桂科是我最得力的助手，也是个勤奋的好学生。他不仅严谨认真，而且学习能力强。一个月后，他自己就能熟练地为康复者做足底溃疡清除术，还带起了徒弟。这之前，李桂科从未接触过外科手术，挺佩服他的！

——彭金虎

(第九章)
千头万绪的麻风康复

联合化疗，成为消灭麻风病的法宝，解决了久治不愈的顽疾。

1987年尚未治愈的麻风病人，至1990年全部治愈。这些治愈的麻风病人，被称为"麻风康复者"。

然而，病程很长的麻风病人，大多数留有不同程度的残疾。这些残疾者怎么办？要清楚底数，要制订康复方案。

按照李桂科的说法，身体康复之后，还要心理康复，让他们走出心灵的阴影。还有社会康复，要让社会接纳他们，消除歧视与偏见，这是个漫长的过程。还得经济康复，让他们脱贫致富，生活富裕了，才有做人的底气。

山石屏村党支部书记杨晓元说："40多年来，李医生默默无闻地为我们村的病人治病，不厌其烦地与病人沟通交流，耐心细致地给大家讲解病情病理，没有放弃对任何一个病人的治疗。甚至连村里的顽固病人苏晓标都佩服地赞叹李医生是神医。赵珍四老人也逢人便说，衣服脏了有李医生帮我洗，开水烫时李医生用嘴一口一口帮我吹。像这样鸡零狗碎的生活琐事，是李医生每天必做的事。"

杨晓元还回忆，1992年的春节，李桂科把麻风康复者们召集到院子里开会。

李桂科说："现在大家的病都已经治好了，但你们的溃疡还很严重，大家不要有什么顾虑和思想负担。在康复阶段，要认真调理，安心养病，身体才能尽快康复。大家要好好配合我。"

那段时间，李桂科每天都帮康复者清洗溃疡上的伤口、换药、包扎，直至他们身上的溃疡愈合结痂，长出新皮。此外，李桂科还细心地照顾年迈老人的饮食起居，每天忙得像个陀螺。

尽管面对那么多的生老病苦，可李桂科脸上，总是挂着微笑。那是发自内心的慈悲,那是由内向外生发的奉献精神!

杨翠莲老人告诉我:"以前我老是不相信自己的病已治愈。后来干活不小心刮破了皮,伤口几天就结痂,我才相信治好了。你不晓得,以前皮子戳烂点,几个月都好不得!"

1989年,李桂科组织了全县麻风康复者的残疾调查,有568例。这次调查也很费劲,在麻防科人少事多的状态下,分组下沉到每个乡镇、每个村落,逐一理清,做到数据准确无误。这与当年李桓英教授为了争取世卫组织联合化疗项目援助是相同的。李教授不顾年老体弱,穿梭在崇山峻岭之间,甚至拉着溜索过江,掌握第一手资料。李桂科身为基层麻风病防治工作者,积极践行李桓英教授争取的联合化疗方案,学习李教授严谨务实的工作态度,在这次康复者残疾调查中,也是爬山过河、进村入户,得出了康复者残疾率为74.3%,清楚了多个部位的残疾数。

足底溃疡是麻风病患者的常见症状,并且长期难以愈合。影响生产生活不算,有些最终只能靠拐杖轮椅度过余生。有些严重患者失去脚指头,甚至失去整个脚掌的也不少见。李桂科很着急,如果不能解决这个问题,即便麻风病治好,活得也很艰难。身为皮防科医生,李桂科和同事们也无法处理。他是个善于想办法的人,于是他找到了大理州防疫站的彭金虎医生。

李桂科说:"彭医生,听说你在上海遵义医院进修时,做过麻风足底溃疡的手术。我们皮防科的医生都不会,能不能拜您为师,教教我们?"

看着眼前这个憨厚可爱的男人,前额上的头发已日渐稀疏,两鬓也略显斑白。彭金虎叹口气说:"老李啊,扑在麻风病上几十年,你

(第九章)
千头万绪的麻风康复

也累得够呛。你还要学做手术？"

"不光我要学，我们皮防科的医生都要学，麻风康复者要重新开始新的生活。"李桂科说。

"好吧，我就教你们。"彭金虎爽快地说。

李桂科欣喜若狂，便以洱源县防疫站的名义给大理州防疫站和州卫生局打了请示报告，请求彭金虎医生到洱源现场教学3个月。

1991年初，彭金虎来到洱源，给洱源县防疫站皮防科的医生们做了3个月的现场教学，李桂科学会了足底溃疡清创术和垂足矫正术。在李桂科的带动下，洱源县防疫站皮防科的医生们都学会了这两项手术，超出了他的预期。起初李桂科只是下决心先学会，再带动科里的男医生，学会几个算几个。男医生尽量学会，女医生就不必勉强。后来男医生都学会了，王汉喜、许玉梅两位女医生也学会了，而且大胆投入实践，手术效果不逊于男医生。如此，皮防科的所有医生都能手术。从此，他们拿起手术包，骑上自行车，就能到康复者家中做手术。

时任大理州防疫站皮防科科长的彭金虎医生说："那段时间，李桂科是我最得力的助手，也是个勤奋的好学生。他不仅严谨认真，而且学习能力强。一个月后，他自己就能熟练地为康复者做足底溃疡清除术，还带起了徒弟。这之前，李桂科从未接触过外科手术，挺佩服他的！"

到麻风康复者家中做手术，这应当是李桂科的创举，是很多手术医生想都不敢想的，这显得极不严谨。在家中手术，卫生条件并不达标。同时，到麻风康复者家中手术，医生的心理障碍也是难以克服的因素。但李桂科觉得，足底清创手术的复杂度不高，只要做好个人

防护，做好消毒杀菌，安全隐患不大。而且到病人家中手术，能增强康复者的信心，减少行动的麻烦，节省时间，为康复者恢复正常人的生活创造了更多的条件。云南省皮研所获悉李桂科的做法后，极为赞同，并向全省推广。

麻风病患者由于皮肤神经受损，有些人眼睛无法闭合，带来的问题较多，比如影响夜间睡眠，更多的则是易受眼疾困扰，风沙进入眼部后容易感染结膜炎，还有沙眼。在麻风康复者中，眼部患白内障的也多。但是外眼的手术专业性较强，不像足底清创术。白内障复明术，对手术条件和医生的手术水平要求很高，只有专业的眼科医生才能做，而且县医院也不具备手术条件。把麻风康复者送到州医院做，超出了李桂科的经济能力，而且较为麻烦。那些麻风康复者本就行走不便，眼睛看不见，更是寸步难行。

李桂科是个有韧性也善于动脑子的人。通过多方寻求帮助，他联系到福华国际康复部宋爱真主任资助，广东汉达康福协会眼科组把手术车从广州开到了山石屏，唐辛医生亲自为患者做白内障手术。唐辛医生是中国第一位专门服务麻风病人的眼科医生，他1987年从湖南医学院毕业后，就追随马海德的理想，全身心为麻风康复者服务。由于麻风康复者大多都有眼疾，所以他经常在麻风村奔波。唐辛医生计划要把手术车开到中国的每一个麻风村，为麻风病患者做眼科手术。而他一家三口，却住在广州市区一间不足30平方米的小屋里。

2004年，广东汉达康福协会唐辛医生开手术车到洱源，义务为麻风康复者做手术。2007年，陈亮医生又到洱源为麻风康复者做眼科手术。李桂科内心感激，但也惴惴不安：每次都请他们从广州大老远来，时间精力、人力财力耗费太多，这样挺对不起人家的。

〔第九章〕
千头万绪的麻风康复

　　李桂科在昆明举办的几次社团组织活动中，认识了来云南支教的新加坡医生陈来荣，两人成了好朋友。李桂科与陈来荣医生商量，请新加坡的眼科专家，带上晶体到洱源县人民医院为农村白内障患者免费手术，主要是教会县医院的眼科医生做白内障手术。这样，患白内障的麻风康复者就可以到县医院动手术，不必再请广州汉达的眼科医生来。陈来荣医生对这事非常重视，2008年组织了卢正等眼科专家带着晶体，到县医院免费做白内障手术，并教会了县医院的医生。从此，患白内障的麻风康复者就能到县医院做手术。陈来荣医生对中国西部送医服务及对青年和儿童事业的杰出贡献，得到了中新两国政府的褒奖。2004年，中华人民共和国国家外国专家局授予他"友谊奖"，新加坡为他颁授"新加坡国际基金会奖"。

　　此外，李桂科还多方寻求爱心组织的援助，把3名麻风康复者送到昆明做手指勾曲矫正术、面瘫矫正术，把1名患者送到文山做面瘫矫正术，把2名患者送到大理州政府所在地下关镇（现下关街道）做眼睑矫正手术。

　　李桂科还为每名康复者准备了护理箱、防护手套、防护眼镜、防护鞋、拐杖、轮椅等，如今走进山石屏疗养院，那些康复者戴的墨镜、穿的防护鞋、坐的轮椅，全是李桂科想方设法找到爱心组织赞助的。

　　李桂科多方奔走，还争取到国际合作。中国和英国麻风康复项目、中国与比利时麻风康复项目都落户洱源县，并获各级科研成果奖。国际麻风康复专家皮夫尔、宋爱真，中国麻风康复专家张国成等人都先后到洱源县考察，对李桂科的建树颇有好评。

　　1992年，李桂科的论文《568例麻风畸形残疾的调查》被评为大理

·133·

州卫生系统优秀论文。

1994年，李桂科的论文《麻风残疾患者家庭手术治疗的探讨》获洱源县科技进步奖二等奖；1997年，他的论文《中国与比利时王国麻风康复合作项目的成效》获洱源县科技进步奖二等奖，《麻风康复项目效果分析》获大理州卫生系统新技术新项目三等奖。

1999年，李桂科、杨云虎、许玉梅、朱占山、胡正清、王汉喜、严云昌等人的科研成果《中英麻风康复合作项目的效果分析》获大理州卫生系统新技术新项目二等奖；2001年，李桂科、胡正清的论文《麻风复杂性足底溃疡的综合防治》获《云南皮防》优秀论文一等奖。

2002年，李桂科的论文《麻风足底溃疡清创术远期疗效分析》获大理州卫生系统新技术新项目三等奖；同时，他还在《中国麻风杂志》《云南皮防》等报刊上发表了30多篇论文。

"时代楷模"朱有勇教授"把论文写在大地上"，李桂科也一样。他的论文都是在麻风防治和康复的过程中总结出来的经验，理论与实践相结合，具有较强的针对性和指导性。

第十章

治愈心灵，融入人间烟火

在李桂科医生的倡导下，我们又尝试通过汉达的网络平台把山石屏老人夏天捡拾的野生菌推向市场，大受欢迎。我知道，顾客们喜欢的，不仅是野生菌的美味，更多是这段关于李桂科与麻风村的故事。

——曾庭梅

"只要我在山石屏，我都要挨家挨户督促他们好好做饭吃，我要求他们每顿都要有肉，要喝牛奶，对自己不能太苛刻。不然有些老人懒得做饭，随便应付，对他们的健康不利。"李桂科这样说。

确实，作为麻风康复者，需要有足够的营养支撑，有些康复者舍不得吃，将生活补助留给子女，或者积攒起来。李桂科作为医生，总是及时提醒他们。东家进，西家出，要求他们吃得好点，营养要全面，使这些康复者的机体免疫力处于合理的状态。

李桂科要求康复者营养全面，对自己却很苛刻。在山石屏疗养院，他自己煮饭吃，每顿饭都吃得清淡，青菜汤、炒洋芋、炒韭菜，偶有肉。我去山石屏采访，就是李桂科医生亲自下厨给我做饭，菜肴多了"白扎肉"，看来是为我准备的。"白扎肉"是那种肥瘦相间的猪肉，在水里煮熟了切片装盘，用蘸水蘸着吃，蘸水里有葱花、醋、酱油、辣椒粉，是洱源人习惯吃的味道。在李桂科医生做饭的间隙，我集中精力走访麻风病康复者及其子女。他饭菜做好来叫我，我现成吃。

我有些不好意思，说："李医生，应当是我煮饭。"

李桂科说："你忙着采访，还是我做饭。"

他还请我喝他自己酿的葡萄酒，算是高规格接待，平时他也不喝。

"中央电视台几个记者采访你一周，也是你做饭？"我有点好奇。

"是啊！我做饭。青菜、萝卜、番茄、韭菜，都是我自己种的，洋芋是我在炼铁街上买的。有时顺便捉几对豆腐、割一刀肉。"

我做过多年记者，下乡采访不下百次，要么是被当地部门接待，

(第十章)
治愈心灵，融入人间烟火

饭馆里吃，要么自己到街上买吃。吃采访对象给我做的饭，还是头一回。李医生的手艺一般，口感偏淡，不过他的菜都很生态。相信那几个中央电视台的记者吃了几天他做的饭，都会很怀念那种山野间的味道。

"那几个记者里有个导演，他说拍完片后回县城请我吃烤鸭。我说又不是北京，有什么烤鸭？回县城我请你们吃饭。"李桂科说。

我听了觉得好笑，他们每天吃李医生做的饭，想必有些扛不住清淡，想换换口味啦！

我忽然理解了李桂科，出名后采访他的记者很多，他不能给地方党政部门添麻烦。下馆子，偶尔一次可以，长期如此，他微薄的退休金也请不起。他更不愿自己被采访给山石屏村添麻烦。他曾经说过，他从来没有在山石屏的账户上报过一分钱，只有自己往里边贴钱。

想起在洱源县城的时候，他硬要亲自驾车带我进山石屏。他是怕用我的车，花我的钱，所以硬要开自己的二手车。我说我比你年纪轻，还是开我的车，坚决不让他开车。

他不想给地方党政部门添麻烦，也不愿朋友为他花钱。他平时省吃俭用，可对麻风康复者他又是大手大脚，衣兜里总装着红票子，看见麻风康复者或贫困的老人，他就掏钱塞给人家。山石屏麻风博物馆立碑用的大理石料，也是他用自己的二手车拉进去的，不让村里报油钱，不要补助。

"他们给我几个鸡蛋、几棵青白菜，我都要付钱，不付钱我就不要。秋天打下的核桃板栗，分给我的部分我也要付钱。他们生活太不易，我不能占他们丁点便宜。否则，他们就会怀疑我留下来帮助他们，是有个人企图。"李桂科坦然地说。

其实那些核桃树和板栗树，都是李桂科带着大家种的，秋天有了收成，他分几棵，理所应当，大家也不会说啥，但他就是要付钱，村民们也无可奈何。

他不仅是个治疗麻风病患者身体的医生，也是通晓他们内心的心理医生。

"患者身体康复了，心理康复得跟上。"李桂科说。

心理康复，说起来容易，做起来难。麻风康复者大多都由于自卑而极度敏感。

在河南的一次宣讲活动中，李桂科说："1990年，麻风院的病人全部治愈，病虽然好了，但是他们仍然被社会和家庭遗弃，外面的人像躲避瘟疫般远离他们，他们仍然没有走出大山，仍然没有跨过黑惠江，仍然孤独地生活在山石屏村。他们辛辛苦苦种出的农副产品没人敢买。外出搭不到车，外人不敢进来。亲戚不愿跟他们来往，朋友早已断交，子女们长大后找不到对象。我当时在想，急需有人为他们搭建起两座桥，一座是不用渡船就能走出去的桥，一座是让他们能够走进社会的心灵之桥。"

在黑惠江上架座桥难，在麻风康复者的心上搭座桥更是难上加难。

1990年，山石屏麻风院全部病人治愈，按现在的说法就是"清零"。"治愈"有个标准，必须经过多个程序，证明这些患者已经不具备麻风病人的内在特征，比如要做临床检查、细菌取材、组织病理取材，然后再回去化验分析，得出治愈的结论。全部治愈后，李桂科把麻风病康复者集中到院子里。

"告诉大家一个好消息，你们都是健康人了！"李桂科喜笑

(第十章)
治愈心灵，融入人间烟火

颜开。

大家仿佛没有听清楚他说的话，面面相觑，不知如何是好。

"你们都治好啦，你们都不再是麻风病人，你们现在都是康复者！"李桂科再次提高了嗓门说。

"我不相信，俗话说'麻风病都治得好嘛，鸡圫也栽得活'，李医生给我们吃了那么多年药，就是让我们还能活着。好死不如赖活着，我都老了，也挨不了几年啦！哪都不想去。"曾信开说。

曾信开是个瘦瘦小小的老妪，操着洱源三营的口音。

杜朝明说："我相信现代医学，我相信李医生，我也相信自己已经治愈。"

站在杜朝明旁边的杨晓元突然蹲下去，用双手蒙住脸失声痛哭起来。

杨晓元和李桂科是高中同学，在读高中时便查出得了麻风病，1979年就来到山石屏，陡然听到已治愈，郁积在心中的泪水便奔涌而出。

等众人的情绪宣泄过后，李桂科再次宣布："从今天开始，你们就可以回家。可以种地，可以搞养殖，也可以做生意，幸福生活在等着你们！"

阳光暖暖地洒下来，照着李桂科和善的笑容。

"家早散了，地也没了，我回哪儿去？"杜朝明哭丧着脸。

"是啊，李医生，山石屏就是我们的家，我们没处可去。"大家齐声说。

突然面对这个状况，李桂科始料未及。他没有想到，身体上的疾病治好了，但这些麻风康复者却回不去了。

回不到过去，回不到村庄，回不到家庭，无法融入社会，这就是麻风康复者共同面对的状态。

要像解决洋芋山的问题般处理山石屏的事，可能无法实现。

洋芋山在鹤庆县与洱源县交界处，属三营镇永胜村委会。提起洋芋山，皮防科的医护人员直摇头，上去一回怕一回，从三营东山脚算起，要爬5个小时的山路。李桂科记不得自己爬了多少回，磨破了多少双鞋。那里生活条件艰苦，只能种洋芋，故名洋芋山。冬天大雪纷飞，洋芋便冻死。即使不下雪，收成也不好，维持生计的确不易，麻风病患者上洋芋山也是迫不得已。洋芋山的46名患者康复后，让他们返回老家，融入社会，便是李桂科的当务之急。这个不通电、不通水、不通公路的高寒冷凉之地，也不适合人居。

让洋芋山的麻风康复者回去，他们自然是愿意的，可问题接踵而至：他们的家人是否愿意接纳？他们的村庄愿不愿让他们落户？李桂科横下心来，一定要让洋芋山上的麻风康复者融入社会，将68名康复者及其家属送回老家，无依无靠的3人送到山石屏疗养院。

有个叫杨家珍的老人，她是三营镇永联村谷子厂的，已是花甲之年。她在洋芋山生活了30年，手脚因病全部残疾，无法正常行走。李桂科经过多次劝说，终于说服了杨家珍的儿子儿媳。他的儿子请村里人用树枝扎了个担架，花了整整一天时间，才把杨家珍抬回了家。杨家珍返回家后，一家人悉心照料，她的身体渐渐好转，直到80多岁才离世。李桂科是如何说服杨家珍的儿子的，其间费了多少口舌，人们已不得而知。但最终她的儿子不仅将老人接回家住，还悉心侍奉。离家30多年的残疾老母，终得儿子照料得善终，这也算是人间大爱。

提起这些往事，李桂科总说，是我要感谢他们，如果没有这些

（第十章）
治愈心灵，融入人间烟火

家人的理解与支持，很多麻风康复者的晚年便得不到保障，会给国家和社会带来更多的负担。当然，有些话他不能说，没有家人照顾的老人，就是李桂科的父母。

2000年，洱源县三营镇洋芋山还有12个麻风康复者回不了家，其中有个人叫王长有，已经67岁，双目失明，手足残疾，走路都困难，孤身一人，无家可归。李桂科把他和别的两名无家可归者接到山石屏疗养院，还安排专人照料生活。老人感慨地说："没有李医生管，我就没法活下去！"

洋芋山的麻风康复者全都得到安置，但山石屏不同。山石屏依山傍水、森林茂密、土地肥沃、气候湿润，生存条件不错，离省道平甸公路也不远。如果将黑惠江的桥梁架起来，交通条件就会改善。

"你们想回去的，我都会帮你们办理。你们回去后，我也该回去照顾老人、陪陪娃娃。我的父母也已年迈，我的孩子还在读书。"李桂科说。

可是山石屏麻风院的很多康复者还是不愿回去，他们眼巴巴地看着李桂科，希望他能满足大家的心愿。

"既然你们回不了家，也不愿回家，那就在此安居乐业吧！从此，这里就是山石屏村，这个村庄要世世代代绵延下去。"李桂科动情地说。

事情的结果往往出人意料。本来可以回家侍奉父母，让自己的妻子歇口气，然而他却只能留下。当然他可以选择离开，狠狠心走掉，再不看他们伤心的眼神。可他天性善良，对底层的困苦有着强烈的同情心。他是个中共党员，从入党那一刻起，他就践行着全心全意为人民服务的宗旨。他不仅没有逃离，反而将党组织关系转出，成为山石

屏党支部的书记。他立志带领麻风康复者和他们的家属，重返社会，融入这美好的人间。

他把麻风康复者带到县城，带到他的家里，消除妻子的戒心，亲自下厨给他们做饭。他的妻子杨芬领着麻风康复者到县医院看病。他还到麻风康复者家中做客贺礼。洱源县卫生局的严云昌回忆，1989年底，中炼村的麻风康复者老杨为其子完婚。出于感恩，他请了李桂科和皮防科的医护人员赴宴。李桂科觉得，要把声势搞大些，鼓励麻风康复者重返社会，也为社会各界做个表率。于是他带着皮防科科室人员如约而至，在杨家门前放了最长的鞭炮，还送了丰厚的贺礼。到老杨家，他们大帮小忙，有说有笑，没有丝毫生疏，比家人还热乎。吃喝完毕，李桂科又帮着招呼客人，端茶倒水。坐了很久，他们才辞别。老杨感动不已，带着全家人出门相送。当着亲戚和村里人的面，把早已准备好的红布挂在他们开来的车上，并放了数米长的鞭炮以示感谢。

严云昌说："做客给人放鞭炮，是常事。做客被办客的人家反放鞭炮，还给我们挂红，今生也就这一次。"

提起这件事，李桂科也是记忆犹新，咧开嘴笑了，笑得像个孩子。

广东省汉达康福协会云南区域总监曾庭梅也有很多感慨。汉达是个具有法人资格的属于救助麻风康复者的社团组织，这个组织综合开展社会、心理、经济、生理康复服务，提高麻风康复者的生活质量。她记得，2014年1月26日国际麻风节那天在山石屏村的情景：老人们三五成群笑呵呵地围坐在桌边聊天晒太阳，在院场另一头的石桌边，李奶奶拿着筷子，认真地翻着上午刚晒下的豆腐果；李医生在娱乐室

(第十章)
治愈心灵，融入人间烟火

写着春联："山崩地裂家园去，万众一心重建来。"

初到山石屏的时候，曾庭梅还是在校大学生，作为志愿者在村中组织活动，但李桂科医生自始至终都在村中与志愿者们同吃同住同劳动，他熟悉每名康复者的情况，于康复者而言，李医生就是他们最亲近的人。

1998年，在第十五届国际麻风大会上，李桂科与汉达创始人杨理合教授结识，开始了数十年的合作。多年来，汉达康福协会与山石屏携手合作，开展了社会、心理、生理、经济、助学等项目扶持。

李桂科与杨理合教授初次见面后，便邀请他到山石屏村考察，并在云南无项目办的情况下为山石屏的学生提供助学金和助学贷款。曾庭梅记得，她发现李医生关心的不仅仅是孩子们是否有饭吃、有衣穿、有书读，他还特别关心他们的心理健康，长期与孩子们保持联系，鼓励他们，引导他们，帮助他们消除外界歧视带来的心理影响。就连到村中开展活动的志愿者，李桂科也时常给予他们指引和帮助，曾庭梅便是其中的受益者。她曾收到学生写的一篇文章，是关于李医生的《引路人》，这名学生详细地讲述了在成长过程中李医生对她的影响。结尾处学生写道："这就是我所认识的李桂科医生，朴实无华，默默地为我们这些一度自以为被命运遗弃的人奉献着。他的智慧和力量，如一盏明灯，点燃了我们前进的道路，温暖了我们生活的每个角落，明亮的焰火，熠熠闪光！"

2004年，汉达在云南设立办公室。在李桂科的邀请下，这个团队开始在山石屏麻风村开展生理康复项目。他们为山石屏的康复者每人每年提供两双防护鞋，为有需求的康复者提供拐杖等防残器具和护理物品。同时，汉达眼科手术车曾两次开到山石屏，免费为康复者进行

白内障复明术和外眼手术。

2007年,汉达与李桂科联合组织开展了更多活动。比如在炼铁街天组织了麻风知识宣传,由李桂科亲自为乡亲们讲解麻风知识。中秋节,在村里组织中秋聚餐和晚会,李桂科亲自为康复者们斟酒拈菜,送上祝福的话语。汉达还成立了通讯小组,李桂科是其中的核心成员,他积极投稿,通过《汉达通讯》为云南、广东、广西、四川等多地的康复者讲解老年健康知识。

李桂科和汉达还联手在山石屏组织了盛大的"3·11"国际尊严尊敬日纪念活动。在活动中,李桂科亲力亲为,邀请了茄叶村尹灼瑞文艺表演队和其他村落的文艺表演队,齐聚山石屏表演,并与麻风康复者聚餐,举行篝火晚会。那一刻,来自广东汉达的志愿者、周边村落的村民、山石屏村的麻风康复者及其子女同台献艺、同桌欢宴,手拉手围着篝火打跳,彼此的心紧紧联系在一起,人们之间不再有"麻风"的芥蒂。

麻风康复者杜朝明告诉我:"国际尊严尊敬日,那是我们最开心的时光。那天,我们宰了4头猪还不够吃。有400多人参加我们的活动聚餐。哪怕把我们的家底吃光喝光,我们也高兴啊!在人们的眼中,我们已经是健康人。我们不分彼此,我们不再被人瞧不起!"

国际尊严尊敬日是与麻风病人有关的节日。1999年3月11日,在美国路易斯安那州,一场抗议侵犯人权的活动吸引了全世界促进人类尊严和尊敬的目光。当年被诊断为麻风病(汉森氏病)的人们被迫与家人分离、改名,集中居住在路易斯安那州卡威尔。在那里,他们已经居住了70多年。然而,1999年初,美国政府通知部分卡威尔居民必须在7月底前搬走,其他居民也只能再住3年。为了支持卡威尔居民,

(第十章)

治愈心灵，融入人间烟火

根据他们自己的意愿长期居住下去，来自世界各地的人和美国民众决定于1999年3月11日下午1时在美国卡威尔汉森氏病中心门口集会，内容包括向克林顿总统递交请愿书，要求政府尊重卡威尔居民的选择，在他们已经居住了70年之久的家继续生活下去，并逐渐将卡威尔建设成国家历史纪念馆。支持者步行到卡威尔公墓，那里安葬的都是历史的见证人。他们因被诊断为麻风病（汉森氏病）而经历了与家人的分离、被迫改名，他们被剥夺了选举权、婚姻权，他们被剥夺了乘坐公共汽车旅游的权利。支持者在公墓举行象征着消除无知和恢复尊严及自由选择的典礼仪式，以对被剥夺过这些基本权利的卡威尔居民表示崇高的敬意。为了支持卡威尔的行动，国际理想协会于1999年2月14日以电子邮件通知其在30多个国家的分支机构，将这一天定为"尊严尊敬日"，号召各分支机构在此日举行声援活动，并在每年的这一天，以尊严和尊敬为内容举行纪念活动。

2011年，李桂科又组织了"乡村公益之旅"项目，通过动员社会公众走进麻风康复村，促进他们参与公益事业的意识与行为。这些参与者可在活动中体验传统农业生产生活和自然乡村的原生态，身体力行地体味民族风情和文化，感悟麻风康复者自强不息的精神。李桂科是此项活动的核心人物，他详细为游客们讲解麻风病及其防治知识，为游客分享山石屏的前世今生。有个从上海来参与活动的志愿者在给曾庭梅的邮件中说："参加山石屏公益之旅，我以为自己能帮助他们做些事，可事实上，是这些可敬的老人，用他们坚韧的生命故事鼓舞了我，使我从之前的失意中走出来。"

曾庭梅说："在李桂科医生的倡导下，我们又尝试通过汉达的网络平台把山石屏老人夏天捡拾的野生菌推向市场，大受欢迎。我知

道，顾客们喜欢的，不仅是野生菌的美味，更多是这段关于李桂科与麻风村的故事。"

坐在山石屏麻风博物馆前的条凳上，李桂科跟我讲起个故事，令我难以忘怀。

这是一名来自深圳的年轻姑娘，她是来参与山石屏公益之旅的。之前，她患有较为严重的抑郁症，曾几次想自杀。为了散散心，才加入这次公益之旅。在参观麻风博物馆时，李桂科向他们详细介绍了麻风患者们不屈服于病痛、顽强求生的精神。他们做家具、造船、造屋、做农具，种地、养猪、磨面，完全过着自给自足的生活。因为外面的工匠不敢来，所有的工具只能自己制造，要拖着患病的身躯打粮食，还得养活子女。这种顽强不屈的生存意志，正是中国人不向命运低头的常态。在过去的数百年间，面对西方列强对中国的分割，面对日本人的入侵，中国人正是靠着这种"誓不低头"的意志力，才最终取得了胜利。那次旅行，对这位深圳姑娘的心灵是个巨大的撞击，她感到无比震惊。相对而言，自己遇到的那点小事算不上什么。这些麻风患者，面对疾病的折磨，面对世俗的歧视，他们选择了坚韧地活下来，这需要多大的勇气？后来深圳姑娘豁然开朗，抑郁症也减轻了，重新投入火热的人间烟火中。

李桂科拿出个小靠椅给我看，说这是麻风病患者做的。椅背上刻了"春花可爱"四个字。李桂科指着这几个字说，这表明麻风患者当时的心情很愉快、很乐观，对生活充满了信心。我没有往深里追问，却在心里嘀咕："春花"是指春天绽放的花朵，还是人名呢？如果是春天的花朵，表明那人在做靠椅时看着漫山遍野的春花绽放，表达自己喜悦的心情；如果是指人名，那么做的匠人是不是爱上了个叫"春

【第十章】
治愈心灵，融入人间烟火

花"的女人？或者他的女儿就叫"春花"，后边还有"可爱"一词，那么这里的"春花"更大的可能是他的女儿吧？可惜时过境迁，我们已经无法再现当时的情景。但是，他对生活的热爱由此可见。

秋天的山石屏，已是瓜果飘香。院子里的板栗树上挂满开裂的果实，褐色的板栗在毛糙的绿衣里探头探脑。木瓜树上缀满了碗口大的白木瓜，溪流潺潺流入小院，黑惠江在村口默默流淌，几位老人在院里晒着太阳。眼前呈现着安宁平和，与昔日的麻风院大相径庭。

吃过李桂科煮的面条，我俩又开始聊天。他说："1990年，麻风病人全都治愈了。按理说，病人治愈了，我可以不用像以前那样，天天把妻子、老人和孩子丢在家里，天天在县城和疗养院之间奔波。我可以离开了，这时，正好大理州防疫站要调我去。"

这是李桂科面临的第二次调动。其实早在1983年，县地震办就要调他去，还跑到山石屏麻风院的"健康区"找他。那时他的新婚妻子杨芬也特别希望他调回县城，可他还是选择了留下。1990年，他再次选择了坚守。

之前的叙述中，也提到了李桂科再次留下的原因，那是别人的讲述，我想听听李桂科本人的言说。

李桂科说："病人治愈了，可是他们很贫困，生产生活条件很差，仍然受到歧视与偏见，他们跟村外的亲戚没有往来，没有朋友，子女们长大后找不到对象，大部分病患家庭选择了相互通婚，也就是山石屏麻风康复者的儿子娶另一位康复者的女儿。对这种歧视，我感同身受。医生本是个受人尊敬的职业，但我天天和麻风病人这个特殊的群体待在一起，也会感受到歧视和偏见，朋友慢慢减少，一般人也会和我保持距离，但我很快从自卑与孤独中走了出来。我晓得，我坚守的是份艰辛而又光荣的事业，终有一日，会得到世人的承认与理解。"

李桂科说："麻风病治愈了，可是他们心理上的创伤也需要治愈，只有治愈了心理创伤，他们才能以一颗健康的心和健全的人格迎接新生活。社会对他们的歧视和偏见，需要改变。只有改变了社会对他们的歧视和偏见，才能让他们感觉到自己是这个社会里正常的、受人尊重和关爱的一员，才能让他们更好更全面地融入我们的社会。他们贫困的生活，需要改变。过上衣食无忧的日子，追求更高品质的生活，是上天赋予每个人的权利。麻风病人在过去的岁月中吃过的苦已经太多，我们应该为他们创造好点的晚年。于是我知道我还是不能走，我还是要留在他们身边，去关心他们、帮助他们。"

为了改变社会的歧视与偏见，李桂科有空就宣传麻风病可防、可治、不可怕的科学道理。麻风病是麻风杆菌感染引起，95%以上的人对其有正常抵抗力，即使感染了麻风杆菌也不会发病。麻风杆菌主要侵犯皮肤和神经，只要早发现、早治疗、早治愈，就不会留有残疾。他每年都编印宣传资料，通过乡镇、村防保医生发放张贴。他编印了《基层医生麻风防治手册》，培训乡村干部和乡村医生，通过他们向广大群众宣传麻风病知识，消除人们的恐惧心理。为了消除病人的自卑心理，增强他们融入社会的信心，李桂科分期分批带麻风康复者参与广东汉达康福协会在昆明、大理、丽江组织的各种活动，组织麻风康复者到多个城市旅游观光，到外地考察生态种植、生态养殖，提高发展经济的技能，还把山石屏的农副产品带到外地参与展销。

"李医生带我们去旅游，这是我们做梦都没想过的。来到山石屏之后，每天看着太阳升起又落下，日子很漫长。连江东我们都难得

第十章
治愈心灵，融入人间烟火

出去。几十年了，山外的世界怎么样，我们都不晓得。在我们的世界里，只有罗坪山和黑惠江，只有麻风病和艰难地活着。我们活着甚至连一棵草都不如。李医生带我们到大理古城，看洱海，我们才知道还有那么大的海子。我们坐高铁、坐飞机，来到天安门广场，登上万里长城，那是做梦都没梦过的。"麻风康复者杨翠莲说。

"我们活着甚至连一棵草都不如！"杨翠莲的这句话，道出了所有麻风患者的艰难，幸而他们生在了新中国，遇到了共产党，遇到了李桂科。

周政泽说："我们到昆明、下关、北京、上海，吃美味佳肴。这些都是以前没想到的。别人进的餐馆我们也可以进，别人吃的我们也可以吃，别人住的宾馆我们也可以住。我们深深感受到身体已经恢复健康。我们国家太大，生活发生了太多的变化。现在祖国富了、强了，人民生活富裕了，我们山石屏也不能落后，我们也要艰苦奋斗，创造美好幸福的生活。"

带麻风康复者出去旅游，对李桂科来说是件辛苦的事。广东汉达的"爱心公益之旅"团队来到山石屏，是李桂科倡议的，虽然也累，但地点小，操心的事少，熟门熟路。去外边旅游就完全不同。李桂科体力也不强，但他还要操心这些麻风康复者的衣食住行，嘘寒问暖，有头疼脑热的，还得找药就医。这些麻风康复者大多没有出过远门，不知道如何购票、如何坐车、如何住店，辨认不清东西南北，还得担心他们走丢。因此，每次出行前，李桂科都要制订好详细的方案，对那些出过门的康复者做好安排，哪些人负责购票、联系住宿，哪些人负责安排伙食，哪些人负责安全。每次带大伙出去，都要绞尽脑汁。每次都要发生"找人"事件。但李桂科笑呵呵的，累并快乐着。在麻

风康复者面前，从来都是春风满面。

李桂科说："只有多带他们出去，看看大好河山，看看祖国日新月异的变化，才能增强他们勇敢面对生活的信心，让他们的日子过得有奔头，他们的后代子孙才不会坐井观天，才不会与社会脱节。"

事实上，多次外出旅游，确实让这些麻风康复者大开眼界，增长知识，增加智慧。外边团队多次进村，也给山石屏带来了广泛的信息。后来，麻风康复者和他们的家属有的外出做生意，有的搞种养殖业，有的外出务工，山石屏与外界的联系越来越紧密。

有次，李桂科带康复者出去旅游，住在大理的某宾馆。为了节省开支，李桂科都安排两人住一间。

李桂科对康复者段发昌说："老段，咱俩搭伙住！"

段发昌连忙摆手说："李医生，不得不得，我不能和你住一间。"

"为什么不跟我住？"李桂科有些懵。

"我怕把麻风病传染给你！"段发昌有些难为情地说。

李桂科才知道他们对自己的"治愈"还是没有信心。

"你的麻风病都治好10多年了，你身上已经没有麻风杆菌，怎么会传染给我呢？今晚咱俩住一间，没有什么可商量的。"李桂科高声说。

段发昌勉强应允，只不过仍是很拘谨，晚上大气也不敢出，不敢翻身。

次日，李桂科听到有几个康复者在低声议论："昨晚段发昌老倌跟李医生睡一间，我们是不是真的治好啦？"

李桂科听到后没有生气。他走到几个人面前，和颜悦色地说：

(第十章)
治愈心灵，融入人间烟火

"你们都治好10多年了，我是医生，你们怎么不相信我？再说了，如果你们身上还有麻风杆菌，我敢把你们带出来旅游吗？那样，要是人群中有易感者，岂不是害了人家。我敢把你们带出来，就是要告诉你们，你们现在是健康人。也要让整个社会知道，你们不再是麻风病患者。"

李桂科坦言，虽然麻风病已经治愈，但康复者不相信，这是普遍现象。让他们走出心理误区，确实是个漫长的过程。

李桂科记得，有个患者叫杨玉贵，得病后到山石屏疗养院治疗。他媳妇不相信他的麻风病能医好，就提出离婚。杨玉贵也不愿连累媳妇，于是两人就分开。在山石屏疗养院治愈后，杨玉贵也不相信已经医好，在他根深蒂固的观念里，得了麻风病就终生带病。李桂科晓得他的心理负担后，就找他谈心。

李桂科说："你的病已经治愈，是有科学依据的。我们查过菌、做过化验，才得出结论。你现在身上没有麻风杆菌，不会传染给他人。"

杨玉贵说："李医生，人家都说，麻风要能治得好，鸡圦也能种得活。你们查菌化验真的准吗？"

"过去的说法，是因为医学不发达。现在这些药物很厉害，治愈是有科学依据的。"李桂科说。

杨玉贵点点头说："李医生，我相信你，我现在确实已恢复健康。"

李桂科拍拍杨玉贵的肩膀说："玉贵，你还年轻，不必再待在山石屏。你回家讨个媳妇，重新成个家。"

"真的嘎？我还可以讨媳妇！"杨玉贵惊讶地咧开嘴。

李桂科笑道："当然可以，你是个健康人，完全可以娶妻，法律也支持。不过能不能讨得到，那就要看你的本事喽！"

"李医生这么说，我就真的要回去讨媳妇。只是我有个要求，我出去后您要来看我，我有困难就找您！"杨玉贵可怜巴巴地看着李桂科。

李桂科说："我当然会去看你，放心。你讨到媳妇要请我喝喜酒！"

杨玉贵放下心理负担，坦然地回归社会。回家后，他娶妻生子，其乐融融。李桂科也经常回访他，鼓励他养牛，帮助他的两个娃娃读书。杨玉贵家的生活蒸蒸日上，建了新房，在村里率先脱贫致富。

还有个年老患者叫李纯彬，已经治愈但他仍不相信。李桂科已经明确告诉他，他的病已经治好，想回去就可以走。他也很想回去，却又担心把病传染给家人，日子过得很揪心。

有天他找到李桂科说："李医生，我想回去看看孙子，又担心把麻风病传染给他。"

"我不是说过，想回去就可以走嘛！你已经治愈，没有传染性。想回就回。"李桂科笑呵呵地说。

"我真的医好啦？李医生你不是宽我的心嘎？"李纯彬还是半信半疑。

李桂科拉住他的手说："大爹，你把心放到肚子里去。你有没有治好，不是我李桂科说了算，是以查菌结果为依据的。我们反复查了几次，确诊你身上没有麻风杆菌，才能判定你治愈。你放一百个宽心。"

李桂科又去找李纯彬的家属，把李纯彬治愈的消息告诉他儿子，

(第十章)

治愈心灵，融入人间烟火

让他们来接老人。家属倒也通情达理，几天后就到山石屏把李纯彬老人接回家。李纯彬回去后，与家人的关系处得很融洽，与左邻右舍的关系也不错，在村里口碑甚好。每年春节，李桂科和皮防科的同事都要带着礼品去慰问他，村里的老人都挺羡慕他的。

说到这里，李桂科忍不住笑了。他说，那些没患过麻风病的健康老人反而羡慕麻风康复者，这倒真是有趣。

给麻风康复者免费做白内障手术，这是李桂科经过多次争取才做到的善事。原来广州的唐辛医生开着手术车到山石屏给麻风康复者做白内障手术，李桂科觉得总是如此麻烦唐医生也不是办法。他找到新加坡医生陈来荣，请他教洱源县医院的医生做白内障手术，这样麻风康复者再做白内障手术就方便许多，同时洱源的白内障患者也不必大老远跑到昆明。

洱源县医院能做白内障手术，使患白内障的麻风康复者就医方便，但也有不愿去做的，孟胜清便是。李桂科通知孟胜清到县医院做手术时，他不愿去。

李桂科说："老孟，以前要到昆明做，你行动不便，我也理解。现在就到县医院做，做完眼前就亮堂堂的，你为啥不做？"

孟胜清说："我身体有残疾，医院不会给得过麻风病的人做，医生会嫌弃我，我还是不要丢人现眼好点。"

李桂科说："你莫想太多，医生就是治病救人。你虽然得过麻风病，但现在已经治愈啦！医生就是天天跟病人打交道的，他们怎么会嫌弃你？我亲自带你去做，医生会对你很好，你放心！"

"李医生，你带我去，我就不怕。"孟胜清满口答应。

李桂科又给孟胜清的儿子打电话，让他到县医院照顾父亲几天。

孟胜清的儿子听到这个好消息，高兴得叫起来。他在电话里答应到县医院照顾老人，对李医生的关照很感激。

哪知第二天孟胜清的儿子又反悔，说他爹不做手术，担心医生见到他的父亲有残疾后，不敢做手术，更担心医院会嫌弃麻风康复的老人。

李桂科说："昨天我就和你爹商量妥当，医生是白衣天使，对病人一视同仁，残疾人他们见过很多，医生更不会嫌弃麻风康复者，医生更晓得麻风病治愈后就不会传染。只有那些不懂的人才会畏惧、才会嫌弃。我亲自带你爹去，你直接来医院就行，这边我都已安排妥当。"

李桂科就是这样，耐心细致地与麻风康复者及其家属对话，解除他们的心结。就像老师对待顽劣学生般，千方百计引导他们。

孟胜清儿子半信半疑地来到县医院，李桂科早在医院门口迎接，把他带到眼科交给医生。

李桂科说："这是孟胜清的儿子，来照顾他爹！"

县医院热忱地安排了孟胜清的手术，并在各个环节给予照顾，让他们感到如冬日阳光般的暖意，父子俩很感动。

恢复光明后，孟胜清找到李桂科，当面向他道谢，不仅还了他光明，还让他如沐春风，享受从未有过的善待。他还向李桂科道歉，因为自卑，还跟李桂科扯来扯去，给他添了不少麻烦。

李桂科拉着孟胜清的手说："您老说哪里话，这都是我应当做的。现在手术成功，看什么都清清楚楚，这不是挺好吗？"

麻风康复者都有过痛苦的治疗过程，长期处于压抑、孤独之中，或多或少都有心理问题。要么是担心没有彻底治愈，要么是担心外边

(第十章)
治愈心灵，融入人间烟火

的人嫌弃。很敏感，也很自私，和他们打交道并不容易。李桂科理解他们，时时处处都关照他们的情绪，对他们循循善诱，极具耐心和恒心。

曾信开已是80多岁的老奶奶，也患有白内障，李桂科动员她到县医院做白内障手术，她也是各种担心：担心被医生嫌弃，担心白内障治不好，担心把病传给别人。都说已经治好，但只要接触社会，他们总会有各种各样的"怕"。李桂科给她剃头、剪指甲，在此过程中耐心动员她。曾信开终于答应去县医院做白内障手术。李桂科又给她的儿子打电话，让他来照顾母亲几天。她的儿子接到电话后，也担心他妈年事已高，手术有风险，加上别的顾虑，便推三阻四。

李桂科说："你妈都答应做手术了，你怕什么？平时她都是在疗养院里，大家帮你照顾，现在让你照看几天不行吗？"

面对曾信开的儿子，李桂科表现出少有的严厉。

曾信开的儿子自知理亏，只好到县医院照顾他妈。

手术后，曾信开儿子有个朋友来探视老人，见到李桂科便说："李医生，你胆子太大喽！80多岁的老奶，就算是我妈，我也不敢翻越海拔3000多米的罗坪山把她带出来做手术。你就不怕半路上出事，还是在手术过程中出点问题？"

李桂科笑笑说："你说的这些风险因素，谁都不敢确保没有半点失算。但正因她年事已高，才应该把这个世界看得清清楚楚。白内障，眼睛看不清，生活质量必然受影响。我宁愿担点风险，也要让老人的生活质量高些。"

那人向李桂科竖起大拇指说："李医生，也只有您这种没有半点私心的人，才敢做这样的善举。我真心佩服您！"

中央电视台《讲述》栏目拍了个专题，说的是李桂科与山石屏的故事。视频开头便是曾信开老人在村口等李桂科回来的镜头。

视频里，曾信开说："李医生，我天天在桥头等你，我想你呢！"这几句朴素的话语没有半点矫情，曾信开老人把李桂科当成了可以信赖的儿子，几天不见他回来，就在村口等候。

视频里，还见李桂科手持推剪，熟练地给曾信开老人理发。他说："我晓得你喜欢推光头。"

此时的曾信开，已做了白内障手术，才能独自走到村口等候李桂科归来。

多年来，李桂科花在心理康复上的时间和精力更多。相对于身体康复，心理康复需要的知识储备更为丰富，也更考验人的耐心和心理承受能力。

在山石屏麻风院疗养的治愈者都是些无家可归之人。有些人有家，却也归不得。他们内心孤独、寂寥、无奈，有些甚至患上了抑郁症。李桂科总是在细小的事情上照料他们。比如陪他们说说话、谝谝壳子，给他们洗衣服、洗被子、理发、剪指甲、泡脚、清理溃疡，带他们到医院检查，做白内障手术。

杨翠莲得了胆结石，李桂科又安排她到大理州医院做手术。胆结石手术后，又得了胆管结石。李桂科又让她的家属悉心照顾，住了45天院。

每年春节，李桂科亲自给每家每户写春联。他写的春联也很有意思，都是根据各家的情况现编，颇有创意。

李桂科真是把所有麻风康复者的事当成了自己的事。事无巨细，他都全力以赴。有些事在外人看来如微末草芥，他却乐此不疲。比如

> (第十章)
> 治愈心灵，融入人间烟火

剪手指甲和脚指甲，普通的指甲钳使用不便，而且易损坏，李桂科专门从骨科手术工具中找了把称手的钳子，帮康复者剪脚指甲时不仅方便，而且耐用。

"这就是我给他们剪脚指甲用的骨科手术钳！"李桂科笑嘻嘻地拿出把亮锃锃的不锈钢钳。

我头一回见到骨科手术钳，像是汽车修理工具。这个李桂科，还真有创意。不过拿那么大的钳子剪指甲，我还真想象不出来。

"李医生，帮我理个发嘛！"来自兰坪河西的李福康呵呵笑着，摸着自己的头。其实他的头发不长，还不到理的时候。他的右手指只剩下三根，却还熟练地夹着纸烟，烟头上的灰末掉落在地。

"你早上起来又喝酒了吧？看你脸都干红了。"李桂科问他。

李福康嘿嘿笑着，抽了口烟。生活在农村的人，喜欢早上起来喝冷淡杯，这是炼铁和西山等地男人的嗜好。应当说，是个恶习，既不利健康，也不利劳动。酒喝过，就想在墙根下烤太阳。

"我去煮饭，你跟他们讲讲。"李桂科跟我说，便去洗菜。

第十一章

死生亦大矣

> 我要让他们活得有尊严,死也要死得有尊严!
>
> ——李桂科

(第十一章)
死生亦大矣

早在1600多年前，书圣王羲之在《兰亭集序》中就说："古人云，死生亦大矣，岂不痛哉！"王羲之说的古人，就是春秋战国时期的庄子。不同的是，庄子把生死看得很大，却也看得开。王羲之不行，随着老之将至，在"天下第一行书"中写下了"岂不痛哉！"也就是说，书圣很怕死。

当代人有句流行语：除了生死，都是小事。

新冠疫情横扫地球3年，有朋友感慨地说，这个年头，最重要的就是活着。

李桂科曾被评为"孝老爱亲模范"，他对父母的孝心可嘉，村人有口皆碑。孟伏营老年协会成立，也是李桂科回去主持，他经常回村看望那些生病的老人。他也特别能体会山石屏那些麻风康复者晚年的凄凉，有些麻风康复者一生未婚，孤身到老。有些无子无女，无依无靠，他们能依靠的就是李桂科。有的即便有子女亲戚，也被遗弃多年。

云南诗人于坚说："人生有很多种，活法不止一种。"但面对死亡，不论是何种形式的死，绝大多数的人都是忐忑的，都是充满敬畏的，甚至是恐惧的。

在大理民间，老人在临终前，都要让子女给自己准备好寿衣、寿帽、寿鞋，做好棺椁和坟墓，等到这些办妥，才能安然离世。这些老人们，面对死亡是坦然的，他们不会因为畏惧而回避死亡的必然到来。

在明代之前，大理地区大多实行火葬。从考古发掘的情况来看，元代之前的火葬罐出土甚多。明清时，官府要求实行棺木土葬，风俗沿袭至今。虽然现在政府强力推行火葬，但在洱源民间，仍实行土葬居多。

山石屏疗养院有间房，放置了数十口棺材，每口棺材上都有

人名。

那些麻风康复者，时不时走进那间棺木房里，摸摸贴着自己名字的棺材，用抹布拭去上面的灰尘，与棺木说几句话。想到自己死后就躺在这具棺材里，他们很安心。在洱源民间看来，人生有来处、有归处，也就是圆满。

这些棺木都是李桂科为他们置备的。

不仅仅是棺木，李桂科还给他们准备好了寿衣、寿帽、寿鞋，亲自交到他们手里。有空时，他们就拿出来试穿一下，把心妥妥地放到肚子里。

每当山石屏的老人逝去，李桂科都要亲自帮他们洗身子、穿寿衣、入殓，李桂科泪流满面，为他们守灵。出殡时，四人扛的棺材，李桂科走在最前头。没人尽孝，李桂科尽孝；没人守灵，李桂科守灵；没人祭祀，李桂科祭祀。在他们的坟前，李桂科焚香，李桂科跪拜，李桂科和他们说话，李桂科为他们唱歌。李桂科说，三生石上旧精魂，总有一日，我也要葬在这里，和你们做伴。

在洱源民间，人死后，要念白祭文、做法事、唱丧调，唢呐手吹奏《哑子哭娘》。山石屏不可能有那么多讲究，但李桂科也会流着泪给逝者唱丧调：

情悠悠　恨悠悠
一世悲欢一世愁
漫漫人生路啊
处处有关口
你也走他也走

(第十一章)
死生亦大矣

匆匆间弯腰白了头
多少爱和恨啊
都付与惠江流
你身归土来气归风
你安心地上路吧
再不受世间的万般苦
惠江的水啊日夜流
你的面容和名字啊
永在我们心头……

唱着唱着，李桂科也潸然泪下。他的歌，也是献给他出生7天即死去的母亲，献给他逝去的养父、养母，献给那些走过他生命的人的。

也有山石屏的康复者唱起了那首世人皆熟的"劝世歌"：

朝走西来暮走东，人生恰似采花蜂。
采得百花成蜜后，到头辛苦一场空。
夜半听得三更鼓，翻身不觉五更钟。
从头仔细思量过，便是南柯一梦中。
不信但看桃杏树，花开能有几时红？
何如观看公卿相，死后埋入泥土中。
……

李桂科说："我要让他们活得有尊严，死也要死得有尊严！"
清明节，李桂科要组织全村的人集体上坟、集体祭祀，让山石屏

活着的人们记得曾经走过的路、吃过的苦,让山石屏的人们不要忘了曾经的艰难,要感谢党和政府、感谢公益组织的那些好心人,给山石屏带来了漫山遍野的春天。

在山石屏村的坟地上,后人给先人跪拜、祭祀,与先人说说心里话。没有后人的,全村人给他们祭祀,要让全村人不忘本来、面向未来。在那几个翻船事故中死去的麻风康复者坟前,李桂科每次都要伫立良久,与他们喁喁细语。李桂科一一抚摸着墓碑上的名字,常常泪湿双目。

在杨常英的坟前,李桂科说:"杨常英,我来看你了,我来看你了,你死得太早。你的娃娃们都已经成人,他们都能自食其力,你不要担心……"

说着说着,李桂科再次泣不成声。虽然他只是个医生,但面对那次灾难般的沉船事故,他依然深深自责。

七月半,也就是中元节,李桂科要亲自给逝去的麻风康复者用毛笔字写"衣包"(大理民俗中给亡人的祭品)。按照洱源的风俗,要在纸包上写上几行字:"恭逢中元令节报本之期,虔备冥资,奉于故慈妣某母讳某氏某某魂下,就于火中收取。云南省洱源县炼铁乡茄叶村委会山石屏村,孝男某某,孝女某某,或是孝孙某某。"无儿无女者,李桂科便在包上写上"世侄李桂科"。这天,在李桂科的倡导下,山石屏的人们相互邀约到坟山上,给去世的麻风病人上一炷香,给他们清理坟头。祭祀之后,集体聚餐,按地方的风俗,是与亡人一起过节。

李桂科始终认为,与山石屏村人共度清明节、中元节,是慎终追远,让山石屏的人们记得来时的路、走好脚下的路。在追思先辈的同

(第十一章)
死生亦大矣

时，也能凝聚人心。

那些健在的麻风康复者，看到山石屏村如此隆重地过清明节、中元节，他们心里也很踏实，他们不再担心自己死去无人记得。后人会惦记他们，村人会到他们的坟前上香、祭拜，他们可以心平气和地过、安安心心地走。

李桂科说，他是个共产党员，是无神论者，但他懂得那些麻风康复者想什么，懂得尊重他们的风俗习惯，让他们幸福安康地度过人生最后的岁月。唯其如此，才是他从医的初衷，生而为人，麻风病患者与健康人都是平等的，他们没理由受到歧视。

李桂科总是这样，心里惦记着麻风康复者，却亏欠了自己的家人。清明节，他去给逝去的麻风病人扫墓，而他自己父母的墓、岳父母的墓，只有妻子儿女去扫。火把节，洱源县城沉浸在集体狂欢之中，县城广场竖火把，人们围着大火把载歌载舞，李桂科却抛下家人在山石屏竖火把，与麻风康复者们一道喝酒唱歌。中元节，他在山石屏给亡人"烧包"，可他自己的祖先，只能靠兄弟姐妹去祭祀。中秋节，他去山石屏和麻风康复者过，大伙一起打月饼，一起拜月，一起吃水果，他却把自己的家人扔在县城。春节也是如此，山石屏每家每户的对联都是李桂科亲自撰写的，结合各家的实际情况，再用秀润的毛笔字工工整整地写好春联，贴上门框。各家各户的年货，他都提前备好。年前，还有各级各部门、各爱心团体的慰问，李桂科都要热情接待，安排妥当。一年中的重要节点，李桂科都是在山石屏陪康复者们度过的。

今年中秋节，我打电话给李桂科，他说他在山石屏，媳妇也陪他进去，我心里松了口气。为了支持李桂科防治麻风病、做好麻风康

复，杨芬医生牺牲太多。老两口去山石屏和麻风康复者过节，又把儿子、儿媳、女儿、孙男孙女抛下，对此，他们都已习惯。儿子李莹辉在州公安局，身为民警，节假日更忙。儿媳杜杏钿在新世纪中学，得陪学生过中秋。女儿李袁萍开了蛋糕店，中秋节生意兴隆，也是忙得不亦乐乎。李桂科的家庭生活，也是当今百姓生活常态的缩影。

由此，中秋节能团聚的家庭，是有福的；而这种团聚，是建立在很多家庭不能团聚的基础上的。人们啊，要惜福。

春节前，李桂科要把山石屏家家户户的对联写好，亲自打糨糊帮他们把对联贴上。他还要陪麻风康复者放鞭炮、吃年饭，热热闹闹辞旧岁、迎新春。这样的春节，他已经习惯以这样的方式度过。他的家人也已习惯他的"不在场"，杨芬医生说，只要山石屏村的康复者们过得好，只要老李过得开心，他在不在家都无所谓，这么多年都习惯了，日子总得继续。

每年火把节，李桂科都在山石屏竖起高耸入云的大火把，把附近村寨自发组织的文艺表演队都请来表演，让山石屏的麻风康复者都参与进来，整得热热闹闹的。当然，那是大学生志愿者到山石屏活动之后，也是"尊严尊敬日"活动带来的变化。在此之前，山石屏与周围村落"鸡犬之声相闻，老死不相往来"。"尊严尊敬日"活动那天，400多人聚集山石屏会餐。山石屏从未如此热闹过。对于山石屏村而言，那才是真正意义上的新生，山石屏与山外的世界真正建立了联结。

"3·03"地震重建后，李桂科在山石屏建了个标准篮球场，时不时组织两场篮球赛。有时是麻风康复者和子女比赛，有时是山石屏篮球队与外村的比赛。院内还有简易的乒乓球桌，得空时，麻风康复

(第十一章)
死生亦大矣

者可以玩几个球。对于守在电视机前的老人和抱着手机不放的年轻人而言，打几场篮球，玩几个乒乓球，对他们的身体是个调节，可以保护视力、活络筋骨、增强肢体的灵活性和柔韧性，还可以增进友谊、改善心情。身为医生，他懂得心情舒畅对于健康的意义。特别是在当前农村外出务工者多，农村"空巢老人"和"留守儿童"较多的状况下，能把人们组织起来，在村中的篮球场上龙腾虎跃，生命的活力由此展现。

尼采说过："重要的不是永恒的生命，而是永恒的活力。"只有活力，才是生命存在的意义，我们无法对形如枯槁的生活表示沉默，我们只有不断激发个人自身的活力，让生命绽放，让生命如电光石火般划过人生的夜空。面对那些心如死灰的麻风康复者，李桂科就是用点滴的关怀，激发他们的生命意志。

遇到哪个老人的生日，李桂科都要组织村民为他庆生，特别是无依无靠的麻风康复者，更是要让他们感受到人世间的温暖。庆生也有多种方式，有时是传统的聚餐，给老人煮长寿面、献寿桃；有时是西式，让孩子们给老人唱《生日歌》，让他们许愿吹蜡烛、吃蛋糕。那些老人们乐开了花，活了七八十年，从没玩过这样的新花样。有些老人，可能一辈子也没过过生日，父母没有给他们庆过生，子女没给他们做过寿。有些老人，连自己的出生年月都记不得，更谈不上过生日。所有的麻风康复者，李桂科都给他们过生日。麻风治愈前，他们承受着身体和心理双重的痛苦与孤寂；麻风治愈后，李桂科要让他们在有生之年，能感受到人世间的温情。

让外边的人走进传说中的麻风院，让村里人走向广阔的世界，确实拉近了山石屏与社会的距离。黑惠江不再成为地理的阻隔，"麻风

康复者"不再成为心灵的阻隔。麻风康复者到了首都，到了繁华的大都市。他们也见到了来自改革开放前沿的志愿者们，还有那些活力四射的大学生。

山石屏人不再灰头土脸，不再长吁短叹，不再整日面对黑惠江峡谷坐吃等死。他们已经治愈了，他们要敞开双臂迎接新生，在离开人世之前，好好活一场。

山石屏人不再惧怕赶街，不再担心被人看不起。他们去赶炼铁街、长邑街、洱源街，他们养的猪和鸡再也不愁卖，他们的鸡蛋赶街半路上就被人买走。他们也能从商店里购买牛奶和百货，也能在货摊上挑选自己中意的小东小西。

说到养鸡，山石屏的鸡和别处的鸡不同，是真正的"飞鸡"，正像陶渊明《归园田居》里写的那样，犬吠深巷中，鸡鸣桑树颠。只不过山石屏的鸡飞得更高，他们夜间栖息在核桃树上，白天在树林间觅食。我去山石屏的时候，正好山外的客户要买山石屏的"飞鸡"，几个老人便乘夜爬到树上捉鸡，这是个体力活，也是个技术活。换了我，没这个本事。我离开山石屏的时候，顺便帮他们拉到县城。客户早在那里等着。当下，人们的健康意识增强，追求生态的食材，山石屏的生态鸡应当大有市场。

麻风康复者周政泽告诉我，以前他回牛街老家，都是夜里悄悄进村，看看老人，天不亮就走。现在不必担心，可以坦然地回家，去亲戚朋友家吃饭，大伙也不嫌弃。有时回老家，还东家进西家出，想吃就吃，想喝就喝，隔阂早已消除，这在10多年前，想都不敢想。

杨晓元是山石屏村村主任。麻风治愈后，他留在山石屏当院长，后来又干党支部书记。他也做点皮货生意，赚了点钱。后来他回茈碧

(第十一章)
死生亦大矣

湖镇炼城村花了5万块钱买了院房子,把老婆孩子全迁出去,现在儿孙绕膝,与村里人也相处融洽。

李桂科说:"让麻风康复者回归社会,过上正常人的生活,不再受人歧视,这也是麻风康复的内容之一。不光要身体康复,还要心理康复、社会康复,最后落脚到经济康复,手中有钱,腰杆才硬。"

孔子曰:"未知生,焉知死。"李桂科给每位麻风康复者都准备了棺木,是让他们对自己的身后事放心,坦然地度过余生,这是对个体生命的尊重。他带着山石屏村人过清明节、中元节,祭祀亡人,是为了让活着的人懂得"生生不息"的道理。

李桂科还总结了"山石屏精神":以院为家、和睦相处、与人为善、相互关爱、尊重生命、热爱生活。长期以来,麻风康复者承受着疾病、社会歧视、子女疏远等三重折磨,使得他们的性格发生扭曲。有的自暴自弃,有的锱铢必较,有的急躁易怒,互相之间也容易发生争执,自私、狭隘、偏激、不团结。因此,李桂科要求他们"和睦相处、与人为善、相互关爱"。李桂科还让麻风康复者之间互相照顾,专门安排了行动方便的康复者与肢残或眼盲的康复者同住,让残疾康复者有人照顾日常起居。同时,让他们意识到,每个生命都是值得尊重的,不管是正常人还是患病的人,不管是位高权重者还是底层的"草根",都拥有平等的生存权。同时,要热爱生活。人活着不易,活一天就开开心心过一天,不要留下遗憾。哪天要离世了,也坦然面对死亡,不必有太多的挂碍。如此,人生便是圆满,便是大自在。

李桂科的这些理念,深刻地影响着山石屏的康复者和他们的家属。

和颜悦色的李桂科,"温柔而坚定"地改变着山石屏的容颜。

第十二章

麻风院里的读书声

每个生命都很短暂,它不可能永垂不朽,但它曾经的光芒将会永远照亮一方。
——山石屏村某高中生给李桂科的感谢信

〔第十二章〕
麻风院里的读书声

在山石屏麻风院办学，李桂科之前没敢想。

但当现实推着你往前走的时候，这就变成了非干不可的事情。

茈碧湖镇卫生院的医生宋荣坤是麻风康复者的儿子，他也是第一个勇敢站出来，向媒体公开承认自己是在山石屏长大的人。他参加了李桂科事迹宣讲团。在河南郑州，他面对大众，绘声绘色地讲起了当初读书的经历。

宋荣坤说："记得小时候，我常常跑到黑惠江边，眼巴巴望着江的对面。因为我知道，江的对面有许多好玩的地方，能买到好玩好吃的东西。可是父母总不允许我到江的对面去。每次我问他们为什么不能去的时候，父母都不说话，我也不知道为什么。有次，有个比我大点的哥哥告诉我江对面的村子里放电影。我们从来没看过电影，就趁着大人不注意，悄悄地划着船，偷偷地跑去看电影。那是我们第一次到达黑惠江东岸。当时我高兴极了，我们使劲地向放电影的村子跑去。可是电影还没开始，就有人大喊起来：'他们是麻风村的娃娃，他们是麻风村的娃娃，快把他们撵走，不能让他们待在村子里！'说着就有人用石头追打我们。我们吓得头也不回地跑，直到江边，看看后边没人追上来，才停下来喘口气。回到家中，妈妈抱着我大哭了一场。这时候，我才明白父母为什么总是不让我们到江对面去。"

宋荣坤的这段话，说出了20世纪八九十年代麻风村孩子的境遇。他们被人歧视的状况没有因为改革开放的春风吹拂，得到丝毫的改善。

那个时候，山石屏的学龄儿童，早早就跟着父母从事着艰苦的田间劳动。闲暇时，就在疗养院里打打闹闹，上树掏鸟窝，下河摸鱼虾，有时还打群架。

看着这些孩子渐渐长大，还是成天嬉戏，大字不识，李桂科看在眼里，急在心上。麻风康复者已经成为社会的负担，不能再让他们的孩子荒废。

宋荣坤记得，那时候外边人很少进入山石屏，李桂科医生是他们见得最多的"外人"，孩子们都叫他"李叔叔"。每次"李叔叔"到村里，都会认真给康复者做检查、发药，耐心地宣传如何做好日常护理、宣传如何预防麻风的知识。"李叔叔"临走的时候，总是会从提包里抓出水果糖，给每个娃娃发几个。宋荣坤总是舍不得吃，装在衣兜里，时不时地摸一摸，仿佛摸摸就有糖的甜味，童年时代"李叔叔"给的那些糖，就是幸福的味道。

那个时候，小小的宋荣坤总在想，这些糖是从黑惠江东岸，甚至是罗坪山以东的县城带来的，它们翻山越岭来到这里，进入他的胃肠，这真是件奇妙的事。他总是琢磨着县城是个什么样子，是个多大的村庄。他多想去外面的世界看看。可是，阻隔他的不仅是眼前的黑惠江，不仅是高耸的罗坪山，更是看不见摸不着却又无处不在的人心。

宋荣坤记得，每当大家领到生活补助时，肯定是"李叔叔"来过；每当他家饭桌上有好吃的时，肯定是"李叔叔"来过；每当大人和娃娃穿上新衣服的时候，"李叔叔"肯定来过。李桂科就是山石屏的家人、亲人，或者说，更像是个大家长，没有"李叔叔"的日子，生活似乎没有盼头。

小时候，宋荣坤看到村外的孩子背着书包去上学，或是由老师带着去野炊经过山石屏时，眼里总是流露出羡慕的神情，他多么希望自己也在其中。宋荣坤多次央求父母亲，他要去外面读书，他要去看看

（第十二章）
麻风院里的读书声

山外的世界。父亲摸摸他的头，却总是无奈地摇摇头。

在山石屏麻风疗养院，像宋荣坤般大的孩子有几十个，他们大多都渴望读书，渴望到外面的世界去看看，却总是眼巴巴看着天空，荒芜着岁月。

时至今日，我们不能责怪麻风康复者把那些孩子带到这世上，他们也有婚恋的自由，他们也有生育的权利。或者说，子女就是上苍对他们的奖励，是苦难岁月给他们的慰藉，只有子女，生活才有盼头。

看着孩子们不能读书，将成为新世纪的文盲，家长们很着急，李桂科更急。

2022年9月1日，正是普通中小学开课的日子，黑惠江静水流深，在山石屏村外的柳林畔缓缓行走。

我站在山石屏曾经的学校教室里问李桂科："那么，他们就不能到附近茄叶小学或翠屏小学读书吗？"

"你说，普通小学会收麻风康复者的子女吗？"李桂科反问我。

答案无非是两种：收，不收。

收有收的理由：麻风病不遗传、不胎传，而且麻风康复者已经治愈，他们的子女也没有被传染的条件。他们是正常的孩子，应当享受六年制义务教育（那时还没"普九"）。

不收也有不收的理由：这些孩子没有纳入村委会的户籍管理。再说了，广大家长都"谈麻色变"，让这些麻风村的孩子进入普通小学，会引起别的自然村村民的公愤，他们会把这些娃娃赶出学校。就像宋荣坤小时候去别的村庄看电影被人用石头追打的状况一样。

即便勉强纳入学校就读，麻风村的孩子也会长期受到歧视，他们很难将学业进行下去，大多会中途辍学。

只有一个办法：在山石屏办学。

说是办学，谈何容易？李桂科找到教育局，教育局不同意，原因是从没在麻风村办过学，这个牵涉到的社会问题太敏感。即便办了学，也派不出健康教师去任教。防疫站倒也支持，但同样派不出教师，只能在办学之初勉强挤出点经费帮助孩子们。

总不能让这些娃娃连自己的名字都不会写吧？李桂科决定自己办。

李桂科告诉我，有好心人愿资助这些孩子上学，于是他去教育局找到某领导，给娃娃们要个证明，盖个教育局的章就行。

李桂科说："领导，有家社会团体愿资助我们山石屏的孩子上学。我们写了个证明，麻烦盖个章。"

那个领导拍拍他的肩膀说："桂科，你自己的事情好说，山石屏的事，就别操磨了。"

李桂科无奈地笑笑，转身走出教育局的大门。

其实，那个领导也是为了自保，教育局盖了章，等于承认山石屏疗养院办学的合法性。李桂科理解他，害怕出事，害怕丢官。

他李桂科不怕，他不是官员，他不怕丢掉顶上的乌纱帽。

按理说，他是个医生，他的职责就是治好麻风病，别的事与他无干。什么心理康复、社会康复、经济康复，那是个漫长的过程。但他心存良善，他又是个共产党员，他觉得，让山石屏的孩子能上学，是他的责任。他不管，就没人管；他不办，就没人办。

办学校，不是说办就办的。没教室，没桌椅，没教具，没教材。没教室，李桂科便把医疗区最好的房子腾出来做教室。把墙体刷白，换上玻璃窗，屋顶的杂草也除净，瓦顶检漏，以防下雨。没桌椅，李

(第十二章)
麻风院里的读书声

桂科便动员麻风康复者中的能工巧匠来做。村庄长期与外界隔绝,使这些麻风康复者中出现了好多工匠,建房、造船、磨面、做衣服,都能行。李桂科也参与了制作桌椅板凳的过程,好在他的木匠活没落下。他亲自和康复者及其家属去伐树、解板子、锯木头、弹墨线、做桌凳,这些活他信手拈来。接着他亲自做黑板、刷油漆,带领大家做粉笔。没教材,他亲自到以前任教的永胜小学去,收集旧教材,拿回来给山石屏的孩子现成用。

后来,他又跟县新华书店联系,与他们反复沟通。起初,县新华书店不理解。那时,教材短缺是经常存在的现象,很多乡村小学的教材订了都到不齐。新华书店觉得,很多公立学校都缺教材,李桂科还想给山石屏自己办的学校弄教材,简直就是添乱,而且这种类似于"识字班"之类的所谓"学校"用不着正规教材。

那时,李桂科找到新华书店经理,要求给山石屏麻风院小学配教材。

李桂科给新华书店的经理和工作人员介绍了山石屏的情况,也讲了小孩读书的重要性,并表明一定要在山石屏办小学的决心。

新华书店经理感慨地说:"李医生,您不仅治愈了麻风患者的疾病,还要为他们的小孩办学校,令我很感动,我们一定保证供给课本。但是课本有两种,一种是黑白的,供山区或坝区小学使用,价格便宜;另一种是彩色的,供城市小学,价格贵,您看看要哪种。"

李桂科说:"当然要彩色的,要这些小孩看到外面的世界,他们有好奇心,才会好好学习。"

开始办学的前两年,李桂科到县新华书店取书,路远、交通工具不便,后来经理看着过意不去,便说:"李医生你这样很辛苦,下学

期开始，我们就把课本送到山石屏。"

李桂科激动地握住经理的手说："麻烦你们送到炼铁卫生院就行，我们到那里取很方便。"

新华书店的善举，深深打动了李桂科，也给他继续办学增添了信心和力量。

教材解决了，最头疼的便是教师问题。李桂科可以教，但只能偶尔教几节课，他还有防疫站的大摊子事，还要做好麻风康复者的回访调查、康复治疗，还有大堆常规事务。从外边派教师来，那是不可能的。就算教育局同意派，也没人来。李桂科与大家讨论了很久，教师人选还是在有文化的麻风康复者中产生。康复者王仲元是最适合教书的，他毕业于大理师范，有专业素养。李桂科几次请他教孩子们读书，他都不答应，总是说自己患麻风病后不读书不看报不写字，把字都忘记了，真的教不了。李桂科又找到康复者赵凤祥，请他教孩子们读书，赵凤祥勉强答应了，也算是有个老师。

1993年9月1日，洱源县山石屏疗养院小学开班了，大大小小一个班，后来大的升高一级，小的又来读，只能开展复式教学。复式教学，就是不同年级在同一个教室里上课，由同一个老师教学，采取课堂授课与自动作业相结合的方式，教师辛苦，要备好几个年级的课，学生也难，边做作业还得排除干扰。老师就在旁边给别的年级上课。

首任教师就是麻风康复者赵凤祥，他老家在右所镇团结村委会波中村，初中学历。他于1961年3月到山石屏麻风院，1986年10月治愈。1993年9月，他成了洱源县山石屏疗养院小学的首任教师。他授课以识字为主，大多时间是晚上。1995年11月17日，赵凤祥老师辞世，学校暂时停办。

(第十二章)
麻风院里的读书声

既然办学,就不能半途而废。李桂科又动员麻风康复者王仲元当教师。王仲元早年毕业于大理师范,得病前在洱源县畜牧局任职。他在外还有家庭,有子女。治愈后却没有回去上班,只是偶尔回家看看。

我问李桂科:"王仲元治愈后是不是可以回去上班?"

李桂科说:"当然可以嘛!治疗期间单位还有病休工资。"

"那他为什么不回去?"问过这个话题,我有些后悔,答案是显而易见的。

李桂科说:"他的人可以回去,心回不去了。"

那个年代,即便麻风病治愈,回到单位上班,肯定有着强烈的自卑感,同事与他相处,也有心理障碍,会有不少麻烦。回家?如果家人不理解,也很难融洽相处。

如果单位和家人都怕他,疏远他,甚至拒绝他,还不如留在山石屏。

王仲元是知识分子,心思更为细腻敏感,自尊心更强,他选择留在山石屏。

有时我想,如果李桓英教授早些把世界卫生组织的"联合化疗"方案引入中国,或许更多的麻风病人就可以在家服药,不影响上班、上学、做生意、种地,还可保密。那么,或许像王仲元老师这样的患者,就不必集中隔离治疗。但现实没有假设,王仲元选择了在疗养院终老。

李桂科动员王仲元教书时,王仲元有些不情愿。

王仲元说:"李医生,我早已心灰意冷,对什么都看开了,你莫劝我。"

李桂科说："王老师，咱们院里还有21个娃娃，如果目不识丁过完这辈子，太不应该，只有读书才有希望。"

"这个道理我懂，但我真是没那个心思。你还是另请高明吧！"王仲元拱拱手道。

"别处请不来，院里就你最合适，你是大理师范毕业。"李桂科恳切地说。

"我怕教不好，师范毕业就没教过书。再说了，怎么教书我都忘了，字也记不得几个啦！"王仲元说。

李桂科说："没事，我也当过民办教师，咱们互相商量着教。"

"李医生，你真要我教？"王仲元眼睛鼓鼓地瞪着他。

"王老师，你不教谁教？"李桂科反问。

李桂科指着场院里跑来跑去玩耍的孩子们说："你看，他们多可爱啊！如果没有文化，他们长大后该咋整呢？"

王仲元若有所思地看着天空，沉默不语。

"你们过来，9月1日王老师就给你们上课了。你们叫一声王老师！"李桂科笑眯眯地喊道。

正在玩耍的小孩们跑过来，齐刷刷地站成一排，恭敬地喊道："王老师好！"

王仲元被逗笑了，他说："同学们，9月1日我们就开学！"

小孩们欢欣鼓舞："我们开学了，我们开学了！"欢悦的童声回荡在山间。

王仲元教书的事就这样定下来。事实上，他也不辱使命。

王仲元生于1938年4月，2010年11月去世。他老家住三营镇三营街。他于1979年3月入院治疗，1990年9月治愈。

> 第十二章
> 麻风院里的读书声

王仲元从1996年9月开始任教，直到2007年8月，最后一名学生毕业。

办学之初，有14名学生，教材不够，几个学生共用一套。经过李桂科的争取，县新华书店给予照顾。小学二年级时，孩子们用上了新教材。学校实行复式教学，教师只有王仲元。王仲元学养不足，李桂科还随时给他"充电"，不断鼓励他、赞扬他，使他不断增强信心。李桂科有空，也拾起他的老本行，给学生们上几节课。这时"李叔叔"就成了李老师。

康复者子女宋荣坤说："当看到黑板上光亮的粉笔字时，我们的心里很激动。下课的时候，王老师要把黑板上的字擦了，我们都站起来不让老师擦，生怕擦了就再也没有了。这段时间，只要李叔叔有时间，都会亲自来给我们上几堂课。到了二年级的时候，在李叔叔的努力下，我们终于用上了新的课本。后来我听说，这样的课本有黑白和彩色两种，黑白的便宜，彩色的贵。但李叔叔为了让我们能更好地认知世界、了解世界，不惜自己多花钱给我们买了彩色的课本。"

宋荣坤说的"李叔叔"就是李桂科，他的家境不富裕，父母年老多病，妻子生了几场大病，子女都还读书，他的工资微薄。但他还自己掏钱给山石屏小学的娃娃买彩色教材，这很难想象。

李桂科的同事严云昌说，开始办学时，防疫站还给了点经费，勉强维持开销。后来学校撑不下去，在意大利麻风防治协会的资助下才办下去。

那段时间，办学的艰难，只有李桂科最清楚，不仅贴上满腔热血，还得贴钱。

有钱人捐资助学，那是九牛一毛；李桂科办学，可谓倾其所有。

李桂科说，他一直感激那时的炼铁教办主任张光耀，是他亲自来山石屏看望老师和学生，并同意六年级毕业的学生到炼铁中学读书。

那时候，李桂科生怕学校不收，于是他找到教办主任说："请让这些孩子读完初中吧，哪怕没有学籍也行。"

教办主任说："李医生，山石屏办的识字班咋样？教学效果如何？"

李桂科说："主任，我们肯定比不上正规的学校教学，但是我们完全按照六年义务教育的教材上课，平时有作业，还考试。王老师是个老牌师范生呢！不信你去看看嘛！"

几句话，听得教办主任张光耀半信半疑，他有些好奇地跟李桂科到了山石屏，他也是首次进入山石屏的健康教师。

张光耀先是和王仲元聊天，向他了解山石屏小学复式教学的情况。

王仲元哈哈笑道："主任，我们这里虽是复式教学，但也正规完成了教学内容，质量不比周围几个村委会的差，你看看这些试卷。"

王仲元把期中考、期末考的学生试卷展示给教办主任，字迹工整清秀，差错率低，平均分远在整个乡水平之上。

教办主任又翻看了王仲元的备课本，一到六年级都有，内容详尽，且配有插图。备课本里夹着王仲元的字画，他写的毛笔字不错，画也画得挺好。

"想不到王老师还多才多艺呢！"教办主任开玩笑说，"早知道，把你调到中心小学教书去。"

王仲元搔搔头说："主任真会开玩笑，别的老师会吓跑的。"他转头看了眼李桂科说："山石屏就是我的家，我哪儿也不去。"

(第十二章)
麻风院里的读书声

原来动员王仲元教书时他不干，现在跟这些娃娃混熟了，他反而对学生有依赖感。他偶尔回家，但家里那种陌生和隔膜让他极不舒服。只有和山石屏的娃娃在一起，他才感到温暖。

王仲元指着蹦蹦跳跳的娃娃们说："主任你看，他们都是阳光的孩子，他们虽是麻风康复者子女，但他们没有麻风病，他们没有携带麻风杆菌。六年级毕业的娃娃，就让他们到中学读书吧！这样待在山石屏，可惜啊！"

李桂科见教办主任张光耀心有所动，便趁热打铁："收下他们吧！哪怕跟班借读也行。"

张光耀高声道："今天我来到这里，就是和李医生商谈娃娃们读初中的事啊！山石屏的娃娃也有读书的权利，学校要收，学籍也要有。"

炼铁中学同意接收山石屏的娃娃，但困难又至：食宿自理，学校不给他们提供住宿。李桂科也能理解，同处一室，别的学生家长会闹。

李桂科只好跑到炼铁街帮娃娃们租房子，那是个漫长而痛苦的过程。

宋荣坤说："随着小学阶段的结束，山石屏村的孩子们如何进入初中，就成了李叔叔的新难题。他说你们不可能一直是小学生，你们要不断进步！他又多方争取，2002年让我们进入炼铁乡初级中学读书。虽然学校同意接收我们入学，但不同意我们住学校的宿舍。李叔叔跑了五六家单位，找了很多人，左求右求，才为我们找到愿意出租的房屋。一学期后，经过李叔叔再三恳求，我们终于住进了学生宿舍。"

李桂科先去找炼铁卫生院，那里离炼铁中学近，只需下个长坡，数百米后就可到学校。但是医院的房间也紧，各种病人多，容易造成交叉感染，最后还是作罢。李桂科找到乡政府，乡政府也没空房子，他又去找了炼铁街上几家有空房子的人家。他们听说是山石屏的孩子，立刻就拒绝了。他们说那是麻风村，再贵的房费也不租。后来，还是在教办主任张光耀的帮助下租到了房子。至今，李桂科对张光耀仍心存感激！

山石屏村麻风康复者李桃珍提起，2002年9月，经过李桂科的协调，他的儿子顺利进入炼铁中学学习。能到正规学校读书，见到那么多的老师和同学，孩子兴奋异常，见到什么都是新鲜的。可才读了几天，周末回家，他就再也不愿到学校去。问他为啥，他就是不说。几天后，李桃珍再问，才晓得他在学校跟同学打架。原因是对方羞辱他，说他是麻风村的娃娃，祖祖辈辈都有麻风病。李桃珍心里很着急，反复劝他返校，可他就是不去。李桃珍无奈，只好去找李桂科。

李桂科找到李桃珍的儿子，问他："你为什么不去读书？"

孩子耷拉着脑壳，就是不回答。

"是不是在学校被人欺负？"李桂科问。

孩子点点头，眼眶里涌出泪花。

李桂科说："别人怎么看你，那是别人的想法，读到的书才是自己的。山石屏的娃娃只要比别的同学用功，成绩比别人好，那他们就会尊重你！老师也会喜欢你！"

孩子还是耷拉着脑袋不吭声。

李桂科说："读好书，你才能走出山石屏，走出大山，去看看平原，去看看大海，看看车水马龙的大城市，你才有见识。你们小小年

（第十二章）
麻风院里的读书声

纪，不能老是窝在山石屏！等你们有了本事，回来把山石屏建成个大花园。我今天不跟你说了，你好好想想。"

次日，李桂科再次到李桃珍家，看着孩子还是不情愿的样子。

李桂科说："走，我陪你去学校！"

说着，李桂科拽住他的手，跟着他到公路边搭车去学校。

在学校里，李桂科请求老师给他半节课，讲讲山石屏的情况，讲讲麻风病可防可治不可怕，讲山石屏早已经没有麻风病人，山石屏的孩子都是健康人，讲同学们应当有良善之心，更加善待山石屏来的孩子。

那些欺负山石屏孩子的学生，都低下了头，承认自己的错误。

有了李桂科的引导，李桃珍的三个孩子都发奋读书，考上了大学，相继入职，在文山和昆明上班。他们的高考志愿，都是李桂科帮他们参考填报的。

茈碧湖镇卫生院的医生宋荣坤来自山石屏。每次提起读书时的艰辛，他都会喉头哽咽。如果没有李桂科如父亲般的教诲，他没有今天。他在山石屏读小学，在炼铁读初中，后来考上了洱源一中。高中三年，或许是自惭形秽，父母都没去看过他，李桂科便成了家长。每个学期开学，李桂科都为他准备了碳素笔、作业本、笔记本、草稿纸等文具。开家长会，又是李桂科按时出现。高考成绩出来，他觉得不理想，又想到父母年迈多病，便无心填报志愿。

李桂科知道宋荣坤放弃后，很生气。他平时慈眉善目，此时却像凶神恶煞。

李桂科问宋荣坤："你这样轻易放弃，对得起父母吗？对得起你十年寒窗苦读吗？就这样回去山石屏，你还有什么出路？"

那是李桂科第一次对宋荣坤发脾气，他真是恨铁不成钢，眼眶里忍不住溢满泪水。

"李叔叔，我想算了，高考成绩也不理想，读不上好的大学，读书还要有一笔费用，出来也不一定找得到工作。我还是回去照顾爹妈吧！"宋荣坤说。

"照顾爹妈有你姐和姐夫，我也在呢！你姐为供你读书，小学读完就辍学回家干活，你说你就这样放弃了，对得起你姐吗？"

面对"李叔叔"的良苦用心，宋荣坤低下了头。后来，李桂科帮他斟酌，报考了德宏职业学院，被成功录取。

宋荣坤说："2006年，我考上了洱源一中高中部。因为家庭特殊，父母从来没到学校看过我。周末和节假日都是李叔叔来照顾我的生活，也辅导我的学习。我患有鼻炎，一到冬季就发作，李叔叔就利用周末我放学的时间，带着我到县中医院、县人民医院治疗，检查费和药费都是他掏腰包。记得每次开家长会，我只有躲在教室的一角，呆呆地看着同学家长和班主任谈着自己娃娃的情况。那时，我心里真的很难受，真想找个没人的地方大哭一场！要是自己的父母或某位亲人在场，那该多好啊！"

说到此处，宋荣坤摘下眼镜揩起了眼泪。

我给他递了杯水，他摇摇头说，没事。

"高三下学期，也是我高中生涯的最后一个家长会。当所有同学的家长都到齐时，我眼前一亮，有个熟悉的身影从校门口闪进来。在我惊讶得还没回过神时，李叔叔已经走到我面前说，今天不是开家长会吗？快带我进教室。那时，我高中三年所受的委屈似乎都烟消云散了。我拉着李叔叔的手，昂首挺胸走进了教室。"

（第十二章）
麻风院里的读书声

宋荣坤腼腆地笑了，当村干部几年，高原紫外线将他的脸晒得黑黢黢的，却仍然掩饰不住那种羞怯。

"2009年，我参加高考，成绩不理想。想到三年的辛苦没有得到应有的回报，想到五六千元高额学费的巨大压力，想到父母年迈多病，想到大学读出来也难找到工作，我便无心填报志愿。李叔叔得知后非常生气，狠狠地训了我一通。我惭愧地低下了头。沉默了许久，我才抬起头。我对李叔叔说，我要像您一样成为医生，帮助别人减轻病痛，也能帮我父母治病。李叔叔听后很高兴。针对我的实际情况，他帮我把我有可能被录取的学校以及所选专业认真分析后，帮我选择了德宏职业学院作为第一志愿。志愿填对了，这所学校录取了我。当李叔叔打听到国家实行贫困学生助学贷款后，就在第一时间让我去县城申请贷款，而且亲自找工作人员详细地介绍了我的具体情况。最终在他的努力和大家的帮助下，我顺利通过审核贷到助学贷款，走进了大学校门。"

李桂科对山石屏麻风康复者子女的帮助一以贯之，直至走入社会。还是以宋荣坤为例，他在大学期间，李桂科始终没有忘记开导和鼓励，经常在电话里过问他的学习和生活状况。实习前，李桂科又让宋荣坤到昆明市第一人民医院实习。他觉得只有到省会城市的大医院，才能学到更多的知识和技能。果然，通过实习，宋荣坤不仅掌握了技能操作，而且巩固了专业知识。

实习结束后，宋荣坤四处谋职，却又到处碰壁，没找到合适的就业岗位。李桂科知道后，也帮宋荣坤多方奔走，联系就业。他先让宋荣坤到洱源县三营中心卫生院做临时工，接着又带去辅导资料，做专业知识的探讨。在生活上，李桂科对他处处关心，让他对以后的生

活抱有信心。宋荣坤明白，要想改变命运，只有往医术方面深深扎下去。他原先读的大学在医科上并不占优势，比起昆明医学院（现昆明医科大学）、大理大学医学院来说，差了很多，所以只能在实践中弥补。

经过勤奋钻研，宋荣坤信心满满地参加事业单位招考，考出了洱源县医学检验第一名。分数公布后，李桂科乐开了花，但他又担心宋荣坤太自卑，过不了面试这一关，毕竟他是山石屏走出的考生。于是李桂科专门腾出时间辅导宋荣坤面试：衣着怎样才算得体？待人接物要注意些什么？专业知识如何回答？许多细节都手把手地教，一遍遍地练，并适时鼓励他的点滴进步。

李桂科还把疾控中心的同事组织起来当考官，先给宋荣坤模拟面试了几番。

真正的面试前夜，李桂科从身后拎出个纸袋，取出套灰色的西服给宋荣坤。

"荣坤，看看这套衣服合身吗。"

宋荣坤连连摆手说："李叔叔，面试的衣服我有，您不要费心。"

"你跟我客气什么？明天要面试，穿得体面点，才是个帅小伙。"李桂科说。

"留着您自己穿吧！我住在你家，天天混吃混喝，已经很不好意思。再说，您工资也不高！"宋荣坤涨红了脸。

"你这小子，这么生分，我是你叔啊！"李桂科不容分说，便把西服往宋荣坤身上套。

宋荣坤记得，那段时间"李叔叔"特别忙。那时山石屏正在紧

第十二章
麻风院里的读书声

张地进行灾后重建，山石屏那边也需要他全盘指挥。但宋荣坤又要考试，于是"李叔叔"只能来来回回从县城往山石屏跑，又从山石屏跑回县城。20多天的时间，李桂科从没休息过，累得头顶上"硕果仅存"的几绺头发更见稀少。

为了山石屏的几个学生，如此奔波值得吗？或者说，这些事，早超出了李桂科作为医生应该做的。他已经尽了学生父母的本分，甚至超出了父母。

宋荣坤至今仍然内疚，就在面试前一天，他才晓得"李叔叔"的女儿李袁萍也参加这次事业单位招考的面试。但李桂科为了辅导宋荣坤，顾不上自己的女儿。结果宋荣坤顺利通过面试，而李袁萍落榜。知道结果后，宋荣坤愧疚无比。除了深深的自责，他不晓得还能咋整。

他说："我也不知道应该怎么向李叔叔表达感激之情，只觉得在这个世界上，我最对不起的人就是李叔叔。"

其实李袁萍没考上事业单位后，与同学合伙在洱源县城开了家蛋糕店，生意不错，平均月收入七八千，生活还是有滋有味，宋荣坤没有必要过多自责。

宋荣坤说："李叔叔不仅在我求学、找工作的过程中关心我、帮助我、教导我，就连我的婚姻大事他也挂在心上。在他的关心下，2014年3月3日，我和妻子领着岳父岳母、亲朋好友，回到生我养我的山石屏村，举办了传统的婚礼。那天，全村张灯结彩、喜气洋洋，全体村民和村外来的宾客聚在一起，好不开心。在我的记忆中，村里从来没有如此热闹过，我幸福感爆棚。婚礼上，李叔叔和杨阿姨忙前忙后地张罗，带着我和妻子逐个给乡亲们敬酒。这是我们山石屏村第一

次把山外的女孩迎娶到了村里，乡亲们脸上都绽放着激动的笑容！"

宋荣坤的妻子是个护士，家住洱源县城茈碧湖镇江干村。她勇敢地跟宋荣坤回到山石屏举办婚礼，还带上父母，对山石屏人也是莫大的鼓舞。宋荣坤说的"杨阿姨"，就是李桂科的妻子杨芬，县医院的退休医生。

宋荣坤的姐姐宋福和也得到了李桂科的帮助。在山石屏疗养院小学毕业后，她没有继续升学，而是留在山石屏务农。李桂科觉得，10多岁的女娃娃，就这样待在黑惠江边，啥地方也不去，终究不行。2005年7月，李桂科通过广东省汉达康福协会，让她到广东就业，同行的还有4个伙伴。现在她每个月能挣三五千块。不仅如此，在外边打工多年，她走进了大城市，开了眼界，长了见识，也是个收获。

2007年，山石屏最后一个学生阿美毕业。这个由李桂科创办、王仲元执教的特殊小学完成了使命。

从这所学校走出的人里，有8人中专毕业后各自就业。研究生杜树飞进入华为集团，成为大企业的员工。6名大学生或从教，或行医，或在机关事业单位任职。如今山石屏村30岁以下的康复者子女识字率达100%。没有考上大学的子女，已有7人赴广州、下关等地务工，剩下的9人留在村里种核桃、搞养殖，成为山石屏村生产建设的"顶梁柱"。

2010年10月，已经颐养天年的王仲元老师在山石屏猝然辞世。

秋夜，微寒，亦如世间的薄凉。山石屏村人为他守灵。村里通知王仲元在深圳和大理的子女，他们都说路太远，来不了，麻烦村里帮忙处理后事。难怪王老师常说，子女就是他的痛，只有学生才是他的安慰。

又有多少麻风康复者，像王仲元般回不了家呢？王仲元有幸，因

(第十二章)
麻风院里的读书声

为他还有几十名学生，叽叽喳喳的，像小鸟般在他身旁飞来飞去；学生们也有幸，遇到了王仲元，受到了较好的启蒙教育。

但是，还有多少康复者生活在孤清、寂寞的状态，他们又能遇到像李桂科这样如孝子般知冷知热的医生吗？

如今，麻风历史博物馆的展厅里，还悬挂着一篇学生作文，文中提到王仲元老师。

9月1日开学时，我们兴高采烈地再次走进那间教室，再次开始我们的求知之路。这次却累坏了王老师，上学的人虽只有10多个，却要分成3个年级来教，也就是说他一个人要教数学、语文以及其他的所有科目。可是王老师并没有说过累字，还是认真地传授给我们知识。

我们都知道，在天阴下雨时，王老师的脚就会发痛。可他还是忍着痛来给我们上课，也没有迟到过。我们心里非常感动，都认真地听每一堂课。另外，王老师本来就有哮喘病，在教我们的过程中吸进了大量的粉笔灰，王老师就会不停地咳嗽，但他没有对我们放弃，还是认真地给我们讲解。还教我们体育、音乐、书法、画画。

这名学生姓甚名谁，在此已难以深究。但有王仲元，山石屏的孩子是有福的，他不仅开展了一至六年级的复式教学，还把小学阶段的课程开全。书法、美术、音乐、体育这类课程，如今在城里的学校都不太重视，王仲元能做到应教尽教，而且他还多才多艺，难得。

在麻风博物馆，我还看到一张照片，上面有王仲元老师赠送常凤梅医生的一张画。数笔之间，竟将年轻美丽的常医生勾勒得惟妙惟肖。照片上的王仲元老师，饱经沧桑的脸，戴着顶白色太阳帽。常凤梅医生满脸阳光、明眸皓齿，戴着麦秸草帽，穿着粉色衬衣，外套蓝黑色的运动风衣，身形纤瘦，两人共同将那幅画置于身前。常医生的笑容，照亮了简陋的小屋。

有些康复者子女并不在山石屏就读。有名康复者告诉我，她的孩子生下来不久就被爷爷背回老家，在洱海边的双廊长大、读书，现在昆明某房地产公司就业。有的康复者在到山石屏疗养院治病之前，老家就有几个娃娃。这些孩子，李桂科也要兼顾。

有个学生在给李桂科的感谢信中写道：

时间过得真快，一转眼我已读高三了，此时的我既兴奋又恐惧，但回首张望过去又使我更加相信自己，曾经的路途充满荆棘，但我依然顺利地走到现在，这都是您在身后支持我、鼓励我，让我有勇气走下去，去迎接新的挑战、新的生活。

每个人都有属于自己的生命，都有属于自己的人生，我想不同的人生都有一个共同点，那就是它像蜡烛一样，在光芒和泪珠中慢慢被消耗掉。每一个生命都很短暂，它不可能永垂不朽，但它曾经的光芒将会永远照亮一方，将会永远影响着一个人，我的人生因为有了您的爱心更加精彩，我的生活因为有了您的爱心，我才有机会认识更多的东西，才有机会走出大山追寻自己的梦想，我要拥有感恩之心，才能使自己的生活变得更加美好……

当然，我们不能忽略，在李桂科办学的过程中，很多社会组织给予了诸多扶助，使山石屏教育的星星之火，得以绵延。

1993年，创办学校之初，李桂科一直寻求帮助。1996年，山石

(第十二章)
麻风院里的读书声

屏小学得到云南省皮肤病防治研究所黄文标所长的关注与扶持,他与国际卫生联合组织霍雷劳之友协会、意大利麻风病福利协会澳门办事处康辅理主任联系,带着李桂科到珠海拱北宾馆找到康辅理主任,将山石屏小学的情况陈述给康主任听,康辅理主任当即表示愿意捐资助学。1997年2月,收到康辅理主任第一笔善款,每学期每个小学生150元、中学生200元。2003年,康辅理主任退休,停止了助学。7年间助学28人,助学捐款13期48000元,捐赠学生服210套、运动鞋21双。

2001年3月26日,李桂科邀请广东省汉达康福协会创始人杨理合教授到疗养院考察。杨理合教授看了山石屏小学后,愿意为疗养院内和院外的麻风康复者子女助学。广东省汉达康福协会秘书长陈志强和云南省区域负责人杨振美医生、曾庭梅总监多次到山石屏看望学生。2001年到2015年捐资助学院内、院外学生44人,捐资126300元。每学年每个小学生300至500元、初中生500至800元、高中生700至1000元、大学生贷款5000元。

爱真社区康复队成立于2001年,由英国著名残疾预防专家、世界卫生组织顾问宋爱真女士创办。2004年6月2日,李桂科邀请宋爱真女士到疗养院考察,宋爱真女士愿意助学。2004年到2010年,宋爱真女士、常凤梅医生、司占杰主任多次到疗养院看望学生,捐资助学院内、院外学生9人,捐资31000元。每学年每个小学生300元、初中生600元、高中生800元、大学生1000元。

2006年3月18日,利玛窦社会服务中心93岁的陆毅神父来到山石屏,愿意助学。到2016年助学13人,捐资61400元,每学年每个小学生300元、初中生600元、高中生1000元、大学生1500至2000元。2008年至2014年,时任洱源县副县长李桂瑞每年捐资助学1000元。

2006年10月30日，邀请到林君瑾慈善基金会汪颖老师到疗养院考察，愿意助学。从2006年至2013年，助学院内学生6人、院外学生4人，捐资38500元，每学年每个高中生1000元、大学生4000至6000元。

山石屏麻风康复者子女21人获得助学，读大学7人（其中研究生1人）、中专1人、职高2人，回家疗养的麻风康复者子女获得助学45人，有14人读大学。这其中有：李润梅，红河学院，本科；杜树飞，重庆邮电大学，研究生；张润美，云南师范大学，本科；廖海慧，新疆农业大学，本科；宋荣坤，德宏职业学院，专科；李润江，云南国防工业职业技术学院，专科；李松平，云南国防工业职业技术学院，专科。

当年，李桂科医生说："我的孩子跟山石屏疗养院的孩子差不多，自己的孩子在学校读书，看着院里这些小孩不能读书，我感到很难过。疗养院最大的问题就是子女上不了学，千苦万苦也不能苦了孩子，如果孩子不能正常上学，孩子们就走不出大山，疗养院的美好未来就遥遥无期，这是疗养院最大的困难和问题。"

李桂科说："我一定要在山石屏疗养院办一所小学。"

他已做到，而且将这所学校延伸至中学、大学，乃至社会。

正如杜朝明所说："山石屏所有的年轻人都是李医生的孩子！"

第十三章

在泥淖中前行

你要问我最难忘的是哪件事,就是1990年中秋节的沉船事件,那天,我们淹死了6个人。

——杜朝明

几乎每个康复者都会想起那次"沉船事件",很多人心有余悸,虽是老人,提起那件事,都忍不住泪湿衣襟。

1990年,山石屏麻风疗养院的患者已全部治愈,对于麻风病患者而言,应是皆大欢喜的年头,受尽麻风病折磨的患者,从此可以过上正常人的日子。可上苍似乎还嫌山石屏的苦难不够。

这年的中秋节,本是阖家团圆之日,却是山石屏麻风院建院以来最惨痛的日子。

那天早晨,碧蓝的天上飘着绺绺状如轻絮的浮云。秋日的黑惠江,像条翻滚的黄龙,在峡谷间缓缓游动。两岸皆是深绿的树木和赭色的岩石,使得黑惠江峡谷更显静谧。时候虽是中秋,天气依然很炎热。那天,山石屏疗养院的康复者们乘船到对岸,在大片的苞谷地里快乐地采摘丰收的喜悦。他们边收苞谷边开着有咸有淡的玩笑,有人唱起了热烈欢快的西山白族情歌:

蜜蜂想花花想蜜
你也想我我想你
想到哪一天
老虎它想点苍山
金鱼它想洱海水
燕子它想青瓦房
我想小阿妹

你是高山脚底水
妹子口渴捧起喝

(第十三章)
在泥淖中前行

山高路又远
山再高来我也跨
路再远来我也走
只要哥哥你愿意
再远我也走

在欢悦的情歌对唱中，红日渐西斜，带来的箩筐，已被饱满的苞谷棒子装满。众人都想着回去与家人欢度中秋节，便着急上火地往回赶。哪知走到半路，暴雨如注，黑惠江猛涨，江水如咆哮的蛟龙。原来的铁索桥被冲垮后，渡船就成了山石屏与江东唯一的联系。人们乘船过江，又乘船归来，几十年相安无事，人们也习惯了，便也不以为意。

渡船是山石屏疗养院的疗养员们自己制造的，用的是西山的红栗木，工艺精良，牢实可靠。船身长二丈八、宽五尺五、高三尺，每四年换一艘，每年修补一次。在1966年至1995年间，总共换了6条船，修补了无数次。同时，在黑惠江上架了溜索，江水大的时候靠溜索运送粮食和生活用品，有时人也靠溜索过江。

中秋节那天，人们将56篮苞谷和辣子装上船，又全部挤到船上，都想早点回家过节，没料到渡船超载。船到江心，船舷便与江面持平。几个浪头卷来，船身摇晃了两下便沉入水中。这些麻风康复者本就体弱，有几个还是肢残，再加上不会水，很快便沉入水里。几个年轻力壮且又会水的康复者救出了几个人，但还是有6条人命葬身黑惠江。

康复者杜朝明说："你要问我最难忘的是哪件事，就是1990年的沉船事件，那天正好是中秋节。船是我们自己造的，过黑惠江收苞谷

回来时，超载，到江心就沉了下去。船上坐着16个人，还装了56篮苞谷和辣子。我老家在江尾，就在洱海边长大，游泳划船是家常便饭，便自己游了出来。又转身去救人，救起了2个，但还是淹死了6个人。那天的江水实在是怪，我们在黑惠江边生活了10多年，从没见过那么大的洪水，也从没见过那么狂暴的河流。黑惠江本来是挺温和的小河，我经常在河里游泳，哪晓得那天我都几乎游不出来。直到现在，我想起那件事，两腿还在发抖。"

山石屏村的党支书杨晓元说："1990年中秋节那天，村民到黑惠江对面收苞谷。回来过江的时候，突然江水猛涨，我们的船沉没了。当时我也在场，眼睁睁地看着活生生的6位村民就这样被洪水冲走了，当我们找到他们的时候已经全部遇难，他们可是刚刚被李医生治好了的麻风康复者啊！这一年的中秋节，大家非常悲痛，李医生和我们一起失声痛哭……"

在村民断断续续的叙述中，我的眼前浮现出这样的场景：奔腾咆哮的浊流、渐渐沉入水中的木舟、漂在江水中的红辣椒、在波浪中滚动的苞谷，更多的是在水中挣扎的村民。他们将双手伸出水面，拼命想抓住什么，可什么也抓不到。一个浪头打来，将他们埋入水下。他们挣扎着将头伸到水面喊救命，刚张开口，一口浑浊的江水就灌入他们的嘴，接着又被卷入浪涛之中。他们就这样越来越远，越来越远，消失在人们的视线之中。年轻力壮的幸存者，拼命去拉被水吞噬的人，可刚接触指尖，一个浪头打来，又将淹没者冲远，只能看见他们的头发漂在水面。最终，再也见不到……

那是多么惨烈的一幕啊！眼前浊流乱注，落水的人苦苦挣扎，却只有咆哮的水声，像怪兽般张开血盆大口，吞噬着一切。在大自然面

(第十三章)
在泥淖中前行

前，人的力量是多么微小。

2022年9月2日，正是中秋节前后，时隔32年，我站在山石屏村口望着眼前的黑惠江。江水依然浑浊，却水平如镜，像个慈眉善目的老人。江畔是挺拔的柳林，绿叶婆娑，呈现着勃勃生机，仿佛要将生命的力量在此刻尽情绽放。如今的江面上，已经有两座桥，一座是人行索道桥，一座是行车的公路桥。桥下江水哗哗流动，拐了个大弯，继续向南前行。在这座桥以下，黑惠江将行至翠屏，在那里是个开阔的河床，上面有座铁索桥。再往下，到长邑、进漾濞、过巍山、到南涧，直至小湾，入澜沧江。而在山石屏村的这段黑惠江，沉默如斯。谁能想到，他曾像个狂暴的怪兽，片刻间杀死了6条性命。事实上，黑惠江上，每年都有江上往来人死去。

那次沉船事件，使李桂科痛定思痛，下决心改善山石屏的基础设施。

其实原来山石屏有座古老的铁索桥，就是当年杜文秀起义时用2万斤生铁建造的神户铁索桥，民间称"铁链子桥"，为的是使乔后盐厂的盐路畅通，也有利于快速运送军队。1966年发大水，冲垮了这座建于清代的"铁链子桥"，至今桥的遗址还在。在麻风历史博物馆，还有李桂科收集的两截铁链，他说这就是那座铁索桥的残骸。

山石屏还有马帮，那是8匹雄强有力的骏马，在水瘦山寒的冬春时节，可以涉过黑惠江运送物资，但到夏秋季节马帮就失去了战斗力。后来山石屏人自己造船，在此设了渡口，过江显得快捷方便。江水平静时，连小孩都能偷偷划船过江。但李桂科万万没有想到，1990年的中秋节，本应是个祥和的团圆日，疗养院里已经打好月饼。老人们在等待秋收的村民回来过节，却等来了噩耗。麻风病没有要他们的命，

无情的江水却吞噬了他们。

李桂科号啕大哭，哭麻风康复者惨痛的人生，哭黑惠江的无情，哭自己没能及早修好过江的桥梁，保护他们的生命。

李桂科刚到山石屏时，便和麻风病患者及其家属自己动手，男女老少齐上阵，病残者搞后勤，用了1年多时间，挖通了3公里的进村道路，使得运输物资的车辆可以直接开到江边，再用渡船或马帮转运进村。这条路至今还为山石屏"服役"，已用混凝土硬化。

山石屏疗养院的农田在黑惠江两岸，在驻地的上下游，相隔2公里多，以前收种庄稼都靠人背马驮，很多麻风康复者又带着残疾，劳动很艰辛。李桂科又多方寻求帮助，挖通了到农田的机耕路4条共6公里。这样，三轮车可以直接开到农田里，方便、省时、省力，确实给山石屏村的耕种带来诸多便利。

路通了，但没有桥也不行。几十年来，黑惠江如同横在山石屏村民前的天堑，出行只能靠渡船。1990年的沉船事件发生后，李桂科痛下决心要架桥，彻底消除山石屏村的安全隐患，架起通向山外的桥梁。

然而，架桥不像挖路那么简单。挖路，在那些荒山野岭间开辟条道路，没占用耕地和农田，不涉及房屋拆迁，这不难。千锄万锄挖下去，通向世界的道路就呈现在人们眼前。架桥，却有着技术难度，不是拉根溜索那么容易弄成的。

李桂科治病治心都在行，木活篾活也精通，造桥，却只能抓脑壳。没有设计方案，没有技术力量，没有资金，没有材料，想架桥，就是纸上谈兵。李桂科把大伙集中到院坝里开会，和大家讨论怎样架桥。

(第十三章)
在泥淖中前行

李桂科说："桥是一定要建的，我们有足够的钢丝绳，关键的问题是要向上级申请资金，还有，江上架桥必须要有资质的施工队来建。当前，我们要做的首先是筹集足够的资金。另外，我们可以先把桥板准备好，寻求帮助，大家可以共同出主意、出力来建桥，我相信咱们的桥会尽快建起来！"

事实上，就在发生沉船事故之前，山石屏疗养院就盼望在黑惠江上建一座桥。1982年，山石屏疗养院挖通了3公里的车路后，李桂科就看到了希望。他对当时疗养院病人管理委员会的人员说："我们能够把路挖通，也能在江上架桥，现在我们的资金挖路已经用完，卫生局也就补助了500块钱，用于买炸药。我们现在要有目标，筹集资金，寻求帮助，相信总有一天，黑惠江上会再次建起连接东西的桥梁。"

1981年4月，洱源县卫生防疫站丁文先股长率队到山石屏调查整顿，队员是李桂科等人。5月25日，在康复者中选举产生了疗养院病人管理委员会。主任是黄升东医生，副主任梁国政、杨汉玺，党支部书记熊成贵，还有4个委员，在洱源县卫生防疫站皮防股管理下开展工作。

黄升东医生是个能人，他不仅医术好，还有组织能力和实践操作能力。1982年连接外界3公里的路挖通，他就学会了开拖拉机，学会了开小卡车，还带了几个徒弟，解决了山石屏疗养院车辆驾驶员缺乏的困难。

洱源县西山林场场部在炼铁乡长邑村，距疗养院16公里。西山林场的分场在神户村，距疗养院5公里。林场的干部职工有个头疼脑热的，都来找黄升东医生看病治疗。场部的书记罗庆太是茈碧乡大松甸人，和黄医生的关系也很好。

黄升东对李桂科说："李医生，西山林场有很多钢丝绳，我们跟

他们要一些，就可以架桥了，你看行不行？"

李桂科说："这是大好事啊，真是瞌睡遇着枕头，你和他们的关系又很好，我们要努力办成这件事，有劳黄医生啦！"

当疗养院提出请西山林场捐赠钢丝绳建一座铁索桥时，场部领导也很支持，要求写个申请，要县政府、县人大加意见盖章，就可以去林场取钢丝绳。李桂科把事情办妥后，1985年，量了下河床，计算了所需要的钢丝绳。疗养院组织了10多个人，由周政泽开着拖拉机，黄升东开着"春城"牌皮卡车，到长邑西山林场把钢丝绳拉回到山石屏。

钢丝绳拉回来，好像桥就在眼前。李桂科对疗养院病人管理委员会的人员说，钢丝绳拉回来了，黄医生的贡献很大，我们接下来的工作就是筹集资金，寻求帮助，我给县上写请示请求得到支持。1985年起，李桂科每年都写请示要求建桥。1990年中秋节发生翻船事故，疗养院6人死亡，李桂科又提出建桥请求，县政府十分重视，派县交通局前来考察设计，预算经费18万元，能行驶车辆，大家知道后非常高兴。

李桂科说："当时我高兴不起来，我知道洱源县财政很困难，18万落不了地。在后来每年的请示中，我把原方案改为建好的桥能通过行人和马匹，要求补助7万元，也给云南省地方病防治办公室写了请示，都没有得到落实。"

1993年，黄升东主任和熊成贵书记先后退休，疗养院病人管理委员会由梁国政任主任，杨跃祖任副主任，杨汉玺任党支部书记，还有4个委员。李桂科对疗养院病人管理委员会的人员说："沉船事故到现在3年多了，这艘船修补了多次，划起来很危险，经费就是申请不下来，只有我们自己筹集资金吧！我到县林业局申请点造纸木伐木指标，卖到3万元就建桥。"

李桂科的提议得到山石屏疗养院的认可，大伙齐心去伐造纸木，筹集建桥资金。

1994年，李桂科找到杨晓元说："晓元，请你出任疗养院管理委员会副主任兼会计，可行？"

杨晓元说："李医生，你说行就行，我肯定干得好！"

李桂科说："张允培在疗养院做了一辈子的会计，现在年纪大了，该让他休息。你有文化，你来兼会计最合适。"

"干会计我倒没问题，只要大伙信得过我。"杨晓元说。

李桂科说："咱们的造纸木卖足3万块就考虑架桥，年底就要着手建，还要由你负责建桥的质量施工。晓元，你看行不行？"

"建桥是咱们疗养院期待已久的大事，让我施工，是看得起我。"杨晓元呵呵笑道。

建桥不像挖路，可以仓促上阵。架桥需要精确的设计，载重量，桥梁的长、宽、高，都需要结合河流的水文地理和力学做出精确的设计，稍有不慎就会有安全隐患。李桂科觉得，当务之急，还是先请专业的桥梁设计师做好图纸。

麻风康复者杨跃祖向李桂科介绍："听说我老家苴碧乡有个杨云昌，他是高级工程师，在云南省公路局下关公路总段，设计桥梁图纸，对他是小菜一碟！"

"这个信息挺好，我就去找他，请他帮帮咱们的忙。"李桂科说干就干。

李桂科找到了杨云昌，见到洱源老乡来，杨云昌很热情。李桂科把疗养院的实际困难、经费筹措情况、必须要建桥的原因都跟杨云昌一五一十地说清，请他到山石屏疗养院实地勘察设计图纸，还请他介绍施工队建桥。杨云昌见李桂科态度诚恳，又是麻风疗养院的事，不假思索便答应了李桂科的请求。

说来也巧，杨云昌介绍的施工队也是洱源的，是洱源县苊碧乡长乐施工队。1995年1月17日，李桂科把杨云昌和施工队负责人杨克昌、张啟华一起带到山石屏疗养院实地勘察。那是个寒风凛冽的日子，碧绿的河水在峡谷里默默地卧着，悄无声息。

杨云昌实地勘察一番后，缓缓地说："李医生，这段江水上可以建成人行索道桥就够了，主要是方便人背马驮，不通过车辆。如果要建成吊桥，费用就高多了。考虑到您的费用有限，建议还是人行索道桥。"

"好啊，杨工考虑周到，就辛苦些按人行索道桥设计吧！"李桂科说。

短短一个月时间，杨云昌便将设计图纸做好。

杨云昌说："李医生，你为疗养院架桥奔波，是为麻风康复者做公益，我很感动，设计费我就不要了，我也为疗养院献点爱心吧。"

李桂科喜出望外，也被杨云昌的义举打动。他紧紧地握住杨云昌的手说："我代表疗养院谢谢您，感谢您的这份爱心！"

建桥的费用本就东拼西凑，杨云昌分文不收设计费，也是为李桂科省钱。

李桂科请洱源县建设银行对人行索道桥按设计图纸进行预算，不含钢丝绳预算经费61895元。经过与施工队协商，58000元完成施工，扣除疗养院准备的桥板3000元，实际付给施工队55000元，经洱源县政

(第十三章)
在泥淖中前行

协、洱源县卫生局、洱源县交通局、洱源县卫生防疫站验收合格，准予投入使用。

1995年6月，山石屏疗养院人行索道桥建成。这座桥用了长65米的钢索6根，上面2根、下面4根，桥面全长49米，宽约2米，栗木桥面，总造价83000元。2013年，再次对人行索道桥加固，更换钢索，桥面用钢板固定，塑胶板铺面。这样，钢板可以延长桥的使用寿命，塑胶板则更利于行走，不至于滑跌。小小的人行索道桥，很人性化。

人行索道桥的建成，使山石屏与黑惠江东岸真正相连，李桂科给桥取名为"连心桥"，意即山石屏与山外世界的连接，不仅是地理意义上的相连，更是人心的相连。虽然没有桥的时候也能靠渡船到东岸，但是不能做到随心所欲往来。渡船还得有专职船工撑船，若是船工凑巧不在或生了病，渡船也就成了摆设。此外，遇到天气恶劣波翻浪涌时，靠渡船往来极其危险。但有了人行索道桥，山石屏与外界总是相通的。山石屏人可以自由往返黑惠江两岸，外边的人也可以随时进村，显得极为方便。

有了这座桥，山石屏人赶赶街、卖鸡蛋、卖核桃板栗很方便，外边的人也可以直接到村里收购农副产品，无形中加强了与外界的交流。

山石屏村村主任杨晓元说："1995年6月'山石屏疗养院人行索道桥'终于建成。竣工那天，村民们在桥上来来回回走了好几趟，好多年迈的老人在我们的搀扶下，到桥上走走摸摸。他们讲，从1953年到现在，他们从没有去过江对面，激动得流下了眼泪。从此靠渡船、溜索出入疗养院的场景再不会出现，从此山石屏不再与世隔绝。"

那几天，山石屏人早上起来，都要到桥上走到江东，再过桥返回疗养院，如此反反复复几次，喜悦的心情无以言表。有桥之后，他们可以自由去赶炼铁街、长邑街，可以自由去卫生院和诊所看病，不用再等渡船，更不需要用溜索滑行。就连那些肢残的老人，也可以在别的康复者帮助下，推着轮椅到桥上走走看看。人们早上起来，都特意上桥通过黑惠江，在江东的路上走走，再折返回来，摸摸桥上的护栏，看看脚下的江水缓缓流过。地理意义上的连通，使得心不再狭隘，更多的康复者走出山石屏，走到周围的村寨和乡镇，走到县城和省城。他们的子女，走向更广袤的时空。

2016年，距人行索道桥数十米的江面上，一座结实的水泥公路桥横跨两岸，车辆可以直通疗养院内。当然，这座桥不仅可以通山石屏，还可以通向更远的西山乡。公路桥修通，使得爱心组织可以将援助物资直接拉到疗养院，也使附近各个乡镇的商贩可以直接到山石屏收购山货，山石屏的"飞鸡"和猪、牛、羊，木耳、香蕈、牛肝菌等野生菌，核桃、板栗等干果，少了二次搬运费，自然能多赚几块钱。李桂科医生退休后学了驾照，买了辆大众二手车，他往返山石屏也更为方便。有几户山石屏村人也自购了轿车和微型车，有时跑跑乡间客运，更多的时候是接送娃娃上学。

在我的记忆中，贫困山区的中小学生读书，都是自己跑去上学的。各村离乡镇中学远，因此初中生大都住校，小学生就自己走读。宋荣坤的姐夫赵凤桃也是麻风康复者的儿子，他与宋荣坤的姐姐宋树江成婚后，就一直住在山石屏村。赵凤桃告诉我，他的娃娃上学都要开车接送。他这样说时，我以为听错了。我问他：你的娃娃上学，真的像城里的学生般接送吗？他做出了肯定的回答。他还说现在还好，中饭在学校吃，早上把娃娃送到学校，下午再去接回就得。过去要接

（第十三章）
在泥淖中前行

送4趟。山石屏离最近的茄叶小学5公里多，往返就是10公里多，每天要接送20多公里，时间大多消耗在这件事上。不过为了娃娃读书，苦点累点也值得。

通电，亦是山石屏的大事。20世纪50年代山石屏麻风疗养院建院，直到2004年，长达半个世纪都没能通电。照明都是用松明火把和香油灯、煤油灯，再先进点就是干电池手电筒。李桂科刚到麻风院时，手里拎着的也是盏"马灯"。"马灯"是赶马人走夜路时提的玻璃罩灯，外边箍了铁丝，用以保护灯罩。红军长征时指战员手里拎的就是"马灯"。以前行船人也爱拎这种灯，叫"桅灯"。"马灯"和"桅灯"是外形一样的煤油灯，因用法不同而名字相异。1992年，李桂科为山石屏购买了一台小型水轮发电机，山石屏麻风院从此看上了黑白电视。但发电机功率小，只能供一台电视机用电。1997年，李桂科又购置了两台柴油发电机，并把电线接到了各家各户，但因为柴油发电机成本太高，每天晚上只能发电2小时，用于看电视和各户的照明。2小时内，该看电视就看电视，该做事就做事。2小时后，各自睡觉。至今山石屏的老辈人都有日出而作、日落而息的习惯，与那时的作息要求有关。那时候，李桂科还购置了机械加工设备，包括粉碎机2台、磨面机1台、抽水机1台，这些农用机械基本满足了山石屏人的日常生活所需。

2004年1月18日，是山石屏人的大喜之日。通过利玛窦社会服务陆毅神父、国际爱心扶贫组织宋爱真主任的援助，"洱源县山石屏疗养院10千伏线路电力工程"完工，由江旁电站老板孟有福负责施工，总投资59600元。从此，山石屏疗养院各家各户都能用上不间断电源，李桂科给各家各户购买了电饭煲、电炒锅、电水壶等家用电器。2010年11月，李桂科又为每户都安装了电视机。从此，山石屏村民可以不限时地看电视，能够完整地追完自己喜欢的电视剧。

2013年，洱源县山石屏疗养院电力工程通过了改造。2017年，建成了山石屏村移动机站，4G网络开通。

从此，山石屏跟上了时代的节奏，山石屏人可以使用智能手机，并通过小小的屏幕走向世界。

我认识个企业家，说话很冲。他说：我不走向世界，我要让世界向我走来。

他的这句话，受到了很多人的追捧。但我认为，这不过是虚张声势，或者是夜郎自大。

山石屏通电通网络后，才能开启走向世界的第一步，否则便是被世界抛弃的死角。人们在此自给自足，同时也被时代遗忘。

其实李桂科早就有给山石屏架设通电线路的谋划。1987年7月18日，他就提出在山石屏疗养院架设电路的申请，没有获得批准。他没有灰心，每年都写申请，要求解决山石屏疗养院的用电问题。他知道，光写申请还不行，还得找人。于是他又跑到各级各部门找领导，力求将山石屏疗养院的通电问题纳入财政预算。

李桂科说："我去跑部门、找领导，他们很热情，给我泡茶倒水，嘘寒问暖，表态一定要解决，一定要纳入农网改造。我听了非常高兴，但话说得好听，事情却没有落实。拖了一年又一年，都是这样，搞得我都不好意思。领导更换了我又去找，结果还是一样。我只好另想办法。后来我就下决心与社团组织联系，寻求帮助。2003年，我向社团组织筹到经费5万元，于是决定让山石屏通电，让疗养院的夜

(第十三章)
在泥淖中前行

晚亮起来。"

要通电，5万块是不够的，县电力公司预算要12万元才能通电。李桂科向爱心组织筹款5万，还达不到县电力公司预算的一半。李桂科前思后想，四处奔走，还是筹措不到更多的钱。怎么办？靠电力公司肯定不行，只好另谋出路。想来想去，李桂科将希望寄托在江旁电站老板孟有福身上。

孟有福是炼铁本地人，为人豪爽有干劲。李桂科1981年到疗养院工作后就认识了孟有福，他俩成了无话不谈的好友。山石屏疗养院架设通电线路有困难，李桂科自然就想到了孟有福。

李桂科找到孟有福，把自己的打算和盘托出。李桂科说："有福，我架电的决心已定，疗养院没有电太寡苦，不仅物质生活不便，看看电视都要自己发电。把电架起来，让山石屏的夜晚亮起来，我心里要好受些。现在县电力公司预算要12万，我只筹到5万块钱。你到山石屏实地勘测一下，5万元架室外电，室内电按实计算，要按农网改造标准验收。你可以做就做，不可以做我再去筹钱，还是请你来做。怎么样？"

孟有福哈哈笑道："桂科，你这话说得实在，我先去看看，干得成干不成我都会尽快给你回话！"

孟有福也很实在。他实地勘测后，决定接下这个活计。

孟有福说："桂科，山石屏通电的工程我来干吧！我是本地人，如果质量有问题，我在这里就做不起人嘞。"

李桂科说："有福，有你这句话，我就把心放到肚子里喽！"

李桂科将此事上报县卫生局和防疫站，得到了上级批准。之后，他又找到疗养院管理委员会副主任杨晓元。

李桂科说:"晓元,经县卫生局和县卫生防疫站研究决定,疗养院10千伏线路电力工程由孟有福按农网改造标准施工,由你负责质量监督,主要是室内布线。"

杨晓元使劲点头说:"李医生,真是好消息,咱们山石屏没有电的日子快要熬到头啦!"

2004年1月8日,山石屏疗养院通电工程经洱源县供电局、县电力公司、县卫生局、县疾控中心验收合格,同意投入使用。

李桂科在6万元之内,将电灯拉到了山石屏各家各户,家家升起了"夜明珠",户户看上了不限时的电视。山石屏疗养院与时代接轨的步伐又向前跨了一大步。

饮用水,从建院至1983年,来自山石屏人用木槽、瓦筒从西山的山涧引水到疗养院开挖的蓄水池,至今水池仍在。木槽、瓦筒这些东西,早在数千年前,人类的先祖就用来引水。在邓川德源城遗址发掘出的陶制水管证明,早在千年以前,人类的祖先就已用陶制水管引水。千年之后,山石屏人沿用了老祖宗的引水法。这泓清泉,是全院疗养员用水的源泉,是生命之泉。人们给蓄水池取了个充满希望的名字:福泉。但福泉还是赐福不多,旱季水不够用,雨水季节泉水浑浊也不能喝,还要从黑惠江里挑水饮用。1983年,李桂科带领大家修水池、接金属水管,用上了自来水。通过2003年、2007年的修缮,增加了蓄水池、金属水管,把自来水接到各家各户。2013年地震灾后重建,投资15万元,修蓄水池50立方米,从海拔2000米的山涧中将山泉水直接输送到各家各户的厨房里。

我住在山石屏的几天里,使用接待室的抽水马桶,用山泉水冲厕

(第十三章)
在泥淖中前行

所，显得极为奢侈。洗漱用水和饮用水就直接在室内水龙头上接，生活极为便利。我到各个康复者家中转悠，见他们住的套房和接待室相同，无非是接待室内部没有什么装饰，而各家住的套房，家具摆设各具风格，体现了居住者的喜好。这样便利的生活，在炼铁山区的普通农家是难以达到的。

如今福泉仍在，似乎成了山石屏疗养院的见证。那汪碧潭像是山石屏的眼睛，照见数十年的悲欢离合。绿茵茵的水池旁，木瓜树上结满了碗口粗的白木瓜，板栗树上的果子已经成熟，多刺的果壳绽开，露出里边褐色的栗子。垂柳依依，将枝条伸到水面。微风轻拂，柳叶悠悠落下，在水面打着旋。几只"水板凳"（水黾）在水面上自由嬉戏，动作无比迅疾。福泉的功能，已由饮用水变为院里的园林景观。当然，也备消防之需。

房屋修缮，也是李桂科着手解决的问题。山石屏疗养院从20世纪50年代建院，一直到1998年，疗养院的房屋都没有修缮过。漏风漏雨，陈旧不堪，修缮房屋迫在眉睫，李桂科急在心里，多次向上反映，争取尽快修复山石屏疗养院的房屋。

朗月在天，我与李桂科信步黑惠江边，江水如碎银般哗哗流淌，满目清辉。

话题自然就聊到了山石屏的房屋上。李桂科说："我的中学同学杨道辉任副县长，我请他到疗养院看看，能否解决点困难。1998年10月8日，杨道辉带着县卫生局局长马慧萍来到山石屏疗养院。我给她们说，现在最大的困难是人行索道桥还欠款2万元，房屋要修缮。后来杨道辉副县长给疗养院解决了建桥款2万元，还要扶贫办安排修缮费5000元，大伙都十分感激。在那个时候，5000元就能修缮房屋1幢5间。"

我问李桂科："李医生，5000元修了一幢，大部分房屋没修，入住的当然高兴，不能入住的就会埋怨吧？"

"是呢，房屋修了5间，争取住的多，意见不统一，安排不下去。"李桂科说，"于是我对他们说，大家不要争了，就按原来住的不变，接着我们还要继续修房子，等修好了再安排。这样，也省得大家闹意见。"

李桂科"继续修房子"这个承诺，使他不能停步，只有继续向前。他多方寻求帮助，争取到利玛窦社会服务机构的陆毅神父捐资5万元，国际卫生联合组织霍雷劳之友协会、意大利麻风病福利协会澳门办事处康辅理主任捐资5万元，意大利麻风防治协会（AIFO）捐资22万元，这些全部投入到房屋修缮之中。到2008年，修缮完了疗养院所需要的房屋。更换瓦屋面、室内室外墙壁刷白、浇灌混凝土地面，还安装了玻璃窗户。休闲场地及院内路面硬化为混凝土地面，修建公共厕所3座、公共太阳能洗浴室2间，修建了公共娱乐室、公共厨房，5间接待室，可供外来旅游人员娱乐、食宿，还为每户修建了节能灶。

房屋修缮后，疗养院整体环境得到了改善提升，李桂科着手开发生命关怀公益旅游，目的是消除麻风歧视与偏见。2011年3月30日，首次举办"洱源县山石屏疗养院生命关怀公益之旅"，接待旅游团队22人。

李桂科说："其实，在修路、修桥、通电、通水、房屋修缮、小孩读书等方面，有很多捐钱帮助我们的人。这些人，哪怕捐给我们100块钱，我们都记住他，给他发捐赠荣誉证书。这么多年来，我们筹集到了200多万元善款，这些善款，大多由疾控中心统一管理，用于山石屏的项目建设。有些少量的捐款就在山石屏疗养院的账户上收支。"

(第十三章)
在泥淖中前行

虽然筹集到很多善款,但李桂科却从没在山石屏疗养院的账户上报销过开支,反而是往里贴钱。

李桂科说:"如果我在山石屏的账户上报销,哪怕是合理的开支,他们都会怀疑我留在山石屏的用心。特别是退休后,我更不能报销一分钱。麻风历史博物馆的石碑,是我用私车拉进来的。博物馆里的照片都是我用自己的相机拍的。原来用的是单反胶片机,后来改为数码相机,现在用的佳能数码相机,是儿子考起公务员之后,领到首月工资送我的礼物。"

说到这,李桂科发出爽朗的笑声。笑声里有释然,有自豪。

考取大理州公安局的公务员后,儿子李莹辉领到第一个月的工资,马上给父亲李桂科买了台相机,支持他建设麻风历史博物馆。有这么个孝顺的儿子,身为人父,理当骄傲。

在采访李桂科的过程中,我深深被他的精神所折服。是什么样的力量,支撑着他四十多年如一日?他又哪来的力量,做了那么多事?

他是医生,也是教师;他是家长,也是保姆;他是父亲,也是儿子;他更是山石屏的老村主任,带领众人脱贫致富奔小康。

李桂科说:"我深深感到在我的身后,在山石屏村的身后,有党和政府、社会各界在关注我们、扶持我们,特别是我的单位领导卢洲、阿思尹、段启慧、李亚雄、杨树生、李泽先十分鼓励我、关心我、支持我。同时,我并不孤独,我们山石屏村并不孤独,这也正是这么多年来我坚持不懈的动力。"

是的,如果仅凭李桂科一己之力,哪怕他有再大的本事,也无法使山石屏走出泥淖。正是由于党委、政府和各方社会力量的参与,才使山石屏真正回归社会。比如"3·03"地震后,政府拨款750万元

重建疗养院，修建蓄水池，硬化道路，建水泥公路桥；比如中国麻风防治协会捐资40万元发展核桃100亩；比如大学生志愿者数次来到疗养院，为麻风康复者服务；比如周边村民组织文艺队到疗养院表演节目，给山石屏带来欢乐的气氛……

李桂科常说："麻风患者的康复过程很漫长，身体康复后，还要有心理康复、社会康复、经济康复，让他们真正回归社会。"他说到，也做到。

清晨，李桂科带我到村里转悠。黑惠江边的核桃林里，枝头果实累累。他随意推开两道银灰色的铁门，带我走进养殖区。

牛圈、猪圈、羊圈，掩映在翁郁的林木间。走到猪圈门前的石阶上，10多头体形如小牛般壮硕的"长白猪"嗷嗷叫着簇拥到圈门前。大嘴咧开，露出森森白牙，饥渴难耐的样子。羊圈里有群黑山羊，挨挨挤挤数十只，都往前拱，互不相让。看到人来，便以为是投食，向我们"咩咩"叫着。

相对而言，几头"西门塔尔"牛显得温顺，轻描淡写地看了我们几眼，便不再理睬。西门塔尔牛原产于瑞士的阿尔卑斯山区，并不是纯种肉用牛，而是乳肉兼用品种。这种牛产乳量高，也能长肉，不比普通肉牛品质差，役用性能也不错，因而是乳、肉、役兼用的大型品种，近年大理农村普遍喂养西门塔尔牛。李桂科在山石屏推广这种外来品种，而不是本土的黄牛，为的是让村民得到更大的经济效益。买牛的钱还是李桂科向爱心组织"化缘"得来。

李桂科向另外空着的区域指了指说，这里曾经养过蓝孔雀。我曾在图片上看过山石屏养的孔雀，有50只。

我问："李医生，以前山石屏养孔雀，现在为啥不养？"

（第十三章）
在泥淖中前行

李桂科说："蓝孔雀是国家二级保护动物，原来村里养孔雀是为了发展经济，由于新冠疫情原因，那些孔雀已被林业局收购。"

"经济康复"也是摸着石头过河，既然此路不通，就另辟蹊径，李桂科的态度很务实。

记得头天夜里，李桂科医生带着我，信步走在村外的小径上，看到有个院子里还亮着灯，我们便打开门摸了进去，只见几个村民架起柴火灶油煎马蜂蛹。李医生问从哪里弄来的，他们说是从对面山的大树上摘来的马蜂窝。大铁锅里的蜂蛹白白嫩嫩的，在油锅里翻滚。煎得白中泛黄，便盛出铁盆里，几个人围在桌前喝酒吃蜂蛹，喊我们也坐下。他们倒出两杯酒，李医生说不喝。看着他们津津有味地吃喝，其中有个年长的麻风康复者（后来我知道他叫杨文光），我便有些犯怵。李医生毫不介意，提起筷子拈起便往嘴里塞。我也试着夹了几条蜂蛹尝尝，果然很香。看着我缩手缩脚的样子，几个村民只是笑笑，也许他们已经习惯了外来人的隔膜感。坐了片刻，李医生起身跟他们道别，我也赶紧跟了出去，如获大赦。

这是我首次到山石屏的体验，其实是缺乏麻风病知识导致的心理障碍。倘若有下次，我不会再担心。

山石屏村党支部书记杨晓元说，李桂科带领村民养猪、养鸡、养牛、修桥、修路、种地、种核桃、种板栗，像个老村长。记得2005年8月的一天，杨晓元去苞谷地里干活，看见有个瘦削的身影在地里走来走去。开始他还以为有人偷苞谷，走近看，才晓得是李医生。

杨晓元问："李医生，你对种苞谷也感兴趣？"

李桂科抓了把土，在手里捏了捏说："这块苞谷地肥力不够，行距太宽，种子也没选好。这样产量太低，要科学种田才行嘛！"

"李医生还精通种田，这我可没想到。"杨晓元说。

"来防疫站之前，我就在孟伏营教书种田嘛！古语说，一等人忠臣孝子，两件事读书耕田。你听说过没有？"李桂科说。

"李医生，我的兴趣点在做生意。"杨晓元呵呵笑道。

"先把地种好，以后生意有你做的。"李桂科打趣道。

杨晓元说："我也晓得，咱们土壤肥力不足。农家肥也不够，只能用化肥。可买化肥，那也得用钱啊！"

李桂科从中山装的衣兜里掏出5张"大团结"递给杨晓元："这钱够你买两包化肥了吧？"

杨晓元连连摆手说："李医生，你的工资也不高，你媳妇身体不好，又有两个娃娃，这钱我万万不能收。"

"你以为我是给你？想得美！我是借你的，有钱了记得还我。"李桂科呵呵笑道。

杨晓元的眼睛里，沁出了泪花。他知道，说是借，李桂科却从不主动要求还钱。有几户的钱都是李桂科给他们的。

从那年开始，山石屏的苞谷由亩产500斤增加到千斤以上。

村民要增收，光靠粮食收入远远不够，还得长短结合搞种养业。短期就是养殖，养鸡、养猪、养牛、养羊。山石屏的鸡都是"飞鸡"，夜里飞上树去，白天飞到院子里觅食。如果遇到山外的人来买鸡，"抓鸡"就成了技术活。必须趁着夜色悄悄爬到树上，趁鸡打瞌睡时把鸡抓到笼子里。抓鸡的人必须身手敏捷，如果跌下树去，不是重伤也得脱层皮。猪、牛、羊都能赚钱，猪贵卖猪，羊贵卖羊。而种植业则是长期产业，属于前人栽树后人享福。

李桂科还自费订阅了《致富通》《农村天地》等杂志，每次到患者家里治病时，都和他们"谝壳子"，聊科学种田，聊种植养殖业。

发展种植业，李桂科首选核桃、板栗等干果，其次是木瓜、桃、梨等水果。那几年，核桃值钱，李桂科便和大伙合计种核桃。山石屏能种核桃，是有依据的。离山石屏不远的茄叶林果牧开发基地，就以种核桃、板栗为主，养猪为辅。山石屏就在黑惠江边，所处的位置与海拔都与下游的漾濞县相近。都说漾濞核桃甲天下，山石屏种漾濞泡核桃也就不离谱。

李桂科通过县林业局买来泡核桃苗，又从乡林业站请来林科员，指导山石屏人种核桃。核桃不易种，要挖方塘，长、宽、高都是1米，俗话说的"方方一米"。还要施足底肥，方能种植。在生长期，还得修枝打杈，施肥防虫，算是个技术活。不过漾濞大泡核桃挂果后，也就有了收成。三年挂果，五年丰产，数百年仍是硕果累累，这是核桃的基本特性，真正的一劳永逸。那几年核桃价格高，背两箩核桃到炼铁街或长邑街上卖，都能补贴家用。过年要包元宵，元宵馅里要有核桃仁；中秋节做月饼，月饼里也要有核桃仁。以前山石屏人逢年过节，都要到街上买几斤核桃，现在都从自家的树上打下来。

杨晓元说："现在，李医生2000年带领我们种下的300多棵核桃已长成大树，每年都有几万块钱的收入。我们养的2头奶牛，让我们天天都能喝上浓浓的鲜奶。"

山石屏人养奶牛，每天都能喝上鲜奶，很幸福。

幸福，有时也很简单。

麻风康复者子女，有的成了公务员、医生、教师，有的外出务工，也有留在村里种田的。共产党员周富山便是山石屏的第二代村民，他和媳妇养牛、养鸡，还种了10亩烤烟。若是烤烟成色好，收

入不菲。李桂科当初捐了15000元，给他们买了2头小牛，如今已值4万元。

　　李桂科说："我帮山石屏的村民贷款，鼓励他们搞运输，帮助他们购买三轮车，养鸡、养猪、种植经济林木。现在，山石屏的种植、养殖业势头都不错。不仅养鸡、养猪，还养牛、养羊，有段时间还养孔雀。山石屏种植的300多株核桃树都已进入丰产期，每年都有几万元的收入。有了爱心组织的扶持，我们将核桃种植面积扩大至100亩，这是个长久之计。核桃寿命长，生长几百年是常事，有些可以活上千年。山石屏只有山地，没有水田，只要把核桃树种好，也能给村里的子子孙孙留下点财富，让他们能增加收入，改善生活。同时，核桃树也是一笔精神财富。这片核桃林可以告诉山石屏村的子孙们，他们的先辈是在怎样艰苦的条件下留下这份财富的，整个社会是怎样费心费力地帮助他们创造美好生活的，让他们懂得感恩，懂得回报社会！"

　　这就是李桂科，他不仅让麻风康复者们活得有尊严，也为他们的子女寻找出路。通过办学读书，走到大山之外的孩子，大多都能自食其力，其中优秀者能有美好的前程。留在山石屏的，让他们能脱贫致富，并且有长久的产业支撑，不至于返贫。康复者子女的后代们，也能扎根于这个山村，依托祖辈和父辈们创下的产业，安身立命！

第十四章

震后，浴火重生的村庄

　　他身上流溢出的那种光辉，不是一瞬间的光芒四射，而是在点滴小事中、在不懈坚持中折射出优秀品质和崇高的境界，他用平凡的小事升华了他的形象和生命，他用平凡的坚守震撼着我们的心灵。

——李灿文

在浩渺宇宙中，人类何其渺小。在地球上，人类从来不是自然的主人，应当与之和谐共生。

当人类发出"人定胜天"的狂妄呐喊时，当人类的欲望极度膨胀时，大自然总是以各种灾难惩罚我们，比如1976年的唐山大地震，2008年的汶川大地震。这些惨痛的灾难，总在人类的历史中，留下难以磨灭的伤痕。

"3·03"地震，同样是山石屏疗养院的劫难，却也迎来了如凤凰涅槃般的新生。

恍然间，已至2013年。李桂科与山石屏的缘分，已延续了33年。进入山石屏麻风疗养院时，他才23岁，是个乳臭未干的毛头小伙子。30多年后，他已是两鬓斑白的半老头。三十功名尘与土，八千里路云和月。对李桂科而言，他没有南宋抗金名将岳飞《满江红》里吟诵的慷慨激昂，也没有南唐后主李煜的黯然神伤。

李桂科说：我做的都是小事。在他的世界里，永远是云淡风轻。他的笑容总是那么天真无邪，像孩童的笑脸。他是坦荡的，更是无私的，他已将生命融入疾病预防控制，融入麻风病的防治事业，融入山石屏。

2013年的3月3日，炼铁发生了数十年不遇的地震，史称"3·03"地震。这次震级达到5.5级，震源深度9公里，震中距洱源县城约35公里，距大理市约65公里，距昆明市约320公里。洱源县、大理市、剑川县、鹤庆县有明显震感，截至3月4日，已造成16万人受灾、30人受伤。所幸地震时间发生在下午1：41，人们大多在外干活，避免了更多伤亡。地震发生后，重伤员转至大理州医院救治，紧急转移安置人口21000人。地震共造成了直接经济损失5亿多元。这次地震灾区处在黑

【第十四章】
震后，浴火重生的村庄

惠江流域云岭横断山脉的贫困山区，山高坡陡箐深，使群众的房屋和生产设施受损严重。地震造成大理州房屋倒塌520户2108间，房屋受损17684户，共83434间。水利设施也多处受损，毁坏小水库4座、沟渠30条，学校受灾80所，公路毁坏塌方23条370公里，8座桥梁受损。

山石屏地处黑惠江河谷，此次地震自然难以幸免。疗养院的房屋本就陈旧，经此地震，倒塌无数，幸而没有人员伤亡。地震发生时，李桂科正在返回山石屏的路上。地震刚发生，李桂科便接到山石屏村村主任杨晓元打来的电话。当时在山石屏居住的是82名麻风康复者和他们的家属。李桂科很冷静地安排疗养院的管理人员清点人数，盘查人员受伤情况。坐在车上，他的电话一直不停，冷静地安排善后事宜。

大理广播电视台记者高正达说："地震那天，刚好我们要进入山石屏采访李桂科。李医生和我们同车，地震刚来，他便接到山石屏村打来的电话，他非常冷静地应答处理，有条不紊地安排。小车在盘旋的山路上行驶，他却像个稳坐营帐中的将军，在电话里安排得井井有条。谁负责与有关部门对接，谁管伙食，谁管帐篷，谁照顾身体有残疾的老人。可以看出，他对山石屏熟悉得就像自己的手指头。"

"这也真巧，地震那天，你们竟同李医生进山石屏采访。"我问高正达。

高正达点点头说："确实，我们当时是要采访李桂科，可后来发生地震，台里临时打来电话，让我们与抗震救灾指挥部对接，于是在炼铁就与李医生分手。几天后，我们才去采访李医生。"

高正达也是洱源三营人，与李桂科算是同乡。高正达聊起去山石屏采访的场景说，震后，他们再去采访，同行的电视台记者中有个小

女孩，对麻风病的知识储备不足，很恐惧，连山石屏的凳子她都不敢坐，更别说吃喝。李桂科对此早有经验，才到山石屏村外，李桂科便从药箱里拿出两听八宝粥递给女记者。女记者大喜过望，本以为要挨饿，想不到李医生如此贴心。

李桂科呵呵一笑说："我就晓得，你们进村不敢吃东西，所以准备了八宝粥，将就点吃吧！"

女记者千恩万谢，不知道该说什么好。高正达对我说，由此可以看出李桂科还是个特别心细、特别体贴的人，山石屏的村民遇到李桂科，是他们的福气。

高正达继续说："那天，要拍很多分镜头，拍到李桂科带领山石屏村民建设人行索道桥时，提起1990年中秋节的那起沉船事故，李桂科很难受。我在远处拍李桂科站在桥上的大景，再拍特写镜头。我把镜头朝前推，再朝前推，我在摄像机镜头里，看到李医生的眼睛里蓄满了泪水。"

"李桂科对麻风康复者的感情是真实的，不只是医生和患者的关系，更是亲人间的感情吧！"我说。

高正达说："我觉得他真是投入了真情，山石屏离不开他，他也离不开山石屏。"

地震后，李桂科迅速赶回山石屏，忙于抗震救灾，连续40多天不回家，人也瘦了好几斤。回家后，妻子杨芬见他完全脱了形，以为他得了大病，让他赶紧去体检。他说没事，就是抗震救灾没睡着觉，劳累过度瘦下来。他还幽默地说，瘦下来就好，不用减肥。他在家休整了半天，又赶回山石屏。

"李医生回来，我们就有主心骨了。有李医生在，我们就把心放

第十四章
震后，浴火重生的村庄

到肚子里了。"这是山石屏麻风康复者的口头禅。

事实也是如此。在抗震救灾的关键时刻，李桂科日夜操劳。麻风康复者因为房屋倒塌而伤心，他安慰他们：只要人没伤着就行。房子倒塌，会盖更好的，人没了，就啥也没了。李桂科亲自核灾查灾，在笔记本上逐条逐项做好登记。送来的赈灾物品，他合理分配，挨家挨户发放。

时任洱源县委宣传部部长李灿文说："李桂科孝顺老人、体贴妻子、教育孩子，这些事，他做得非常好。他还为麻风病人治病，为他们做家务，帮助他们发展生产，帮助他们建设学校，帮助他们树立信心，走入社会。这么多的事要面对，如果一天两天、一月两月，不难。可他坚持了几十年，非常不容易。多年来，他默默无闻地坚守着内心的道德标准，俯身于人民群众之间，把自己的每一分钟时间、每一滴汗水都奉献给别人。李桂科医生没有什么惊天动地的丰功伟绩，他仅仅凭着一颗朴实无华的心在生活和工作中做了些平凡的事，但就是这些平凡的事，把他的名字深深地刻在麻风病患者的心里，刻在我们的心里。他身上流溢出的那种光辉，不是一瞬间的光芒四射，而是在点滴小事中、在不懈坚持中折射出优秀品质和崇高的境界，他用平凡的小事升华了他的形象和生命，他用平凡的坚守震撼着我们的心灵。"

"3·03"地震发生后，李桂科迅速赶回了山石屏疗养院，有条不紊地指挥麻风康复者转移到空地上，那里准备临时搭建救灾帐篷。

"李医生回来了，咱们不用怕了！"山石屏村民看见李桂科回到，立刻笑容满面。

李桂科说："年轻的背老的，尽快把不会动的老人背到外面去。

危房里不能逗留。剩下能干活的,拿自家劳动工具,进行场地平整,帮助武警官兵搭建帐篷,快去!"

说完,他抓起把锄头就往空地上走。那些平日拖拉懒散的康复者和家属,听到他的命令后,也像弹簧般跳起来,投入到重建家园的战斗中。

帐篷搭好后,李桂科先把年事已高、行动不便的老人安排入住,再依次安排各家各户的生活。铺盖、行李、洗漱用具、衣物,他都为他们精心准备好。那些行动不便的老人,他亲自背出背进,为他们端屎端尿。

杜朝明说:"李医生给老人们喂药喂水、端屎倒尿,为他们做着连子女都做不到的事。他这个人心善。"

李桂科说:"做这些,我习惯了,对我而言,就是自然而然的事。"

的确,对那些麻风康复者,莫说外人不敢接近,连子女都可能嫌弃。李桂科却为他们洗头、洗脸、剪手指甲、剪脚指甲,为他们滴眼药水、喂药、喂水、喂饭,还为他们端屎倒尿,为他们洗衣服、被子。这些,对李桂科而言,是自然而然的事。他的善良是发自内心的。他不是"作秀",他也没有必要"作秀",他只是把这些老人当成自己的爹娘,让他们惨淡的一生,有个聊以自慰的晚年,在最后的时光,感受到做人的尊严。

李桂科默默地做着这些,山石屏人早已习以为常。但那些来山石屏赈灾的各级各部门领导干部、工作人员、武警官兵,他们看在眼里,对李桂科油然而生敬意。县上宣传部门的领导看见李桂科与麻风康复者打成一片,在群众中威望甚高,又了解到李桂科是共产党员,

(第十四章)
震后,浴火重生的村庄

便动了念,将他作为群众路线教育实践活动中的典型人物,并在全县掀起向李桂科医生学习的热潮。

其实,李桂科如此敬业奉献、俯下身子、几十年如一日为弱势群体治病、治心、治贫、治愚,大家早已熟知。他在医疗卫生系统获奖数十项,业内对他的敬业与成就早已认可。只是因为他从事麻风防治,又加上他为人谦和低调、不事张扬,整个社会对他了解甚少。

"3·03"地震后,李桂科及时与抗震救灾指挥部取得联系,随后指挥部给山石屏配送了20顶帐篷、60床被子,还有各种临时物资,在部队官兵的帮助下,天黑之前在安置点搭建好帐篷20顶,修建临时厕所2座,搭建临时厨房1间,接通了水、电,备足了大米、香油、方便面、矿泉水和药品,还有需要的救灾物资。当大家都住进帐篷后,李桂科才松了口气。

吃了碗泡面,已是夜里10点过,村民们早已在帐篷内酣然入梦。李桂科却打着手电筒在疗养院内外转悠,他生怕哪里又出岔子。

"李医生,你也快60岁啦,辛苦了一整天,你也该睡下喽!"村民杜朝明从帐篷里钻出来,对李桂科说。

"睡不着啊,我再看看,哪些地方还没整好。哪些危房会倒塌,造成人员伤亡,还有哪些村民没有安置好,吃饭、喝水、上厕所,都是问题。虽然现在都有临时设施,武警官兵都帮咱们暂时安顿好,但是恢复重建有个过程。这段时间内,村民们生活还得正常运行,不能搞得乱糟糟的。"李桂科说。

杜朝明说:"走一步看一步嘛,先过了今夜再说。你先好好睡觉,明天太阳出来咱们又料理别的,把你身体搞垮了,我们对不住你呢!"

李桂科不再言语，举着手电筒四处行走，排查安全隐患，直到他觉得没什么放心不下的，才走到黑惠江边，看着暗夜里闪烁着粼粼波光的河流。这条河流，也是他的母亲河。虽说他从小生长在孟伏营，那里只有条浅浅的白沙河，可自从23岁那年他来到山石屏，便与黑惠江朝夕相处，须臾未有离分。从最初的渡船往返、溜索过江，再到后边的人行索道桥，人生匆匆便是30多年，他已接近退休。他有过痛苦，有过烦恼，有过人生的揪心事。但每次来到黑惠江边，看着滔滔江水向南奔去，他的心渐渐平息。

　　子曰："逝者如斯夫，不舍昼夜。"李桂科的生命也是条大河，缓缓向未知的远方流淌。流着流着，童颜已成鹤发；流着流着，青春渐换衰颜。

　　面对黑惠江，他也曾多次问自己："李桂科，你后悔过吗？看到你的同学升官发财，看着别人花天酒地，看着别人成名成家，看着别人朱门大户，看着别人前呼后拥，看着别人一掷千金，你羡慕嫉妒恨吗？"

　　是的，也曾有过动摇，也曾被别人骂过榆木脑袋、一根筋，也曾羡慕别人的高高在上，享尽人间极乐！但他心中永远有个信念：他是真正的中共党员，他的存在，是为人民谋利益的。他活着，不是为了个人的得失荣辱，而是为了践行当初入党的誓言。只有人民的幸福，才是他李桂科的幸福。也许那些高高在上的人永远无法理解，但他深信，山石屏的人们懂得，黑惠江记得，他的名字，将会刻在人民的心上。

　　次日，李桂科与村主任杨晓元、会计杜朝明商量了下，觉得临时搭起的20顶帐篷还是不够，村民们住得太拥挤，于是与抗震救灾指挥

〔第十四章〕
震后，浴火重生的村庄

部协调，又搭建了12间活动板房，让那些年事已高的麻风康复者住得宽绰些。

2013年4月17日，洱源、漾濞两县再次发生5级地震，山石屏震感强烈。地震时，李桂科正在村里忙碌，村民们也毫不慌张。李桂科放下手中的活计，将村民们有序疏散到江边空地上。他安抚大家不必惊慌，这次没有前次强烈。山石屏村人笑着说，有你李医生在，我们怕个啥子？李桂科就像"定海神针"，安抚着山石屏村民的心。

住帐篷、住活动板房总非长久之计。李桂科及时向上反映，争取项目。在中共洱源县委、洱源县人民政府的关心下，山石屏村被列入恢复重建集中安置项目。新规划山石屏村占地面积15亩，建筑面积2472平方米，总投资750万元。在恢复重建工程实施过程中，李桂科长住山石屏，忙前忙后，解决施工中存在的各项问题。施工方知道，有李桂科在，施工过程中的问题就可以得到切实解决；村民们晓得，只要有李医生在，他们就可以很快住上漂亮的新房。

"过年前，就让大家搬进新居，咱们好好庆祝春节！"李桂科只要见个村民，都会笑呵呵地说。

"李医生，我能等到搬进新房子住几天，死而无憾。感谢共产党，感谢李医生！"1944年生的杨兆元老人这样说。

经过短短三个季度的施工，山石屏村民房及附属设施建设项目已全部竣工，建成住宅楼2层30套60间。这些住宅均为两室一厅一厨一卫，三口之家住绰绰有余。还有储藏室、公共厕所、医务室、淋浴室、活动室、食堂餐厅等配套设施，完成篮球场、进村道路、绿化、水电等附属设施。2013年12月20日，57户82人兴高采烈地搬入新居。新居里家具齐全，沙发、茶几、方桌、方凳、电视机、电视柜、烤火

器、衣柜、床头柜一应俱全，连床上用品都是新的。厨房用的橱柜、餐桌凳、电磁炉、电饭煲、炒锅、煮锅、蒸锅、烧水器、菜刀、菜板、碗、瓢、水桶，卫生间的洗脚盆、洗脸盆、毛巾、牙膏、牙刷都有，小到衣柜里的衣架、挂毛巾的挂钩，扫把、拖把、撮箕、垃圾桶、抹布，都准备好了，不需要带进去原来用的东西。有些老人不会使用电器，有些家庭不会使用拖把拖地，这些都要手把手地教，李桂科可谓煞费苦心。

为了添置家具和生活用品，李桂科也是大费周折，不断向上争取扶助。中共大理州委政法委到山石屏后，给了5万元。李桂科与大理天主教堂陶志斌神父联系寻求帮助，得到上海光启社会服务中心捐款15万元。李桂科便用这20万元为每户购买了沙发、衣柜、木板床和床上用品，还有炊具和电烤炉。钱少，需要购置的物件多，怎样用好这笔钱，李桂科和疾控中心都经过反复盘算、反复商量。

我问李桂科："为什么要买木板床，为省钱吗？现在大多数农民都喜欢买席梦思床，睡着舒服。"

"你不晓得，那些老人都睡习惯木板床，睡不惯席梦思。再说了，木板床要更牢实，几代人都可以用。老人怕冷，买个电烤炉也是应该的。"

我点点头说："对那些麻风康复者而言，家用电器的使用可能也是问题。我从麻风历史博物馆的图片上看到，原来他们习惯了地火塘，用罗锅、铁锅，后来稍微好点，用电饭煲。但现在家用电器越来越多，分门别类，用起来还麻烦呢！"

"可不是吗？"李桂科说，"电器使用涉及生命安全，虽然方便，但也存在很多隐患，切不可大意。为此，我带领懂用电常识的村

(第十四章)
震后，浴火重生的村庄

民培训大家，挨家挨户指导。还有十几个肢体残疾、失明的麻风康复者，我们经过商量后安排专人和他们居住，负责照料他们的饮食起居，同时由村内几位年轻人轮流值班，当集体炊事员。我们还给村里制定了村规民约，要求大家讲究卫生、爱护公物，共同管理好山石屏新村。在环境卫生方面，教育村民树立环保意识，不乱扔垃圾，不乱砍滥伐，力争将山石屏建成生态村。"

我说："李医生，山石屏现在已是生态旅游村啦！"

2022年9月2日，我住在山石屏，在鸡啼鸟鸣中醒来。晨起，在黑惠江畔漫步。晨曦初露，罗坪山巅露出橘色的初晖。远山含黛，近水凝碧，恍若桃源仙境。有谁想到，这里曾是很多人绕道躲避的麻风村？我从江畔转回院内，已有村人早起挥舞扫帚，清扫院内的落叶。整洁的花圃里，绽放着粉色的小花。我转到公共卫生间，冲水式厕所颇为洁净，可与旅游公厕相媲美，全不似去过的乡村。在院内抬头看，背倚的青山林木葱郁、枝繁叶茂，院内木瓜、板栗硕果累累，山石屏俨然世外桃源。

炼铁乡原党委书记李银政说："地震后，山石屏村的建设，大到整体设计、不同功能区的规划，小到一条盲道的铺设，村民家中的家具配置、生活用品的配备，处处体现对麻风康复者的人文关怀。这里边，凝聚着李桂科医生的心血。他心里始终想着麻风康复者，心思细，办事用心，不知疲倦。山石屏村重建的很多细节，都是采纳了他的提议来做的。比如套房的卫生间里，不仅装了蹲坑，还装了坐式马桶，就是为了方便村里的老人和残疾人。"

细节，体现了对麻风康复者的关爱。李桂科对有肢残、眼盲和行动不便的老人，无微不至地体贴。在山石屏新村重建之前，他就尽量给他们提供方便。比如灶台，砌得比农村柴火灶低，以便于他们坐着也能煮饭、炒菜；比如刀具，李桂科给他们装上很长的手柄，方便手指残缺的康复者切菜；还有插电板的位置，也装在康复者触手可及的地方。搬至新居之后，除了卫生间蹲坑和马桶并存之外，我还注意到厨房的清洗池位置较低，低到小学低年级学生都能使用，显然也是为方便那些行动不便的老人。在院内，随处可见有防滑槽的坡道，显然也是方便轮椅行走。

2022年12月7日夜，我和李桂科医生到山石屏疗养院外的峡谷中转悠。峡谷中虽是寒风刺骨，却有着清冷之美。那日恰逢二十四节气中的大雪，农历冬月十四，一轮圆月高悬在蓝幽幽的夜空，照着群山和河流。此时的群山，像四面围蹲的怪兽伺机而动。月光下的河流闪着银光，哗哗的水声在桥下奔流激湍。我拍了两张照片发到朋友圈，绝美。有朋友回复说，只有山石屏的夜空才会呈现幽蓝的颜色，月光才会如此皎洁。在他们生活的城市，夜空呈现的颜色也是褐色的，像城里的钢筋丛林。我俩转回疗养院内，却是月光与灯光相映。院内的太阳能路灯有10多盏，照得见各个角落，想必也是为了方便村民。此外，花架顶棚上，也拉着彩灯，在夜里，闪烁着红、黄、蓝、绿的光，像城里的霓虹灯。李桂科说，这也是他的创意，要让山石屏的夜晚亮起来。白天是山村，晚上像城里，有点时代感。或许，这也是村民们的想法。

12月8日清晨，我在山石屏疗养院内转圈，暖暖身子，抵御峡谷间早晚的寒冷。我注意到，原来的引水沟都是明沟，现在盖上了水泥板，改为暗沟。李桂科说，原来的设计有些不合理，那些老人腿脚不利索，容易跌进沟里，盖上水泥板后就安全得多。此外，在台阶与场

（第十四章）
震后，浴火重生的村庄

院之间，隔几十米就有个水泥斜坡，并制成锯齿状，也是为了方便轮椅上下。李桂科为了康复者们，可谓煞费苦心。在院内的西北角，有间敞篷的洗衣房，放置了十几台洗衣机，统一使用。洗衣房旁边，还有沐浴室，男女分开，洗澡也便利，极具人性化。

山石屏新村建成，可谓旧貌换新颜。从建院之初的垛木房、茅草房，再到八九十年代的瓦房，直至如今的砖混结构的新居，这其间的变化，麻风康复者心里能掂量。

但是，光有新居不够，还得有村规民约，还得整肃村风。

李桂科说："山石屏村孤寡老人多，有的子女不认父母，使得那些老人内心孤独自卑。因为极度自卑，私心也很重，哪怕丁点利益受损，都要大吵大闹。他们也不讲什么面子，因为得过麻风，没有做人的尊严，无所谓。他们人际关系普遍都差，一丁点利益都要大吵大闹。为了使他们能以正常的心态面对人生、面对生活，我按'以院为家、与人为善、团结互助、和睦相处'的16字方针管理山石屏村，要他们有家的归属感。我把山石屏当作自己的家，更希望他们把我当成家里人。我为他们什么事情都做，样样为他们考虑、为他们着想，最终我的愿望实现了，山石屏村就是一家人。他们都很信任我，把我推选为村支书。"

2014年，山石屏经过灾后重建，不再称麻风疗养院，改名为山石屏村。从此，麻风村、麻风疗养院，这些词语，成为山石屏的历史。山石屏，亦以崭新面貌进入新时代。

> 第十五章

麻风康复者及其家属，尘埃里绽放的花朵

> 那天，我们真是大喜过望，好多年没这么高兴了。吃饭的有400多人，我们宰了4头猪还不够。游客们说，我们的饭菜可口，他们吃得又甜又香。我们也没有想到，他们会来吃我们的饭，我们真是太高兴了！
>
> ——杜朝明

(第十五章)
麻风康复者及其家属，尘埃里绽放的花朵

每个麻风康复者的故事，都是一部大书。

他们是不幸的，因为得了麻风病。在世界卫生组织"联合化疗"方案在国内推广之前，能够治愈的只是少菌型的轻症患者。即便有了氨苯砜，治愈的患者还是不多。而在化学药品进入之前，政府对麻风病的控制，只有先隔离、再治疗，治不好就郁郁而终。

在中国漫长的麻风病防治史上，孔子的弟子冉伯牛得了麻风病，孔子亦只能喟然长叹。"初唐四杰"之一的卢照邻得了麻风病，求治于药王孙思邈，最终没有治愈，卢照邻只能投颍水而亡。直至20世纪中叶，麻风病仍是世界性的难题。人们普遍认为，麻风病是传染病。民间还有种说法，只要麻风病人将创口上的皮屑下到食物里，让别人吃掉，就会染上麻风病。民间还有谣传，麻风病人养的鸡下的蛋，都能传染麻风病。在洱源县炼铁山区，若是娃娃哭，大人常说："再哭，就让麻风村的人把你抱走！"孩子就会立刻止住哭声。

可想而知，人们对麻风病的恐惧到了何种程度。

在那个年代，得了麻风病，对个体而言，是巨大的灾难，不仅自身痛苦，整个家族都要蒙羞，遭人嫌弃。

每个幸存下来活到今天的麻风康复者，他们所要承受的压力，只有当事者能体会。

让我们走进山石屏村部分麻风康复者的世界，他们艰难地活到今天，都是"真心英雄"！

康复者：杨晓元

杨晓元现在是山石屏村的党支部书记、村民小组长，用土话说，就是山石屏村管事的。李桂科不在的时候，村里的大事小情，就是杨

晓元牵头。

　　初去山石屏时，在党员活动室见到了杨晓元的照片，却来不及与他攀谈。2022年9月12日，李桂科医生带着我，到洱源县茈碧湖镇中炼村找他。他在村里买了个小院子，真正融入了社会。在去他家的途中，暴雨如注，将道路冲刷得干干净净。他家的庭院刚刚经过雨水的洗涤，沐浴着明晃晃的阳光，使得枝繁叶茂的盆栽植物油绿发亮，更显生机盎然。

　　对于我们的造访，杨晓元有些勉为其难。他的两个孙子正在发烧，才去医院输液回来。他孙子大的已有13岁，小的才3岁多。儿子儿媳外出务工，只能把娃娃丢给爷爷奶奶照应。

　　话题就从这个小院开始。相对于别的麻风康复者，杨晓元算是能人，他从洱源西山娶了个健康的媳妇，身段颀长，看得出年轻时候还很漂亮。2003年，杨晓元花了5万多块钱买了中炼这院房子。他在山石屏疗养院积攒了点钱，又与亲戚借了些，便重新回到村庄生活，这对他健康的妻子和正在成长的儿孙有利。

　　杨晓元查出麻风病时，还是洱源一中的学生，对他来说那是人生的至暗时刻。倘若再迟几年，到了1984年后，有了联合化疗方案，麻风病人就能边治疗边上学，或者边治疗边上班，防疫部门还可以为患者保密。那样，他的人生就是另外的模样。然而，人生没有假设，没有人能从头再来。

　　杨晓元生于1959年2月，那是个饥荒的年份，他的童年同样忍饥挨饿，即便在艰难的条件下，他仍然读到高中，倘若没有麻风病，他高中毕业后或许能"吃上国家粮"，但命运常常不可捉摸。

　　1979年，洱源县进行麻风病普查，发现杨晓元得了麻风病，这无

（第十五章）
麻风康复者及其家属，尘埃里绽放的花朵

异于五雷轰顶。当时丁泽华与杨晓元是高中同班同学，他的父亲正是县防疫站皮防股股长丁文先。丁泽华悄悄把父亲请到杨晓元家检查，最后确诊是麻风病。1979年2月，杨晓元便趁着夜色悄悄来到山石屏，成为183个麻风患者中的一员。1990年，杨晓元治愈。

可以想象，青春年少的在读高中生，离开心爱的校园和朝气蓬勃的同学，来到麻风病人聚集的山石屏。看着那些艰难度日的患者，20岁的杨晓元有着太大的心理落差。活蹦乱跳的高中生和苟且偷生的麻风患者，简直是天壤之别。前者是恰同学少年，风华正茂，如出山的太阳；后者是生存堪忧，忍辱负重，只为活着。无数个夜晚，杨晓元看着天空中闪烁的星星，失眠到天亮；无数个白天，他看着波光粼粼的黑惠江，动过轻生的念头。

杨晓元是不幸的，却又是幸运的，因为有李桂科这样关爱病人的好医生，还有深爱子女的好父母。

他来到山石屏后，父母经常翻越罗坪山来看他，嘘寒问暖，劝他不要东想西想，配合医生好好治疗，他的人生没有画上句号，他还可以翻牌。

杨晓元挺过来了，很快融入麻风患者中间，投入到大集体生产中。那时候，干活集体出工，吃的是大锅饭，送饭要送到山顶上。有两个组参加生产劳动，有一个组种菜。大家拖着病体，劳动力弱，生产水平跟不上。粮食歉收，年底分红就得30多元。1986年后，土地承包耕种，收入有所增加，出工相对自由，杨晓元开始规划新的活法。

在这群麻风患者中，杨晓元算是知识分子，脑子也活络，除了种好承包地外，他又从别人手里转包了块地。此外，他还利用自己会做生意的优势，做起了牛羊皮生意。在这个群体中，他也是个心理强

大的人，不因为曾经患过麻风而沉湎于自卑和孤寂的愁绪中，他要向社会证明他的存在价值：除了种好自己的责任田，除了转包别人的土地，他还能做生意赚钱。尽管他也身患溃疡，行动不便，但他意志坚强，经常跑到西山、炼铁的村庄里收购牛羊皮货。有了积累后，又贩卖到洱源、下关等地，从中赚取差价。他的小商贩经历，不仅锻炼了他的社会交往能力，也使他结识了很多人，这为他以后成长为山石屏村党支部书记、村民小组长打下基础，大家都知道，杨晓元是个能干人，都相信他能把村务打理好。

杨晓元说："我们虽然治愈了，但社会上对山石屏村人的歧视很长时间得不到改善，我们去彝族村庄买洋芋，彝族人直接不敢卖。我们去炼铁街上看电影，人家不准看，把我们直接撵走。西山乡的群众赶街经过山石屏，都是掩口蒙鼻而走。在别人看来，山石屏的空气里都有麻风杆菌。那时候，得了麻风病的人真是太惨了。"说着，杨晓元的眼泪就在眼眶里打转。

杨晓元说，不光是购买不了别人手里的东西，自己的产品也卖不出去。山石屏人辛辛苦苦种出的粮食、养的鸡、喂的猪，都卖不掉，大家心里很着急。杨晓元认得的人多，便找了猪贩子，以较低的价格，总算把猪卖出去，不过赚得不多。

好在有李桂科医生，通过爱心组织把大学生志愿者引进来，开展"爱心公益之旅"，让大城市的人走进山石屏，以此改变周围村寨人的看法。2014年后，山石屏的农副产品终于走向市场，山石屏人也真正融入了周围的村镇。

这是真的，2022年9月2日，我在山石屏，亲眼看到外村的年轻人来山石屏喝酒吃蜂蛹，对山石屏村的人已没什么戒心。

〔第十五章〕
麻风康复者及其家属，尘埃里绽放的花朵

杨晓元最大的焦虑，还是在经济收入这块。这么多年来，他为了山石屏村忙前忙后，小到3岁娃娃，大到七老八十，事无巨细都要照管，有时半夜三更还要送医院。现在山石屏的老人还剩36人，仍需精心照料。为此，他付出许多。按杨晓元的说法，啥都管，啥都做。

杨晓元现已年过六十，经济收入还是没有达到理想的水平。地震以前，他的工资收入是580元，现在加到1830元，但对于他那个家庭来说，仍是杯水车薪。儿子儿媳外出务工收入也不高，两个孙子都还小，生活就是一地鸡毛，有时他也感到很无奈。

不管怎么说，杨晓元仍是山石屏数百名麻风康复者中的幸运儿。他娶到了健康的老婆，有儿子儿媳，有两个活泼可爱的孙子。一家人其乐融融，享受天伦之乐。他还在县城附近的中炼村买了舒适的小院。他还是山石屏村的党支部书记，在他的支部成员中，有李桂科这样的党的二十大代表。

2022年10月20日，李桂科在北京参加党的二十大时，与山石屏有过一次视频连线，在那个视频报道里，李桂科向村民们说了他的感受。

李桂科说："10月16日那天，我在人民大会堂聆听了党的二十大报告，非常振奋！报告提出要增进民生福祉，提高人民生活品质，大家都是实实在在的受益者啊！党的二十大报告对推进健康中国建设做出了全面部署，我们山石屏村党支部的每个党员，都要把老人们护理好、照顾好，让来到山石屏村的人，都能够看到党和政府对特殊群体的关怀。"

在视频中，山石屏村党支部书记杨晓元说："李医生，您辛苦了，今年咱们的收成很好，您去北京开会以后，我们加强了服务和管

理，您不用担心。"

卫生员宋树江说："老人们身体都很好，您放心吧！"水电管理员赵凤桃向李桂科报告了好消息："这几天您给我们买的牛还下了小牛犊呢！"

杨晓元，也算是山石屏的成功人士了吧！

康复者：杜朝明

见到杜朝明时，他正悠闲地跷着二郎腿，坐在院子里的板凳上看风景。顺着他的视线，我看见郁郁葱葱的山峰，山峰之上是蔚蓝的天空，上面飘着状如轻絮的白云，颇为惬意！

聊起几十年的生活，杜朝明总是笑呵呵的，云淡风轻的样子。或许是他现在的日子过得安逸，或许是他子女成器，后顾无忧。俗话说，前人强不如后人硬，此话于他不为过。

1955年2月4日，杜朝明出生在洱源县江尾乡兆邑村13队（现属大理市上关镇）。小学毕业后，他在生产队当记分员。1979年，他得了麻风病，这是个大事情，村里肯定容不下他，媳妇也与他离了婚，有个娃娃，归前妻抚养。

杜朝明很清晰地记得他进入山石屏麻风疗养院的日子：1981年10月11日。在山石屏的麻风康复者中，他1986年治愈，仅仅5年，他的麻风病得到了彻底解决，算是麻风患者中治愈得快的。这得归功于联合化疗的推广，也因为有李桂科医生的精心治疗。

"治好了没想到回老家吗？"我问他。

"怎么不想？不过媳妇跟我离婚另嫁，老家我的土地也没得，回家也受歧视，算了。"他呵呵笑道。

〔第十五章〕
麻风康复者及其家属，尘埃里绽放的花朵

杜朝明是个善良的人，也想得开。前妻与他分手，他表示理解。

我问他："你能聊聊前妻吗？"

他说："离婚后她就改嫁了，日子也还过得去，各人有各人的生活，不要提她的名字，对她不好。"

不过他倒是愿意提他的第二任妻子。1983年，杜朝明找了个麻风康复者，在山石屏结婚，她叫尹炳兰，洱源县苤碧乡人。2008年5月，尹炳兰因肺部感染去世。

杜朝明与前妻育有一女，与第二任妻子尹炳兰育有一女，尹炳兰又带来两个女儿。这样，杜朝明就有了4个孩子，都随他姓杜。杜朝明与前妻生的大女儿叫杜建菊，大女儿有两个孩子，现在都已上了大学。杜朝明把第二任妻子尹炳兰带来的两个孩子取名杜竹英和杜竹飞，都送回了老家兆邑。杜竹英和杜竹飞回到老家后，都各自成家，两人都有两个孩子。其中老二杜竹英已经有了孙子，杜朝明现在成了曾祖父，炼铁一带叫"阿劳公"（白语）。

看起来乐呵呵的杜朝明一点也不显老，谁也看不出他已近古稀之年。

其实杜朝明引以为傲的，还是他的小女儿，也就是他与尹炳兰共同生育的杜树飞。这个孩子是他的骄傲，使他扬眉吐气。这个孩子也是山石屏的骄傲。杜树飞中学时代就脱颖而出，以优异的成绩考入大理州民族中学，后来考入河北大学，大学毕业后在重庆邮电大学读研究生，现供职于华为集团成都公司。

杜朝明说："娃娃读书，都是靠我和尹炳兰种田养猪提供学杂费用，还有李医生联系的社会团体捐助。"

两名麻风康复者，拖着病体，种几亩薄田，开荒种地，养几口

猪，硬是把小女儿供到研究生毕业，非常不易。这对于工薪族来说都难，更何况是麻风康复者。

我问杜朝明："你地里都种了些什么？"

"苞谷、蚕豆、小麦、菜籽"，这是杜朝明种的粮食作物和经济作物。

他还自己盖猪圈，养了六七头猪。架子猪喂成肥猪后，拉到炼铁街、长邑街卖，卖得的钱都用来供娃娃上学。

按炼铁人的说法，叫"供书"。

2003年，杜朝明开始兼职做疗养院的会计，每个月补贴60元。至今，会计的补贴已涨至900元，也能贴补家用。

山石屏疗养院的会计，涉及发放给康复者的生活费。现在康复者每人发910元，高的有1050元，还有食堂的收支。现在食堂有7人吃饭，由康复者轮流做饭，每人收600元。会计还涉及社会各界的捐助，一个月上报政府一次，两个月结账一次。杜朝明说，以前山石屏的会计有4个账户，现在全都归拢一个账户。他现在还不会电脑做账，所有的账务都是手工。以前还打算盘，现在可以用计算器。

2022年12月7日下午，赵凤桃开着"五菱"微型车去赶街，买回老人们所需的物品——几盒药、几包烟、几棵菜、几斤肉，还有些生活用品。太阳暖暖地晒着，杜朝明蹲在阳光下，按照单子上的记录把物品交到老人手中，顺便收取费用。那些老人递过来的零钞被他抚平，用铁夹子夹成小叠。在我的记忆中，这似乎是数十年前的场景。如今的人们大多已用手机扫码支付，山石屏的老人们，还在固守着过去的日月。

杜朝明清晰地记得1990年中秋节的那次沉船事故。船是自己制造

(第十五章)
麻风康复者及其家属，尘埃里绽放的花朵

的，事故是自己亲历的。那天他们16个人过黑惠江收苞谷，回来时船上就有56篮苞谷，还有辣椒。由于超载，到河中间时船沉了下去。杜朝明会水，自己游了出去。那些平时不会水的就沉了下去，有6个人冲到下游被淹死。

沉船事件，成了山石屏人最惨痛的记忆，刻在杜朝明的心上。

"尊严尊敬日活动"，是杜朝明记忆中最高兴的时光。2010年3月11日，在广东汉达康福协会的帮助下，来了10多个大学生志愿者，还带来外面的游客和记者40多人。周围村寨的文艺表演队前来助兴，人们从不同的村庄、不同的道路奔向山石屏，盛况空前。

杜朝明说："那天，我们真是大喜过望，好多年没这么高兴了。吃饭的有400多人，我们宰了4头猪还不够。游客们说，我们的饭菜可口，他们吃得又甜又香。我们也没有想到，他们会来吃我们的饭，我们真是太高兴了！"

"饭菜可口，饭菜可口！"杜朝明又重复了两次。

杜朝明有理由高兴。平时人们过山石屏，都是蒙口掩鼻而走，村子里都不敢进去。那天哗啦啦涌进来400多人，山石屏就像架上炉火的开水般滚沸。

那次后，附近村寨里的村民开始和山石屏来往。山石屏人真正地融入社会，应当从那次"尊严尊敬日活动"开始。

这其中，李桂科医生功不可没。因为有他与社会爱心组织的广泛联系，才能有这次活动。

杜朝明说："外边的人走进来，我们也要走出去。这几年，在广东汉达康福协会的帮助下，我们也走出去到城市旅游，看看外边的世界是个什么样子。我们先后到了大理、下关、昆明、桂林、北京、广

州、西安等地旅游，最远的地方是韩国，这是做梦都梦不到的啊！"

杜朝明清楚地记得，山石屏村出去旅游的有6批，首次去了西安7个人，由李桂科医生带队，杜朝明、杨跃祖、宋文红、杨晓元、禾福康、周政泽、罗国秀、李桃珍等人都先后去各地旅游。

杜朝明说："我虽然住在山石屏，但全国各地我都见过，韩国也去过。出外讨生活的娃娃读了研究生，进了大公司，在农村的娃娃都已当阿奶。我也是阿老公（曾祖父）了，我还有什么不知足的？我天天坐在这里，做做山石屏村的账，看看身后的这座大山、眼前的这条大江，也算过得自在。"

怪不得他整天乐呵呵的，在山石屏，除了李桂科，杜朝明是笑得最开心的人。

杜朝明说："没有李医生就没有山石屏的今天，他四十多年如一日。小的把他当父母，老人把他当儿子。他把小的供出去读书，读不出去的，他想法子让他们种核桃、种板栗，养猪、养牛、养羊，先把日子过踏实喽！他每次回来，都给老人剪指甲、洗衣服，比亲生儿女还孝顺。说实话，我们这些得过麻风病的，亲戚还认你，娃娃还能孝敬你的，已经少得可怜。李桂科医生对我们真是比儿女还亲！"

说到这里，杜朝明落下了感激的眼泪。

"2013年地震，我住的房顶震落，把我睡的铺都砸断喽！幸好人没事。要是晚上震么，我这条贱命也报销了。李医生回来就赶紧安顿大家，忙前忙后，半夜三更还不睡。"杜朝明说。

李桂科半夜三更不睡是常事，有天我给他打电话，他告诉我头天晚上做课件做到凌晨3点钟，要去给某单位上课。65岁的老人了，我劝他悠着点，他只是在电话里笑了笑。

(第十五章)
麻风康复者及其家属，尘埃里绽放的花朵

开朗乐观的杜朝明，悠然自得的杜朝明，黝黑的脸、瘦削的身板，却显得干练精神，完全不像快70岁的老人。

笑一笑，十年少，杜朝明一直在笑，笑得山石屏开满了鲜花。

康复者：禾福康

见到禾福康的时候，他已经喝了杯早酒，面色酡红。在农村里，很多老人都有早起喝杯酒的习惯，如同城里人喝茶。

聊起往事，禾福康激动万分。他说："伤心的往事说不完！"

比起杨晓元和杜朝明，禾福康的特征很明显，他两只手掌都有肢残，用三根手指夹着纸烟，对着天空惬意地吸了口烟，吐出一串烟圈，再次说："伤心的往事说不完！"

禾福康出生于1956年阴历冬月十八，阳历他已记不清楚。他出生于怒江州兰坪县通甸镇河西村。

禾福康说："我爹叫李建周，当过兵，参加过抗美援朝，回来后当过福贡县的农牧局局长。后来他得了麻风病，被赶到山上的窝棚里住。我在老家时叫李福康，我弟弟叫李国良，我们都被父亲传染上了麻风病。我得病时才14岁。我父亲去世时，瘦得皮包骨头。他拉着我的手说，阿爹对不起你们兄弟俩。我说阿爹不要说这些，这都是命！"

禾福康清楚地记得，1977年3月15日，他只身来到洱源县炼铁乡大叶坪村入赘，当地叫"上门"，女方叫禾胜兰。入赘后，他被女方家改姓"禾"。婚礼那天，女方家杀了只大羊，煮了大锅全羊汤宴请全村，大伙大块吃肉、大碗喝酒，热闹了整整3天。

结婚后，禾福康才晓得禾胜兰也得了麻风病。按规定，麻风病

人是不能结婚的,但大叶坪是罗坪山半山腰的偏僻山村,那个年代法律意识淡薄、交通不便,形成事实婚姻后才被发现。后来,李桂科到大叶坪查病,查明禾福康两口子患病后,及时用氨苯砜、利福平等治疗,后来改用联合化疗,1990年治愈。

"那阵子,我们不吃药。李医生劝我们吃药。我说吃药没用的,人们都说麻风病治不好。李医生说你们不用担心,现在用世界卫生组织提供的新药,很多人都治好了。我们还是不相信,李医生说,你们开始吃药,麻风病就不具备传染性,如果你们不吃药,就要到山石屏疗养院隔离治疗。"

那时候,禾福康两口子态度坚决,不吃药。李桂科在村干部的陪同下,反复动员,两口子才勉强听从。李桂科担心他们把药悄悄扔掉,便守着他们服药。几次以后,禾福康被李桂科的真诚打动。他向李桂科表态,一定会坚持吃药,不能老耽搁李医生的时间。吃了段时间的药后,原来皮肤上的溃疡也愈合了,干活不小心划破的伤口一周左右就好转,两口子才相信他们的麻风病有治疗效果。

经过查菌化验,李桂科确定两口子的麻风病已经治愈,禾福康千恩万谢!

"没有李医生就没有我们的今天。"禾福康说,"我喜欢唱歌,李医生就鼓励我唱歌,说我唱歌唱得好听。我最喜欢唱那首《映山红》。"

禾福康站起身,昂首挺胸唱起来:"夜半三更哟盼天明,寒冬腊月哟盼春风,若要等得哟红军来,岭上开遍哟映山红!"

禾福康的嗓子粗粝,有岁月的沧桑感。他又抽了口烟,哈哈笑起来。

(第十五章)
麻风康复者及其家属，尘埃里绽放的花朵

禾福康和禾胜兰育有三女，老大、老二两个姑娘一直在他们身边，三女儿嫁到湖南。有个孙子禾志明，现在炼铁中学读初一。

1992年，禾福康和禾胜兰离开大叶坪，到了山石屏村，现在住进宽敞干净的套房。套房里有客厅、有两间卧室，有厨房、有卫生间，有现在的沙发和床。能想到的，李桂科都帮他们想到了。

"连洗脸毛巾、牙刷牙膏、卫生纸，都是爱心人士捐赠的，我们什么都不用带。"禾福康满脸喜色。

我笑着说："现在你不用伤心了吧？"

禾福康咧开嘴笑道："伤心的事三天三夜说不完，那是过去。现在的生活，就像罗坪山上的马缨花，红红火火！"

康复者：周政泽

周政泽是洱源牛街人，生于1952年4月，他查出患有麻风病的时间早，1976年就到了山石屏。

周政泽初到山石屏时，他的叔叔送他到洱源客运站，给他买了张到炼铁的车票。准备上车时，驾驶员坚决不给他上车，任凭叔叔怎么求情，就是不准上，理由是麻风病会传染，要对全体乘客负责。没办法，两叔侄在那儿抱头痛哭，哭得地动山摇。哭罢，周政泽对叔叔说：不怕，他们不给我上车，我就爬罗坪山，你回去吧！

叔叔无奈，眼泪汪汪地转回牛街。周政泽当时是20多岁的小伙子，血气方刚。那时从县城小南山到炼铁有条小路可以翻越罗坪山。

走着走着，天就黑了，分不清东南西北。过去，有很多人走到罗坪山顶上就失踪了，找不到下山的路。在黑黢黢的夜里，即便熟悉的地方也会变得模糊，更何况莽莽苍苍的大山。周政泽同样如此，在山

顶转来转去找不到下山的路。

好不容易，在山上找到了"救命房"，在那里过了瑟瑟发抖的一夜，耳畔是风声和野狼的嗷嗷长吼，那种独处高山之巅的孤独感浸透了他年轻的生命。

在云贵高原，"救命房"是专为那些赶路的人准备的。孤身走在崇山峻岭之间，天气常常阴晴不定，忽而风雨交加，忽而大雪纷飞，转瞬又是艳阳高照。人们就在山间路旁搭建了垛木房或石屋，里边装点柴火、粮食、清水、干草，还有简单的炊具。走不动或迷路的人可以在此弄点饭，过个夜，等雨过天晴，或是天亮再起身上路。

在那个黑黢黢的夜里，在万籁俱寂的高山之巅，周政泽幸好找到了"救命房"，在那里熬过一夜。在疲惫的梦中，他像个伤心的孩子般哭了，哭命运的无常，哭世间的薄凉。次日清晨起来，眼角还挂着泪渍。他叹了口气，方才动身赶到山石屏。周政泽与"救命房"的故事，在山石屏流传，经常挂在大家嘴边，连李桂科医生也晓得。

周政泽长得精瘦，神采奕奕，不像七十古稀的人，倒像五十开外。或许是山石屏的生活悠闲，或许是营养充足，也或许是心无挂碍。

"我媳妇去得早，1989年，她就得脑膜炎去世了。那时，我女儿刚8个月，我含辛茹苦把她养大。读小学就在山石屏疗养院小学，初中在炼铁中学读。初中毕业后我就供不起啦！"周政泽说。

他的外观周正，看不出患过麻风病，只是嗓音尖细而沙哑，有点与众不同。

后来我特向李桂科医生咨询，他说，得过麻风病的人中，有些会影响到声带，使声音嘶哑或尖细。

（第十五章）
麻风康复者及其家属，尘埃里绽放的花朵

周政泽的女儿周新菊嫁到洱源县城南的中炼村，现在已有两个孩子。

"我也是有两个孙子的人啦，听见他们喊我爷爷就觉得格外亲。"周政泽颇为骄傲。

"在我们山石屏，他可是个能人。"旁边有人插话道。

他们说的能人，指的是他会开车。

"你也会开车？"我有点诧异。

"我开了26年的车，什么车都开过。原来黄升东医生买过手扶拖拉机，后来李桂科医生手里又买过小型货车，都是我开。拉米、拉面、拉菜蔬，还有各种生活用品，都是我到处去拉。洱源、剑川、下关到处跑。有次我在下关违章被扣，叫我缴罚款。我告诉他们这是山石屏麻风疗养院的车，来下关采购生活物品，交警很同情，立刻就放我走。"

提起开车的事，周政泽便有些得意。也难怪，他是山石屏的老司机。在那个年代，驾驶员是特别吃香的。

周政泽会开车，车开得好，或许与那次坐班车的经历有关，驾驶员不准他上车，使他受到刺激，下决心开车。

"我啥都干过啊！给疗养院里磨面、抽水，样样都做。包产到户时，我分着4亩山地种苞谷，每亩交25斤粮。挖路，一个土方2角钱。一段路挖完，也就得七八块钱的补助，日子过得苦啊！"周政泽皱起了眉头，往事不堪回首。

"现在好啦，感谢党委、政府，感激各地的爱心人士，特别要感谢李桂科医生！今天，我们日子过得挺舒服。人们来看我们，给我们大米、蔬菜、香油、肉食、甜品，还给我们发红包，国家每个月给我

发生活补助980元，日子过得很踏实，各方面都还不错。"

我问："现在还回老家看看吗？"

周政泽的老家在洱源牛街西坡。他的父母去世好多年了，他有个兄弟在西双版纳的景洪做生意，侄儿侄女都已考上大学。

周政泽说，以前他回家，总是偷偷摸摸的，天黑才回去，早上天不亮就走，生怕村里人看见。现在不用，可以大大方方地回去，大大方方地回来。回老家，那些亲戚对他都挺好，可以东家进西家出，这家吃了那家吃。在老家的村子里，他想去哪家都行，现在大家对他也没什么忌讳。可以说，麻风病留在村里的阴影已经烟消云散。

我问他："那你想回老家吗？还是在山石屏待着？"

周政泽说："现在回不去了，老家没有土地，也没有房子。老宅被弟弟重建后，我的那份已经消失。现在就住在山石屏，靠政府养着。以后死了，也就葬在山石屏吧！"

有老家，也可以偶尔回去。但那里已经没有他们的土地，没有他们的居所，只留下他们的念想。想家时，就回去看看，走走亲戚，也就大抵如此，这也是留在山石屏的大部分麻风康复者的现状。

毕竟很少有人能像杨晓元那样，回到村里买院房子待着，那得要有实力才行。

即便回到童年的村庄，身体可以回去，心可以回去，但能否真正回到从前呢？

这是个问题。

康复者：马福全

在山石屏的麻风康复者中，马福全算是高寿者。老人家生于1941

(第十五章)
麻风康复者及其家属，尘埃里绽放的花朵

年，足足已有82岁。他清楚地记得，他进山石屏的日子是1971年5月1日，整整已52年。五十二载的光阴，已过了半个世纪。进山石屏之前，他已在老家结婚，而且有3个孩子。

马福全说："我得了麻风病后，老婆就和我离婚，几个娃娃也不认我。"

也难怪，五十多年的光阴，与前妻生的那些孩子也已人到中年，或许也是儿孙绕膝。他们早已记不得还有个老父亲，或者直接回避这个问题。

到山石屏后，马福全也娶了个媳妇，名欧汉妹，是洱源邓川人。马福全与欧汉妹也生了4个娃娃，都被他送回了三营老家。两个儿子在家务农，大女儿已经去世，小女儿大学毕业后在外当公务员。小女儿对他还挺孝顺，逢年过节都给他买大堆东西，吃的穿的都给他置备。

马福全说："其实我啥都不缺，每个月政府补贴800多块，爱心人士还给我们送衣服、被子，敬老节还给我们发慰问金。有党委、政府的关怀，有社会各界的帮助，我们山石屏有了天翻地覆的变化。"

马福全用了"天翻地覆"这个词，想来也是个有文化的人。

的确，马福全虽是病人，不过也算是山石屏麻风疗养院的医务人员。他干过卫生员、药剂师，整整8年时间，协助医生做了不少事务。

马福全说："我刚来时，山石屏有200多个麻风病患者。疗养院让我做卫生员，我给他们拿药、发药、打针、换药，每个月抽血化验麻风杆菌一次。那个时候，卫生员每个月补助3块钱。"

马福全读过小学，在他们这个年龄段的患者中，算是有文化的，因此就被安排做了卫生员。卫生员也得干活，砍木头、解板子、犁田、种地，他每样都做过。实行承包制后，他承包了疗养院2亩地。

如今，马福全老人已至耄耋之年，但身体还算硬朗，在山石屏待了大半辈子，也习惯了这里的生活，习惯了这里的人。每天，与老伙计们"冲冲壳子"、晒晒太阳、听听黑惠江的涛声，其乐融融。

对于年轻人而言，麻风疗养院变成了山石屏村；对于马福全来说，麻风院变成了养老院。

这个养老院坐落在山水之间，山清水秀，富集大量的负氧离子，是个理想的康养之所。

当年到这里是无奈，如今能在此间养老是幸福，以后在此间长眠，人生无憾！

康复者：杨翠莲

"我们得麻风病的人，连棵草都不如。感谢共产党，感谢李医生，才有我们的今天！"

杨翠莲说这些话的时候，已是眼泪汪汪的。

她很可怜，记不得自己的出生年月。我请她再想想，她说真的记不得。她的出生地是洱源县三营镇永胜村委会常营村民小组，14岁就得了麻风病，大集体时代，生产队的活计还得样样都做。

在面对面交流的康复者中，她是肢残最严重的，十个手指都没有了，只剩下两只残损的手掌。面对这样的肢残康复者，我的心始终是揪着的。

1983年，杨翠莲来到山石屏。之前她没有结过婚，在山石屏，她找到了另一半。男方叫杨重发，是洱源县双廊乡青山（现属大理市双廊镇）人。杨翠莲说，杨重发得了血吸虫病，后来引起肝硬化，没治好，已经去世20多年。他俩有个儿子名杨万山，2岁多时就被爷爷带回

(第十五章)
麻风康复者及其家属，尘埃里绽放的花朵

老家。儿子长大后成家立业，现已在下关买了新房，两个孙子也在下关读书，大的已经读初三。

杨翠莲很感慨，儿子虽然不在她身边长大，却很有孝心，这比有些直接遗弃父母的子女强很多。

"儿子年年来看我呢，还带着他的岳父岳母、媳妇娃娃。我儿子真是有孝心，他的媳妇也讨得好，他岳父岳母都是通情达理的人。他们对我这么好，以前我是想都不敢想，我得了麻风病，他们不嫌弃我，还来看我，真是万幸！"

杨翠莲说这话时，我想起了王仲元老师，他好歹也是个文化人，教出了山石屏的几十名学生，却没有子女尽孝。相比之下，记不得自己出生年月的杨翠莲得享天伦之乐，她是幸运的。

杨翠莲说："我得了胆结石，儿子就把我带到下关做手术。手术过后，又得了胆管结石，儿子就在医院里侍候我，守了我45天，又花了他的钱，又耽搁了他的时间，我真是过意不去。我有个好儿子！"

杨翠莲的儿子的确有孝心，因为母亲的命运坎坷，他更加爱母亲，有良善之心。杨翠莲有这样的儿子，也是很大的福报。其实有些身体健康的老人，也未必能享受到子女的孝心。

杨翠莲原来和大多数的麻风康复者相同，不相信自己的病已经治好，但现在手指不小心戳破点皮，个把星期就能愈合。以前几个月都没法好。两相比较，她也确信自己的病已痊愈。只是留下的肢残，给她的生活带来很多麻烦，比如做饭、洗衣，还有别的家务活。但她很坚强，慢慢学会了用肢残的手掌切菜，学会了用筷子、汤勺，学会了做很多事。生而为人，她学会了像野草般活下去。

过去杨翠莲不敢去赶街，生怕被人家撵走。别人不相信麻风病能

治愈，她自己也很自卑，因为肢残的双手特征太明显，人家一看，就晓得她得过麻风病。

现在好了，人们的观念已经转变，杨翠莲也敢经常去赶街，有时纯粹就是为了凑凑热闹。更多的时候，她去炼铁街、长邑街的医院、诊所看病、打针、包药，医护人员也不会嫌弃，还是会很耐心地检查诊疗。有时，她会去卖鸡蛋，人们不再说山石屏的鸡蛋有麻风杆菌了，反而说山石屏的鸡蛋是正宗的"土鸡蛋"，价钱比养鸡场里的鸡蛋价格高。她去卖鸡，人们说山石屏的鸡都是"飞鸡"，是"跑步鸡"，也比养鸡场里养大的鸡价钱高。

杨翠莲说，包产到户后，她分到了3亩地，种苞谷、蚕豆、油菜，她还种核桃、板栗，既是绿化树，又是经济林木，给后人留下几棵树，也算是留下点念想。这辈子尽给别人添麻烦，种几棵树，或许能给这个世界留点好处。

杨翠莲现在每个月能领到980元的生活补助，她自己还养鸡。扣除房租费每月30元，电费每年300多，她平时生活节俭，生活开支绰绰有余。

对党和政府的关心，对社会各界的关爱，杨翠莲充满了感激。她说："机关干部发工资，那是因为操磨大事。说到底，我们麻风康复者都是废人，可政府没有抛弃我们，社会各界还给我们献爱心。我现在领着低保金，连洗衣粉、牙膏、牙刷、卫生纸这些生活用品都给我们，还领我们到处去旅游，真是很感激！"

连出生年月都记不得的杨翠莲，艰难困苦大半生，终有个幸福的晚年，她很知足，也很感恩！

> (第十五章)
> 麻风康复者及其家属，尘埃里绽放的花朵

康复者：李桃珍

李桃珍生于1958年8月，是洱源县江尾乡马甲邑（现属大理市上关镇）人，她于1977年到山石屏。她的丈夫姓黄，是洱源县右所镇人，也是麻风康复者。1990年黑惠江沉船事故中，老黄不幸遇难。

李桃珍与老黄生了两个孩子，女儿李润梅生于1984年，5岁时回去邓川读书。李润梅读书也算争气，红河学院毕业后在弥勒教书8年，后来又辞职经商，属于既有能力又有胆识的女性。女儿李润江生于1987年，父亲去世时，她才3岁。李润江的小学就在山石屏疗养院小学，后来又到炼铁读初中。大学毕业于云南国防工业职业技术学院，现在昆明某房地产公司就业。两个孩子都还算独立，各自在外打拼，这是李桃珍颇为欣慰的。

李桃珍说起过去在山石屏的劳动："那时要割马草，每天要割60斤草，一个月砍200斤柴。在大集体年代，还要做饭半年，还要喂猪，每个月分到斤把肉。十冬腊月还要自己缝衣裳，每人每年就一套衣裳。那时候，物质条件艰苦，周围的村寨不卖给我们东西，样样都得自己做。别看小小山石屏，能工巧匠多的是。"

根据资料记载，山石屏疗养院先后收治了462个麻风病患者，他们虽然得病，却顽强地生存。我的眼前浮现出这样的场景：他们中的篾匠，在编织着篮子、箩筐、簸箕，还有竹制的扁担、竹筷、篾饭盒，篾条在他们手中，如游动的长蛇，灵活穿梭，很快便组成泾渭分明的图案。他们中的木匠，起房盖屋、竖柱上梁、制造木船，制桌椅板凳、砧板、木碗，从大木匠到细木活，都得心应手。他们弹墨线、推刨、拉锯，忙得热火朝天。他们还自己制造鼓风机、碾米机、磨面机，涌现出许多精良的工匠。也有像王仲元那样能写能画的教书先

生，能做衣服的裁缝师傅。更多的麻风病人没有被病患击垮，却成了难得的能工巧匠。

李桃珍说："我现在每月能领900多块钱的生活补助，已经够用。就是觉得孤单，娃娃们不在身边。"

我说："你别这样想，这里有李医生，还有那些朝夕相处的康复者，你并不孤单。孩子们能自食其力，外出打拼，这是好事，你应当感到庆幸。如果她们啥都不会做，都守在你身边，你不为她们的未来担忧吗？"

李桃珍沉默，没说对，也没说不对。或许，她的内心还是希望儿孙绕膝吧！

康复者：廖多贵

比起别的麻风康复者，廖多贵要显得年轻，而且活力四射！

见到他的时候，已是9月中秋，别人穿的都是长裤，身上罩着外套。他却穿着黑色的短袖T恤，套着长到膝盖以上的短裤，脚上拖着塑料鞋。看起就是长年在地里忙碌的打扮。

廖多贵脸色黑，却棱角分明，头发密且黑，虽然瘦，但却肌肉发达。他手臂上的肱二头肌看起来就很结实。我以为他就是40多岁，却没想到他已经60岁。

廖多贵说："我是江尾兆邑（现大理市上关镇）人，生于1962年阴历七月十九日，18岁时发现得了麻风病，19岁就进了山石屏。我进来的时间是1981年5月5日。"

在走访过程中，我发现不管是谁，哪怕就是记不得自己的出生年月，但依然会记得进山石屏的准确日子。这个时间节点，对于他们的

〔第十五章〕
麻风康复者及其家属，尘埃里绽放的花朵

人生而言，有着太多欲说还休的沉痛。

在婚姻问题上，廖多贵很幸运。1988年，他的麻风病治愈，那年他26岁，娶了麻风康复者子女孟四花为妻。孟四花是健康人，没有得过麻风病。那几年，麻风康复者不容易娶妻，麻风康复者子女也是。男的不易娶，女的很难嫁。廖多贵虽是麻风康复者，但长相英俊，很快便俘获了孟四花的芳心。成家后，夫妇俩育有3个女儿。长女廖海瑞，1990年冬月二十七生，初中回邓川兆邑老家读书，现在上关镇老家居住。次女廖海燕，1992年生，也回去上关镇兆邑老家就读，现嫁到楚雄州南华县。小女儿廖海惠，生于1996年5月22日，现在昆明从事芦荟产品的研发。3个女儿，算是各得其所，留下廖多贵老两口，在山石屏搞种养殖业。

廖多贵有自己的主见，他不"等、靠、要"，他要创业，不想再给社会增添负担。2000年，他与妻子到山石屏村西面的山坡上耕种山石屏的土地，还自己盖房子，在那里种下30多亩100多株核桃。同时，他们还发展林下经济，种了苞谷和菜蔬，养起鸡和猪，每年有两三万元的收入。加上他俩每人每月补贴有900多元，过点小日子倒不愁。

有个网友去过廖多贵的核桃园，他在网络上写下这么一段风趣的话："村子在山脚下，廖多贵夫妇通常住在半山腰。他们把简朴的农舍收拾得干净整洁、井井有条，用具都尽量挂在墙上。廖大哥养了条狼狗，叫小青。小青很爱抓田鼠，会把猎物在地上摆成一列，向主人邀功请赏。廖多贵在树上搭建鸡窝，再为母鸡们架设梯级，让它们到树上安居乐业。"

这段话写得幽默诙谐，颇有生活情趣，看来这个网友也是爱心人士。

山地劳作虽苦，但廖多贵夫妇却过出了诗意。鸡鸣犬吠声，充实着他们单调的日子。在鸡飞、狗跳、猪嗷嗷叫中，那些核桃树在生长、挂果，然后被竹竿打下来，去青皮后烘干，穿州过县，进入城镇的超市，他们的耕耘，连接着城市的呼吸。

廖多贵说话很豪气："2000年起，我们一直住在山上，原先那些都是承包地，现在他们不种，我就去种，全国960多万平方公里的土地，不管你生活在哪个角落，只要会计划、肯吃苦，哪里都能发展。"

在廖多贵身上，有种不屈不挠的劲头。

"我进院两个多月时，他们叫我去划船，还叫我去拉纤绳。以前船是我们主要的交通工具。从1981年起到1990年，整整9个年头，我一直在拉船。不管天晴下雨，也不管白天黑夜，人家叫我就得走。收费2角钱一个人，我得10个工分。山石屏的这条路，1981年时开挖，挖的土方最多的就是我。2013年地震，我整整干了40多天，全是义工，没有任何报酬。摸摸良心讲，我为山石屏做的事还是挺多的。"

从廖多贵断断续续的讲述中，我了解到大集体时，他在黑惠江渡口干的时间最长，也参与了挖路、架桥、灾后重建等，更多的时候是义工。在山石屏的麻风康复者中，他算是年轻人，多干点活，实属正常。

"地震之后，我们山石屏得到了优先发展的机遇，房子全部重新盖，现在的居住条件附近没有哪个村落能和我们比。我们要感谢共产党，感谢人民政府，感谢李医生，没有他们，就没有我们的今天，这是铁打的事实！"

他的语言很有特色，总像铁匠的锤头般结实，"这是铁打的事

（第十五章）
麻风康复者及其家属，尘埃里绽放的花朵

实！"他挥挥手，再次强调了一遍。

"我的愿望就是社会越来越好，我们的生活也越来越好！"廖多贵说完，便转身往山上爬去，他的猪还在嗷嗷叫，等着他去喂食；他的核桃果正在枝头摇曳，等着他去采摘。

康复者：周寿康

周寿康老人生于1949年7月27日，老家就在炼铁乡翠坪村，那是与山石屏仅隔5公里左右的村庄。20多岁就得了麻风病，从此没有娶妻，一直在家侍奉老母，直到母亲去世。2016年，周寿康安葬了老母，在李桂科医生的帮助下，到山石屏疗养院生活。

周寿康老人身材矮小，皮肤白皙，蓄着几缕稀疏的胡须。他操着一口"客家话"（炼铁、乔后对四川话的称谓），慢声细语，脸上挂着浅浅的笑。数十年的人生磨砺，使他养成了乐天知命的性格。

"我父亲也得了麻风病，50年代就来到山石屏，把我妈和5个娃娃扔在家。我有个弟弟得了精神病，整天疯疯癫癫的，跑到哪里也不晓得。我一直在家里照顾母亲，直到母亲不在了，我才进来。"周寿康轻描淡写地说。

可以想象，在20世纪50年代，麻风病还没有根治的方法，周寿康一家在村里的境况应当分外凄凉。父亲确诊麻风病到了山石屏，弟弟得了精神病不知所终，村里人对周家又恐惧又厌恶，周家似乎飘摇在大水漫漶的孤岛之上。

其他几个弟兄离家另立门户了，只有孝心可嘉的周寿康留在家侍奉老母。讨不到媳妇也好，村里人冷语也好、疏远也好，周寿康依然平和地面对生活。他也是麻风病人，但他只能在家服药，也治愈了。

"您父亲得了麻风病,您也得病了,那您母亲有没有患病?"我有些不礼貌地问。

"没有,我母亲没有患病。"周寿康轻言细语。

"夫妻相互传染的情况很少,"旁边站着的廖多贵挥挥手说,"有些夫妻生活了几十年,男方得病,女方也没传染。女方得病,男方也没有传染。"

聊了几句后,周寿康老人便静静地坐在小马扎上晒太阳。到山石屏后,他不再是孤寡老人,有男女老少几十人陪着他,有说有笑,热热闹闹。

在交谈中得知,周寿康到山石屏后,李桂科医生安排他和余振华老人住一间。前几年,余振华得了急性青光眼,眼睛看不见,旁边有个人照顾要方便很多。周寿康有照顾老人的经验,便细心地照料余振华,太阳出来时,他用轮椅把余振华推到院子里晒太阳,太阳西斜,他又把余振华推回房间。余振华说:"周寿康照顾我的生活,这个伙计挺好!"

有时候,周寿康会去那个专门放置棺材的房间里,给属于自己的那口棺材抹抹灰。他的手轻轻拂过棺材光滑柔软的漆面,心静如水。

就这样平淡安然地度过人生中的最后岁月吧!他脸上一直挂着笑。

康复者:杨兆元

杨兆元与别的康复者完全不同,嗓门粗大,身高体壮,走路大摇大摆,摆出毫不在乎的样子。

他喜欢到水里淘石头,他喜欢种菜,他种的庄稼收成不错。在麻

(第十五章)
麻风康复者及其家属，尘埃里绽放的花朵

风历史博物馆的图片墙上，有张照片，画面上的他在菜地里抱着个大南瓜，乐开了花。

我见到他的时候，以为他是转业军人。他穿着军绿色的棉衣、军绿色的裤子、迷彩的军用胶鞋。

"我生于1944年阴历二月初九，家住剑川县金华镇金星村江尾小组。"杨兆元老人很清晰地报出了老家的地址。他声如洪钟、行动迅捷，很难将他与耄耋之年相联系。

杨兆元是个有家国情怀的人，说起党和国家的大政方针头头是道。他说："我最敬佩毛主席，他大手一挥，中国人民志愿军就雄赳赳气昂昂地跨过鸭绿江。"

接着他又说自己的枪法好，不说百发百中，也是十发九中。他说他在剑川时当过警卫，参加过"四清运动"工作队。

他说："我父亲叫杨永胜，是个剑川木匠。从小他就让我多读书。想不到，1960年，剑川大饥荒，我父亲饿死。我当时16岁，读到初二，只好去生产队当会计。有个领导来检查工作，觉得我这个小伙子不错，便让我去当警卫！"

说起这些往事，杨兆元历历在目。如果不得麻风病，他该有多好的前程。

他说："有天我洗脸时，眉毛掉落，脸也浮肿，我就去检查，才知道得了麻风病。"

在那个年代，得了麻风病之后，杨兆元理所当然地丢了"饭碗"。他打听到丽江有麻风院，便风餐露宿赶到那里，待了段时间，却待不住，他说那里生活太艰苦。他又跑到漾濞麻风疗养院，待了段时间也待不住，也是生活太苦。后来他又到了鹤庆，在鹤庆麻风院住

了段时间，又到洱源三营洋芋山。直到洋芋山的所有麻风病人治愈，能回家的回家，不能回家的，统一安置到山石屏疗养院。杨兆元无家可回、无依无靠，便被李桂科医生安置到山石屏，那是2000年1月。离开洋芋山时，杨兆元高声喊："感谢共产党，感谢李医生！"

杨兆元在丽江、漾濞、鹤庆，好多个疗养院都待不长久，却在山高坡陡的洋芋山待得最长，我猜是与他特立独行的个性有关。疗养院有统一的作息规律，需要服从管理，服从集体劳动安排。洋芋山不用，那里分散居住，各家各户种洋芋喂猪，医生隔段时间来发药，因此相对自由。这对于性格孤僻的杨兆元来说，相对宽松。到了山石屏后，条件要比洋芋山好得太多。黑惠江边的土地较肥沃，种地、种树、养殖都相对容易，饮食起居都自由。想在食堂吃也行，自己做吃也行，因此，杨兆元有充足的时间发展业余爱好。种菜、养猪是他的长项，他还喜欢到黑惠江里捡石头，喜欢和院里的老头子们下象棋，他也喜欢写毛笔字。

他说："我写了副对联，人家说，而今迈步从头越，我写的是'中华代代从头越'，站位更高，写出了中华民族自强不息的精神。我们要解放全人类，要走共同富裕之路。"

好家伙，身居偏僻的山石屏，却胸怀天下，要解放全人类。心气之高，令人刮目相看。

从这些话语中，可以知道杨兆元是个善于学习的人。如果没有麻风病，没有到洋芋山、到山石屏，他很可能是个领导干部。可惜疾病夺去了他继续留在机关单位的机会。提到这些，他扼腕长叹。

杨兆元说："习近平主席提出，绿水青山就是金山银山，我们山石屏也有绿水青山，我们种核桃、种板栗，发展养殖业，我们还搞旅游，让外面的人们来看看，昔日的麻风村，今天的桃花源。"

杨兆元对现在的生活很满意。他说："我的养老金900多。现在吃不完、穿不完、用不完，很享福。"

说完，他站起身，挺直腰板，像个军人般转身离去。

康复者：李跃全

李跃全生于1942年农历七月初七，已经80岁，比马福全小一岁。他俩有共同点：都是洱源县三营镇人，都已八十高龄，而且两人都身体健康、行走自然、思维敏捷，算是麻风康复者中的高寿者。

2022年9月12日，我随李桂科回孟伏营老家，顺道去看李跃全，他与李桂科是同村人。

李跃全身板瘦削，头顶罩着鸭舌帽、戴副墨镜，从外表看不出曾经患过麻风病。他行动敏捷，看不出年事已高。

李跃全说："我有7个娃娃，4子3女。"

老人开口，就吓我一跳。哪怕是在没有计划生育的年代，养育这么多的娃娃也很艰难，更何况他还是麻风康复者。

李跃全查出麻风病的时间较早。1966年，他进了山石屏麻风疗养院。在此之前，他于1964年结婚，并育有2女1子。查出麻风病后，前妻与他离婚。进去山石屏后，他又重组了家庭，与第二任妻子生有2子1女。妻子也因麻风病离婚，带来1子。这么复杂的重组家庭，使李跃全成了7个孩子的父亲。

在山石屏待了4年，因为家中有老母没人照顾，李跃全又回到孟伏营。当然不能回到生产队劳动。按他自己的说法，又到洋芋山"盘田"。

从孟伏营到洋芋山要爬4个小时的山路，对于普通人来说也艰难，麻风病患者就更难，但为了生存，再难的路也要走，再苦的日子也要过。

洋芋山的生活无疑艰苦，住的房屋里土基房算是好的，别的都是茅草房、杈杈房，还有窝棚，也就是遮风挡雨而已。人们在这里种洋芋、荞子、燕麦等山地作物，因为缺水，也因为海拔高达3000多米，所以适宜生长的庄稼不多。麻风病患者还在这里喂牛、喂猪，以养殖业弥补肉食的不足。

在洋芋山，李跃全和别的麻风病患者艰难地活着，但他们并不放弃活下去的希望。他们种地、养殖，他们也喝酒、唱歌。他们对治愈并没有信心，但中国人"好死不如赖活着"的态度深深地根植于他们的心中。他们也相信，随着医疗技术的发展，他们也有可能彻底治愈。特别有李桂科和防疫站的医生们，看到他们的身影出现在洋芋山，这些患者都会激动不已。他们知道，共产党没有放弃他们，医生们没有放弃治疗，这就说明，他们的治愈是有希望的。

李桂科和县防疫站皮防科的同事们，也隔三岔五地爬到洋芋山来，为这些麻风病患者诊疗、清创、发药，忙碌一天，往往累得走路都能睡着。李桂科曾经写过一篇文章，标题是《为了这个村庄的消失》，在他看来，像洋芋山这样的村庄是本不该存在的，这里缺乏生存的必备条件，高寒冷凉，缺水，没有电，不通公路，土地瘠薄。正因为有麻风病人，才有了这个村庄，只有医好麻风病，才能将这些村民妥善安置，这个村庄才能消失。因此，李桂科和皮防科的同事经常上洋芋山，除了检查、清创、发药，还积极进行心理疏导，力图使麻风患者好得更快些。有时，是李桂科独个来。那时候上洋芋山，极为

（第十五章）
麻风康复者及其家属，尘埃里绽放的花朵

不易。天还没亮，就得从县城骑车到三营，然后再爬山4个小时到洋芋山，将就着背的凉水吃点干粮，然后开始挨家挨户检查、清创、问诊、发药，等这些忙完，太阳早已西斜。洋芋山没有住宿条件，李桂科和同事们便顶着天上的星光往回走，等回到县城，已是大半夜。这样的行程，李桂科坚持了很多年。

1990年，洋芋山的所有麻风患者都已治愈，大部分都各自回家，无家可归的安置到山石屏疗养院。

在李桂科的帮助下，李跃全回到孟伏营居住，但仍然面临着困难——住房紧张，承包地少。2002年，跟李跃全相依为命的老伴又撒手人寰。他的7个娃娃中，3个女儿分别嫁到江尾（今上关镇）小张家、茈碧湖镇上小果、茈碧湖镇负图村，各自安身立命。4个儿子都在孟伏营种地，各自成家立业，日子都还过得去，但不算殷实。

我们进去的小院，建于2014年，是李跃全的小儿子盖的，他现在和小儿子住。在孟伏营，很多人家都是高门大院，有些院落虽然陈旧却也宽敞，李跃全家的房子略显寒碜。他的儿媳妇端茶倒水，对我们甚为客气。在交谈中了解到，小儿子家只有八分地，种点粮食也不够吃。小两口曾到广州的小五金工厂打工，也没挣到多少钱。现在他俩回村租了10多亩地种烤烟，年收入1万多块钱。好处是能照顾老人，也能兼顾两个女儿上学。

在我们走访的麻风康复者中，李跃全的生活相对贫困。他说他拿了3年低保，现在被取消了，他现在能领到的补助金，全年只有1300元。他有时靠捡垃圾增加收入，有时每天能捡到五六十，运气好的时候有七八十。

"你们来之前，我还去捡垃圾呢！"李跃全说。

虽然捡垃圾也是诚实劳动，靠双手吃饭没有高低贵贱之分，但年逾八旬的老人去捡垃圾贴补家用，我还是觉得鼻子发酸。好在老人家身体硬朗。

但在说到捡垃圾时，老人脸上并无忧戚之色，甚至还有淡淡的笑。岁月的风霜，已使他看轻了世事。

"李医生对我没得说的，每年都要来两三次。"李跃全说。

临行，李桂科掏出两张红票子塞到李跃全手上。李跃全有些迟疑，但还是接过了钱。

我想起孟伏营有个老人对李桂科说的话："你也有儿有女，不要见人就给钱！"

我问李桂科："你的退休金也不高，那么多麻风康复者，还有农村贫困老人，你能接济得过来吗？"李桂科说，他也不是逢人就给，只是像李跃全这样的老人，能帮就帮吧！

我们走到村巷的尽头，转回身看，李跃全还在家门口目送。

康复者：余振华

余振华生于1943年9月，已八十高龄。他老家在漾濞，后来搬到洱源县炼铁乡下炼铁村。余振华发病早，1958年就来到山石屏。他来的时候才16岁，从此一辈子没有成家。到了山石屏后，余振华大部分的活都干过。改板子、编篾货，竖房子、修水车，干得最多的还是铁匠。铁匠需要一把子力气，那把铁锤不是谁都能抡得动的。余振华年轻力壮，练成精力过人的铁匠。

我见到余振华是在2022年12月8日，那时冬日的暖阳烘烤着山石屏，余振华坐在轮椅上躬着腰，任暖暖的阳光洒在他厚实的脊背上。

（第十五章）
麻风康复者及其家属，尘埃里绽放的花朵

他已经失明，回答我的问题时，他没有面对着我，而是让右耳对着我的脸。他的听力极佳，尽管我说话的音量不高，但每句话他都能听得清清楚楚。

"那个时候，生活老火（云南方言，艰难之意），衣裳裤子穿不起，庄稼广种薄收。集体劳动又抓得紧，把病拖重的也很多。我算是疗养院里的劳动力，改板子、熬香叶油都干过，把香叶油卖掉、把木板卖了弥补院里的生活开销。我才进疗养院那几年，他们让我做饲养员，专门放牧。后来，劳动工具坏了需要匠役，我就参加了铁工组。师傅去世后，我就只能独自承担打铁的手艺。渐渐地，人们都喊我铁匠，山石屏的很多铁具都出自我的手。"余振华慢悠悠地回忆往事。

我想起麻风历史博物馆里看到的那些铁器，少部分是从供销社买的，大多都出自山石屏的匠人之手，有锄头、镰刀、砍刀、菜刀、斧头等各种铁器，这其中有多少是出自余振华之手呢？或许他也记不得。

余振华接着说："包产到户的时候，我包了二亩五地，种了苞谷喂猪。2010年，我得了急性青光眼，个把星期一样也看不清，直到现在都看不见啦！眼睛看得见的时候，我是食堂的服务员，是为大伙服务的。现在全部要人为我服务，也真是没办法。"

我问余振华老人："那你现在生活起居怎么办？有没有人照顾你？"

余振华回答："新来了个伙计，对我很好，他叫周寿康。他原来在老家招呼老母，到了山石屏又招呼我，每天都把我推出来晒太阳。山石屏山高，太阳落得早。太阳下山他又把我推进屋子里。生活起居都是他招呼我。这个伙计真是很好！"他又强调了一次。

这时，周寿康刚好从余振华身边经过，有些羞涩地笑。他虽然年事已高，却还行动利索。或许是一生未婚，与外界接触不多，他依然保持着那种近乎单纯的笑容。

"现在伙食就在食堂开，早两个菜，晚三个菜，中午还有零食和牛奶，早上9点开饭，下午四点半吃饭，每个月交600块钱，伙食开得蛮好的。我现在每个月有千把块的补助，钱已够，无所求啦！"余振华接着说。

真正的疗养院，也不过如此吧！何况失去生活自理能力的老人，在山石屏还有专人照顾，这种待遇在普通的疗养院是不大可能的。

"大爹，你老家还有什么人吗？"我接着问。

余振华沉默了片刻，很平静地说："老家这边亲人也没得喽！四个兄弟都不在了，妹子也去世喽！"

在与余振华交谈的过程中，他始终躬着腰、低着头，将右耳面向我，一动也不动。他的声调始终是平静的。他似已心如止水，如高僧般禅定。

这样也好，无妻无子，虽然看不见，但心地光明平和，如此平静地过完一生，也是一种幸福。

康复者：杨文光

2022年12月8日，我再次见到了杨文光。9月2日夜，我和李医生走到村外的简易板房，正遇到几个年轻的村民油煎蜂蛹，我们坐下和他们吃了几个，当时座中有个年长者，后来知道他就是杨文光。

杨文光生于1952年阴历五月初十，今年刚好70岁。他是洱源县凤羽镇源胜村人，来山石屏已经20多年了。杨文光的父亲杨殿奎也得了

(第十五章)
麻风康复者及其家属，尘埃里绽放的花朵

麻风病，后来到山石屏，最后也是埋骨此间。他们弟兄姊妹三人，老二已经去世，杨文光是老大。杨文光的媳妇杨胜祥，是从怒江州兰坪县娶来的，现仍在凤羽源胜务农。农忙时节，杨文光还得回去帮忙。在老家的时候，他就赶骡子、犁田，做着乡间男子的活计。他与妻子育有2女1男，儿子杨梅山在外打工，两个女儿杨梅菊、杨梅英都已先后嫁到山东，逢年过节，两个女儿也是拖家带口回来看望老人。

杨文光与别的康复者都不同。其一，其他几个康复者大多离异，到了山石屏之后才重组家庭，但杨文光的老家还在，那里有房子、妻子和儿子，还有几亩薄田。其二，其他70岁以上的康复者都已安心养老，但杨文光像廖多贵一样还在打拼。当然，杨文光比廖多贵大了10岁。

杨文光说："我在山石屏没歇着，我买了头西门塔尔肉牛，下了头小牛。刚刚卖掉，卖得8500多元。"杨文光兴奋地告诉我。

此时，正是上午10点钟，冬天的阳光暖烘烘地照着山石屏，温暖明亮。我和杨文光坐在山石屏篮球场上聊天。篮球场边有个露天储藏室，各家各户收来的苞谷就分区装在这个钢结构的网状柜里。阳光照着大地，那些苞谷黄澄澄的，分外惹眼。

杨文光虽是70岁的人，但还很精神。他面色黧黑，身形瘦削，想必是长期田间耕作的缘故。他虽然不年轻，但穿着单薄，似乎不惧寒冷。他头发有些卷曲，下身着牛仔裤，像个西部老牛仔。

"我在山石屏除了养牛外，还养了山羊7只、猪4头，种了苞谷六七亩，一季收入苞谷5000斤左右。你说很苦是不是？我不觉得苦，我要多赚点钱给儿子。我儿子38岁了，还没讨到媳妇。"说到这里，杨文光有些揪心。

"我媳妇在凤羽种了5亩多的稻谷，还种油菜，也挺辛苦的。我俩现在都为儿子存钱讨媳妇啊！"

杨文光可算是慈父，每日下苦干活，沿袭着老祖宗的生存方式养殖种植，为的是给儿子娶媳妇苦点本钱，真是不易。

"我养牛第一年，买了头西门塔尔牛，李医生让我挤鲜奶给大伙喝。喝了3个月，几个老人都喝怕了，不敢再喝。"杨文光呵呵笑道。

我问："十几个老人，牛奶够吃吗？"

"怎么吃得完？每天产奶三四十斤呢！"杨文光大笑。

我说："等你儿子讨到媳妇的时候，要记得通知我。"

"一定一定，"杨文光站起身说，"没事我就先去干活啦！"

看着他精神抖擞的背影，我想，人活着就得有个盼头，有盼头才有精气神吧！

康复者家属：杨小开

在山石屏的老住户中，杨小开很特殊。作为健康老人，她生活在麻风患者中间。从1983年至今，她一直待在山石屏，坦然面对着人世间的风风雨雨。杨小开老人身形矮胖，但面色红润、鹤发童颜，特别是那两排牙齿，白如珠贝，饱满整齐。

聊天就从牙齿开始。我说："大姐，你牙齿这么好，令人羡慕啊！"

"牙齿倒也不错，老啦，精神不如以前。"杨小开声音洪亮，肺气很足。

杨小开生于1956年，已67岁，她老家在洱源县牛街乡太平村委会。1983年，她才17岁。母亲得了麻风病，她就送母亲到山石屏疗养院。她是孝女,为了照顾母亲,便留在了山石屏,从此再没有离开过。

"人家都说麻风病传染,我就不信。我几十年和麻风病人生活,可我从没得过麻风病。"杨小开说。

"我妈名杨润凤,得了麻风后,村里人都嫌弃我们,老家在不成。我送我妈进来山石屏后,就没有再回家。照顾我妈的过程中,我认识了个男人,叫周天喜,他也得了麻风,就在疗养院医病。他喜欢我,我也喜欢他,我就嫁给了他。周天喜是茄叶村人,嫁给他之后我就回他家居住。可是我们却受到了茄叶村人的歧视,他们不给我上户口,不给我分田分地,我到了衣食无着落的境地。后来,我就到山石屏疗养院来,麻风病人们见我可怜,每家给我一碗米,让我回家过年。再后来,村里发生火灾,我家的房子被烧掉,我就直接搬到麻风院住。你看我都住了几十年了,也没得过麻风病嘛!"

杨小开老人真是不简单,我在心里嘀咕,她是个孝女,也是个善人。她身为健康人,不仅照顾患麻风病的母亲,为她养老送终,还嫁给了麻风病人,让这个比她大13岁的男人过上正常的生活,而且生了7个健康的子女。儿子周富山如今也在山石屏发展种养殖业,种了十几亩地。他不仅侍奉老母,同时也像别的康复者家属一样,照顾着疗养院里的老人们。杨小开的几个女儿最近的嫁到洱源县乔后镇,别的分别嫁到湖南、西藏等地。有两个女儿在西藏打工,有一个女儿在北京打工,还有一个没有出去,在家务农。这些女儿都已生儿育女,多则两个孩子,少则一个。

杨小开如今也过着含饴弄孙的晚年生活,其乐也融融。

康复者家属：宋树江　赵凤桃

宋树江生于1985年6月，是出生于山石屏的麻风康复者子女，父母都是麻风病患者。父亲宋文运，是洱源县右所镇下山口人，已于2019年大年初一辞世。母亲罗国秀，是洱源县茈碧湖镇白鹤村人，现仍在山石屏疗养院居住，已75岁。

宋树江说："父母生我姐弟3人，大姐宋福和，现在下关的火锅店打工。弟弟宋荣坤，现在是茈碧湖镇卫生院的医生。我在山石屏疗养院小学读了6年，家里困难就去放羊。我现在有两个娃娃，大的16岁，在洱源县职中读书，小的在读学前班。"

宋树江和我聊天的时候，她的丈夫赵凤桃就笑嘻嘻地坐在旁边。赵凤桃生于1979年10月，也是山石屏二代。他的父母都是麻风康复者，父母已相继过世，父亲已去世了16年。赵凤桃还有个姐，因为无法养活，3岁就送给别家做养女，现在姐弟之间还有往来。

赵凤桃说："1998年，我出去打工，后来父母多病，便返回山石屏照顾老人。父母过世后，我学了个驾照，开辆微型车，逢街天拉拉人、拉拉货，现在主要是接送娃娃上学放学。小孩在茄叶小学读书，早上送去，下午接回来。过去学校不开午餐，还要接送四次。每天时间大多耗费在这件事上，但只要娃娃好好读书，以后能有更好的生活，我们就是苦点穷点也值了。"

我问："现在，你们是山石屏的中坚力量，你们现在主要发展什么产业？对山石屏的未来有何打算？"

"在李医生的帮助下，我家养了3头西门塔尔肉牛、9头长白猪、12只山羊，还有群生态鸡。此外，我们种了15亩苞谷，还在核桃地里套种些庄稼。"赵凤桃说。

(第十五章)
麻风康复者及其家属，尘埃里绽放的花朵

"种植业和养殖业是相互依赖的，只有用农家肥，庄稼才长得好，种的苞谷又拿来喂牲口。"宋树江说。

宋树江的名字像男的，赵凤桃的名字像女子。两口子偏偏倒过来，叫凤桃的是丈夫，叫树江的则是女子。

"李医生跟我们商量过，要把山石屏建成生态旅游康养村。听说很快就要在这里盖宾馆，要建报告厅，还要盖爱心食堂。以后将会有更多的人来这里康养，我们就可以带动炼铁、乔后、西山三个乡镇的康养产业。"赵凤桃自豪地说。

以上记述的，只是众多麻风康复者中的小部分人，另有几名家属。他们都得到李桂科的医疗和照顾，没有李桂科，他们可能不会有今天的幸福。他们也是生活的强者，麻风病没有把他们击垮，他们艰难却又顽强地活下来，七八十岁还能生活自理，有些还在为子女打拼。如今，他们住着套房，像城里人的居所，还享受着城里没有的山水和清新的空气。他们能按月拿到低保或养老金，衣食无忧，这是他们之前想都不敢想的。李桂科医生为他们做得周全。

麻风康复者，还有他们的家属，是尘埃里绽放的花朵，在人生的寒冬奋力捧出最美的容颜。

中华民族正因有这种隐忍和坚韧，才得以绵延至今。数千年历史中，一次次的磨难，天灾或是人祸，都没有摧毁中国人顽强不屈的生存意志。

在这些麻风康复者和家属的身上，我们应当得到更多的启示。

第十六章

麻风博物馆，尘封的记忆

　　山石屏是全国麻风防治成就的缩影，博物馆建成是对麻风历史的永久性承载。每一个麻风康复者都有故事，我想把这些故事在博物馆里展示出来，让博物馆讲给大家听。

——李桂科

(第十六章)

麻风博物馆，尘封的记忆

山石屏麻风历史博物馆，或许是中国第一个以麻风为主题的博物馆。

走进山石屏麻风历史博物馆，似乎就走进了尘封的历史。

在地球上肆无忌惮几千年的麻风病，在20世纪下半叶终于得到完全控制。中国于80年代引进世界卫生组织的联合化疗方案，李桓英教授到洱源调研后也推行了联合化疗，并于1990年彻底控制住了麻风病，麻风患病率从最高年的2.73‰降至0.0067‰。

李桂科于2017年退休之后，没有回家过含饴弄孙的悠闲日子，而是选择了留在山石屏，照顾村里的麻风康复者，为山石屏建设生态旅游村，建设麻风历史博物馆。李桂科说，建个麻风历史博物馆，是他的夙愿，将数十年的麻风防治历程和麻风患者的生活状况在博物馆"回放"，让山石屏永记这段历史，让后来人明白人类战胜麻风病的历程。

退休之前，李桂科还要抽空到县疾控中心打理各种事务；退休后，他每个月至少有20天待在山石屏。

2019年7月27日，是农历六月二十五，传统的白族火把节。李桂科选了这个红红火火的日子为山石屏麻风历史博物馆揭牌，是图个热闹。麻风历史博物馆是历史的见证，但显得有些伤感。夜晚，高耸的火把在黑惠江峡谷里燃烧，人们在火把树下载歌载舞，以此庆祝博物馆开馆，也用火把节的欢乐喜庆气氛冲淡那段沉痛的记忆。

山石屏麻风历史博物馆以原生态的形式展示了"山石屏麻风疗养院"60多年来的变迁，浓缩了新中国70多年来在麻风防治领域取得的成果。中国残疾人福利基金会副秘书长刘玉文说，山石屏麻风历史博物馆以最朴实生动的形式展现了跨越60多年的麻风村史，是中国麻

风防治的缩影，将成为人们了解麻风历史、科普麻风知识的窗口和阵地。

山石屏麻风历史博物馆分为四个展区。一展区是20世纪70年代的老房子，以实体形式展示当时麻风疗养院的真实生活状况。二展区是一栋原貌复建的20世纪50年代麻风患者居住的垛木房，6个房间里原景重现当时麻风病人的生活场景，包括衣食住行、开荒种地、自给自足的生产方式。三展区是原状修复的医务室，以图文形式展示了山石屏村60多年来的变迁、中国麻风治疗和康复的历程，还有部分珍贵的历史文献资料。四展区是山石屏疗养院小学的教室，当年的桌椅板凳、黑板、教材，还有墙上悬挂的爱心组织捐资助学的展板。

当然，这是一期工程实施的状况，2022年，李桂科又开始推进二期工程。

李桂科说："山石屏是全国麻风防治成就的缩影，博物馆建成是对麻风历史的永久性承载。每一个麻风康复者都有故事，我想把这些故事在博物馆里展示出来，让博物馆讲给大家听。"

李桂科医生带我到博物馆内，给我耐心讲解每个物件的由来。我知道他已经数十次给视察的领导干部和来访的游客讲述过，但面对我，他仍然费时费力从头讲述。从麻风患者最初的居住条件、生产生活方式开始，到医务室的各项设施和技术应用，麻风防治走过的数十年艰苦历程，山石屏办学的艰难，麻风康复者发展种养殖业的资料，讲得具体生动，资料收集齐整。确如李桂科所言，是全国麻风防治的缩影。

麻风患者的生活场景，令人感叹唏嘘。在洱源县炼铁、乔后、西山几个乡镇，20世纪80年代仍有垛木房存留。我幼年时跟随祖父到

(第十六章)
麻风博物馆，尘封的记忆

彝族聚居区牛桂丹做客，那里的民居仍以垛木房为主。垛木房并不暖和，冬天四壁漏风，夏天热气蒸腾。

在山石屏麻风历史博物馆垛木房区，映入眼帘的首先是妇女穿的青色"长衣"，这是洱源县三营、茈碧、凤羽、炼铁一带妇女的服饰，汉族和少数民族没有明显区别。妇女上着长衣、下着长裤，前面系上围裙，便于劳作。这件围裙的主人应当是个麻风康复者，她是谁？还活着吗？她住在山石屏，还是回到老家的村庄？或许，她已长眠地下。这件"长衣"，贴在垛木房的墙上，注视着每个来访的人。

垛木房里，麻风病人自己打制的家具，虽粗糙，却实用。在那个年代，山石屏与外界阻隔，即便渡过黑惠江到炼铁街、长邑街，也买不到家具。物资匮乏是主要原因，另一方面，人们不愿把物品卖给麻风病人。山石屏疗养院的前身在乔后镇源安邑村委会段家村，准备扩建时，遭到当地群众强烈抵触，才把疗养院搬迁至远离村庄的山石屏。

在洱源民间，习惯请当地的匠人到家中打家具、制作生产用具，这样，除供给三餐、提供住宿外，工钱可以少些。可是，请匠人到疗养院打家具也不可行，听说是到麻风院做活，出多高的工价，他们也不肯来。这样，山石屏麻风院便逼出了"能工巧匠"。装粮食的储粮柜、装衣服的木箱、杂柜、餐桌、靠椅、洗脸架、木瓢、木脸盆、水槽、水桶等，那些木盆制作粗糙，像原始部落时期的手工制品。我还看到麻风患者自己制作的木甑子，上面盖着他们自己编的草锅盖。这些木制家具全是麻风病人自己打制的，其中有条小靠椅上还刻上了"春花可爱"几个字，想见这位匠人在制作这把小靠椅时，倾注了爱。李桂科特意把这把椅子举高让我看，字迹清晰、结体纵逸，确实

是在心情愉悦的状况下刻的。

后来我问李桂科医生,他告诉我,这把椅子是罗学仁做的,并且极有可能是在春天,看着周围漫山遍野的百花绽放而信手刻下的。因为山石屏没有叫"春花"的人。

麻风病人也是人,他们也有爱。正是爱的力量,支撑着他们勇敢地面对病痛、面对人生。人类为何生生不息?即便在绝境之下,人们依然无畏地面对世界,乐观地面对生活,永远充满希冀。这些麻风病人,难道不是生活的强者吗?

麻风病人末梢神经受损,手足失去了知觉,即便烫伤、烧伤自己也不知道,往往引发持续性的溃疡,痛苦不堪。因此,他们使用的炊具就与其他村落有明显区分。铁锅的铁柄上,要加装很长的木柄,以免烫伤。锅的铁制吊环上,要套上竹筒,或把木头中间掏空套上去。铫锅的手柄上,也要加装木头。山石屏的刀具,大多也装上较长的木柄,尽量避免伤害。

山石屏的劳动工具,也是麻风患者自己的杰作。板锄、条锄、镰刀、砍刀、菜刀,全是山石屏的铁匠打制的。当年,他们就用这样的工具开荒种地,用这样的工具挖路、修桥、造船,不知费了多少健康人难以承受的心力。其中有把锄头边缘已经呈锯齿状,可能是在挖地或修路时碰到坚硬的山石;有把锄头的边缘已经磨圆,显然年深日久;有把锄头的木柄很长,却是弯曲而表皮粗糙,就连树皮也没刮净,应当是原来的锄头棒断掉,临时找了根木头换上。

在山石屏麻风历史博物馆,还能看到耕田用的犁铧、木齿耙,扬场用的木制鼓风机,打场用的连枷,还有竹编的簸箕、箩筐、提篮,更有蓑衣、斗笠,那些如今在农村已经难觅踪迹的物件,在山石屏麻

(第十六章)
麻风博物馆，尘封的记忆

风历史博物馆还能呈现。李桂科随手拎起个篮子说，这个花篮也是我当年编的，这让我想起了李桂科医生之外的身份——他是个称职的篾匠、木匠和泥水匠，这样的人，在农村也很吃得开。

有个老木柜，上面展示着麻风康复者用过的刀具，大都锈迹斑斑。砍柴刀、切菜刀、剔骨刀、削皮刀，长短宽窄都有。

李桂科顺手拿起两把刀说："这把大刀是杨兆元的父亲送给他的，这把菜刀是他到洋芋山麻风村后，他的岳父送给他的。后来，这两把刀就跟着他来到山石屏麻风疗养院。杨兆元说，这两把刀是他生活的希望，是他的传家宝，鼓励他献爱心，照顾好老人，他很珍惜。现在，他把这两把刀送给山石屏麻风历史博物馆珍藏。"

查出麻风病，被迫离开家园，到麻风村居住，杨兆元内心的煎熬和挣扎我们无法想象。但这两把刀在他艰难的人生中有着非凡的意义。对于他的父亲而言，儿子得了麻风病，要离开家园，在那个时代，或许就意味着生离死别。即便能偶尔相见，父子兄弟也不可能同住家中。集中隔离，不是几天、几月，或许就是一生。对于他的岳父来说，在那个物资匮乏的年代，送女婿一把菜刀，盼的是他能和女儿安生过日子，在油盐柴米的平淡岁月里互相帮衬，说得严重些，那就是相依为命。

在原状恢复的医务室，可以清晰地还原麻风防治医生的日常。那辆"金鸡牌"自行车，李桂科骑了几十年，现在还能骑。他说他出去的时候，经常把自行车寄在炼铁街上的字立华家。单车扶手上挂着个黑色的人造革手提公文包，是那个年代的标配。两个印着醒目红十字的医药箱，那是李桂科长年累月背着的，现在安静地搁在办公桌上。桌上还有几摞厚薄大小不一的笔记本，写着各种颜色的文字。几个墨

·273·

水瓶围成一堆，蓝黑墨水、纯蓝墨水的空瓶，其中还有"老板牌"碳素墨水和写坏掉的几支钢笔。几箱医学杂志放在木柜上，那都是李桂科购买和订阅的。

有张旧书桌上，放置着那个年代通用的滚筒式油印机，还有蜡版、蜡纸、刻笔，李桂科就是用这台油印机印出许多防治麻风病的讲义，用以培训基层的医护人员和乡村卫生员。刻蜡版，对于现在的年轻人来说，已是非常陌生。现在已经实现无纸化办公，即便打印材料，都是通过激光打印机快速打印，如果印数多，还可以交给印务公司解决。20世纪八九十年代，油印讲义、试卷，都是技术活。先在钢板上刻蜡纸，将蜡纸平铺在一块长方形的钢板上，用尖头的铁制刻笔在蜡纸上写字，很考耐心和水平。写重了，不行，铁笔会将蜡纸划破；写轻了，也不行，油印的字迹会模糊。必须适度，方可使印出的字迹清晰而又不破损漏墨。往往一张8开的纸，要刻上2小时才成。然后将蜡纸拉平固定在油印机的纱窗上，将道林纸压在纱窗下。之后在滚筒上蘸上油墨，持续、均匀、有力地在纱窗上来回滚动，将蜡纸上的字迹印到白纸上，每印一张纸翻动一次。印100张纸都要翻得头晕眼花。那真是个慢节奏的年代，一本薄薄的讲义，连刻带印，要弄几天。

油印机旁，还放置着李桂科刻印的麻风病防治讲义，浅蓝色的字迹，清秀工整的楷书，仿佛是个久违的老友，很谦和地面对着岁月。

医生的办公室，也是医生的宿舍。一张窄小的木板床，两个木头床架，蜷缩在房间的角落，很拥挤，却也便利。累了，床就在办公桌旁。醒了，就可以起来看书写字。

医疗区里，还有实验室。玻璃器皿和试管、显微镜都在，那是用来查菌判定是否治愈的工具。这里还有骨科专用的大小不等的骨钳。

〔第十六章〕
麻风博物馆，尘封的记忆

李桂科拿起稍小的骨钳说："我经常用这些钳子给老人剪手指甲脚指甲。"

亮锃锃的拐杖，目测有五六十根。有单拐，也有双拐。这些都是行走不便的麻风康复者用过的，每根拐杖都有故事。如今它们如列队的士兵，整齐地立在医疗区的角落。在宣传展板上的麻风康复者，大多架着这样的拐杖。麻风病后期，病人出现肢残，行走艰难，要靠拐杖支撑。有的病人足底溃疡，有的已经失去脚掌。最艰难的，是那些跪地爬行的人，他们每爬一步，似乎都是在向上苍跪拜。在慈善组织的关爱下，轮椅替代了拐杖。那些不能行走的麻风康复者已经用上轮椅，可以自己转着轮椅到院子里晒太阳，或由家属或别的康复者推到路上呼吸新鲜空气，看看绿水青山。

每根拐杖，都让我想起逝去的麻风康复者。它们靠在墙上，就像那些康复者在默默地注视着前来参观的人。

看到那么多的拐杖默默地靠在墙角，我的心情是黯然的。多年前，那些麻风患者，就靠着这些拐杖支撑着他们走过艰难的岁月。他们中的大部分人应当都已离开了人世，只留下这些不屈的拐杖，在与命运抗争。

教学区，与医疗区形成强烈对比。山石屏疗养院小学早已停办，但简陋的教室还在，用木架支撑的黑板仍在，课桌椅仍在，那些翻成毛边的课本仍在。当年学生用过的作业本、半截铅笔、几点橡皮擦、三角尺、粉笔，都躺在书桌上，似乎学校还在，无非是学生们课间活动时间，教室里暂没有人而已。在教室的墙上，悬挂着宣传展板。有李桂科和学生们列队的照片，有学生给王仲元老师写的感谢信，有学生奖状和试卷翻拍，有当年的教学场景。还有社会爱心组织到山石屏

·275·

考察的照片，真实地记录了当时的情况。

展板，是山石屏麻风历史博物馆悬挂的重要物证。随着时间的推移，很多实物和事件只能停驻在影像之中，这些图片资料大多都是李桂科拍摄编辑的。李桂科说，他儿子考上公务员领到首月工资，就给他买了台佳能相机。他原来用过的海鸥相机只能拍胶卷，已经淘汰。后来买的富士数码相机分辨率低，成像质量差。儿子看在眼里，知道父亲正在建麻风历史博物馆，便给他买了台好相机。这些展板，大多出自这几台相机之手。

当然，也有更早的影像资料。那些黑白照片的年龄，可能比李桂科还大。在这些黑白照片中，有当年防疫站的医生在铁索桥上的留影，比如当年防疫站站长卢洲穿着白大褂、背着药箱的瘦削身躯，有在昆明金马疗养院治愈的麻风康复者医生黄升东与麻风患者在铁索桥上的合照，也有麻风患者在桥上的立像。从照片上看，他们还没到悲伤沮丧的程度，他们依然热爱生活。后来，那座铁索桥被洪水卷走，而在桥上留影的人，也大多已经逝去，这些影像定格了那些瞬间。

稍早一些的彩照，有防疫站人员在渡口乘船的留影，也有李桂科和麻风康复者挖路的合照，还有李桂科和防疫站的同事走在山路上的珍贵影像。再后的照片，则是水、电、路等基础设施的建设场景，配上文字说明组合成展板。其中有意大利爱心组织援助竣工的庆典照片，也有"尊严尊敬日"活动的集体照、聚餐照，有大学生志愿者、旅游团队、茄叶村尹灼瑞文艺表演队与山石屏麻风康复者的活动场景。

有组照片，充满了丰收的喜悦。这些照片都是麻风康复者产业发展的记录，比如杨文光养的奶牛、杨兆元种的蔬菜、杨翠莲养的猪、

(第十六章)
麻风博物馆，尘封的记忆

廖多贵养的鸡，别的康复者养的羊，生机盎然，充满了人间的烟火气息。火红的柿子、翠绿的叶菜、深紫的茄子、嫩白的萝卜，在地里竞相生长，象征着麻风康复者的新生。

在麻风历史博物馆医疗区的小院里，有株木瓜树，碗口大的白木瓜缀满枝头，给这个充满沉痛记忆的医疗区增添了几分生气。

博物馆门前，有个50平方米左右的蓄水塘，旁边有块石碑，上书"福泉"两个鲜红的字。从山间引出的溪水，发出叮咚悦耳的声音流到水塘里。水塘旁垂柳依依，粗如儿臂的枝条直接伸入水面。水塘旁有株板栗树，挂满果实。带刺的外皮已经开裂，露出里边褐色的果实。时序已是中秋，板栗树的叶片仍是翠绿。

从博物馆出来，顺着开满鲜花的小径下行。几十米之遥，便至山石屏的住宿区。灰顶白墙的小楼，种满花卉的大院，开着黄菊、杜鹃、鸡冠花，还有各种绿植。麻风康复者在院内晒太阳、闲聊、发呆，神态安详惬意。稍为年轻的男女，是麻风康复者子女，他们在院中洗衣、做饭。穿着红衫的卫生员宋树江，用水果刀削着水灵灵的萝卜。有几个孩童，在院子里追逐打闹。

山风拂面，鸟语啁啾，院中孩童嬉戏的欢笑，欢乐祥和的气氛，与麻风历史博物馆内的忧伤和沉闷形成鲜明的对比。或者说，崭新的山石屏村，是博物馆的延伸。不忘本来、面向未来，山石屏村，有望成为洱源县发展乡村旅游的示范村。

2022年12月8日，我再次来到山石屏，我请求李桂科医生再带我看看麻风历史博物馆。这一看，又是四五个小时过去。李医生沉浸在山石屏麻风疗养院数十年的回顾中，而我则再次被深深打动，感叹唏嘘。目前，李桂科正在紧锣密鼓地推进山石屏麻风历史博物馆的二期工程。新的麻风历史博物馆将体现得更为专业化。博物馆分古老疾病、山石屏村、"消麻"历程、坚守初心、大爱无疆、携手共进等6个部分，还分序言和结语。"古老疾病"包括麻风病名、麻风记载、麻风演变、麻风防治等方面；"山石屏村"包括变迁历程、以院为家、村庄消失、融入社会、美丽家园等5个单元；"'消麻'历程"包括防治历程及主要策略、流行概况、防治成效等3个单元；"坚守初心"包括卓越贡献、恪守敬业、无私大爱等3个单元；"大爱无疆"包括慰问送关怀、爱心显真情2个单元；"携手共进"包括丰功伟绩、共创佳绩2个单元。可以说，在山石屏麻风博物馆，可以将世界麻风史和整个中国防治麻风的整体状况了然于心。当然，重点还是突出山石屏的麻风防治，起到"窥一斑而知全豹"的作用。

在原来的医务室展示区，将展出洱源县山石屏疗养院小学和麻风病防治宣传两部分。垛木房展示区，将在原来的基础上，用实物、实景、图片、文字、灯光等共同营造当时的生活场景，包括衣物箱具、集体食堂、榨油坊、生产生活工具、男女患者住宿、白族民居等方面。在新的麻风历史博物馆二期工程中，还有几代国家领导人和著名科学家、医生关于麻风病的精彩论述。此外，在麻风历史博物馆院内，将用山石屏麻风院患者用过的拐杖做成"拐杖树"，这株特别的树制成后，将会令人触目惊心。拐杖树顶端的拐杖最多，越到树根越少，有种"头重脚轻"的失重感。不同的人可能对此解读不一样。在李桂科看来，表示新中国成立以来，在防治麻风的进程中，挂着拐杖的麻风患者越来越少，最后"清零"，这是个从上到下的过程。在我看来，这么多的拐杖组合成树，表示全国上下团结一心、同舟共济，上下五千年、纵横九万里，终于在中华人民共和国时期将麻风病接近

第十六章
麻风博物馆，尘封的记忆

于消灭。可谓前无古人，体现了中华民族命运与共、不屈不挠的抗争精神，正因为有了这种精神，中华民族才能代代传承，人类才能生生不息。

离开山石屏时，我在李桂科带领村民们挖通的公路上停下来，爬到稍高的半坡，将镜头对准了这个青山为屏、绿水当户的"桃花源"。小村在山水环抱中安宁平和，偶有鸡啼犬吠声传来。在蜿蜒如带的黑惠江上，人行索道桥与新建的公路桥平行横跨。人行索道桥，像是枯瘦沉默的母亲；公路桥，是茁壮成长的儿子。母子相依，将山石屏与山外的世界紧紧相连。

山石屏村的麻风康复者终将接连走完人生的历程，麻风已成为历史。可他们的子孙还在，山石屏村还在，世世代代在此繁衍生息。

山石屏麻风历史博物馆仍在，它伫立于青山绿水间，无声地诉说着往昔的时光。

尾章

涤荡心灵

> 我要真诚感谢山石屏的村民们，这么多年，他们给予我友情、亲情，感谢他们真正把我当成了家人。我退休了，但我不走，山石屏就是我的家。
>
> ——李桂科

(尾章)
涤荡心灵

每次采访李桂科，都是一次涤荡心灵之旅。

认识李桂科之前，我没接触过疾控医生，更没有见过麻风病防治医生。我出生于洱源县炼铁乡，在那个穷乡僻壤生长至15岁。我听说过麻风病，但没见过麻风病人，也没见过麻风病医生，只是偶尔听说某某的亲戚有麻风病，某某家有麻风病史等。对于麻风病，我们村里人都畏之如虎。邻里之间吵架，最恶毒的话就是"你这个带麻风的"！

当我决定去山石屏时，有些同事和朋友善意地提醒我，要做好防护、戴好口罩，不要和麻风院的人同桌进食，诸如此类，搞得我很紧张。在这些提醒我的朋友中，大多都是具有高等学历的，有的还在新闻媒体供职，以至于到了山石屏，我还是有心理障碍，夜间住在山石屏疗养院，我亦辗转难眠。在采访那些麻风康复者的过程中，有人唾沫横飞，搞得我很担心。

由此我更加敬佩李桂科医生，他在这样的环境中坚守了40多年，退休了仍是不离不弃，他该有多大的胆量、多高的境界？

及至我认真研读了中国乃至世界的麻风病史，研读了现代麻风病治疗的资料后，才放下了包袱。如今再去山石屏，我能坦荡地面对那些麻风康复者，坦荡地面对他们的家属。而且，我由衷地佩服他们，在逆境中生存发展的勇气和信心，终于守得云开见月明。

李桂科与很多所谓的"先进典型"不同。之前我也接触过先进人物，他们的材料写得生动感人，初读荡气回肠、令人垂泪，采访他们之初也能受到震撼。但随着采访的深入，就感觉到他们身上的光环渐渐散去，他们的行为和思想境界远没有先进事迹材料写的那么好，甚至有的典型就是"塑造"出来的。但李桂科不同，你越是接近他，越

能感受到他的与众不同。他不善言辞，他总是说自己做的都是小事。他见诸媒体的事迹也简明扼要，没有更多细节的描述和情节的烘托。他说我的事迹很简单，几千个字就写完了。但在随他采访的过程中，接触的层面越多，越能感受到他身上有股震撼心灵的力量。

李桂科与麻风康复者之间的感情是真挚的。正如麻风康复者杜朝明所说，他视山石屏的年轻人为子女，视老人为父母。换了别人，我真的不信。但我在山石屏，看到他扶着老人走路，为他们修剪指甲、滴眼药水、理发修面、端屎倒尿，这些是连亲生子女都做不到的事，李桂科身为疾控医生，做这些却很自然。事实上，山石屏很多老人都治愈后回不了老家，王仲元老师就是其中的一个。他教出了山石屏小学数十名麻风康复者子女，自己的子女却与他山河阻隔。李桂科视麻风康复者子女为自己的孩子，对于他们的读书就业、防病治病，他比孩子们的父母都着急。他不仅排除各种障碍，在山石屏办小学，还把这些孩子送到中学，为他们租房子到处碰壁，代替父母参加他们的家长会。有头疼脑热的，带他们上医院。这些学生到县城就住到李桂科家，孩子读大学路过县城，也要到他家住一宿。山石屏的孩子，大学毕业找不到工作，是李桂科帮他们联系企业就业，李桂科帮他们辅导面试，甚至连面试时穿的衣服，都是李桂科自己掏钱买。如果没有像父亲一般的胸怀与真情，李桂科怎能做到这些？他只是一名医生，他做的这些已经远远超出医生的职责范围。

李桂科对山石屏的情感绝没有"作秀"的成分。面对中央电视台记者，他说他死后骨灰要埋在山石屏，与那些逝去的麻风病人和康复者为邻，后来也在中央电视台《讲述》栏目播出。这可不能信口胡诌，是要说到做到的。就这个问题，我问过李桂科和他的家人。李桂

（尾章）
涤荡心灵

科倒说得轻巧，到时候把骨灰拿进去埋掉就行，没有什么顾虑。可见他与山石屏的麻风患者真是情同手足，投身麻风防治事业40多年，死了也要与麻风患者葬在一起，这是何等样的情怀！倘若没有真情，没有高的境界，是难以做到这点的。他只是轻描淡写地说，我却觉得声如洪钟。这个问题我也问过李桂科的儿子，身为人子，他只能尊重父亲的决定，但他内心肯定是有纠结的。我不敢问杨芬医生，我担心她伤心。生前不能长相厮守，死后也不能葬在一起，这对于夫妻而言，其中滋味只有自己明白。但身为李桂科的妻子，我相信杨芬医生能理解。医者仁心，他俩的使命都是救死扶伤，当初她选择了李桂科为终身伴侣，也就意味着尊重李桂科所有的选择。

李桂科的善良是发乎天性的自然流露。我们到孟伏营时，遇到村里的老人，都说他善良有孝心。有个老人还劝他："桂科，你也是有儿有女的人，就不要见着人就给钱，好歹也要给娃娃留点。"在李桂科的舅妈家，提起往事，老人哭，李桂科的表弟哭，李桂科也陪着抹眼泪。在山石屏，提起1990年的那场沉船事故，李桂科说着就眼圈发红，提起那些逝者的名字，李桂科就忍不住热泪长流。但李桂科更爱笑，他的笑也是发自内心的、不加掩饰的。即便现在已年逾六旬，他笑起来还是那么天真，开心起来就像个孩子。很难想象，一个40多年与麻风病人和康复者相处的人，没有被困难和疾苦击倒。在山石屏这个别人视为畏途之地，他安之若素。有时他也会与麻风康复者有些争执，更多是为山石屏的事务。那些康复者易激动，他就抬只小凳子到外边坐着，托着两腮看着天上的流云。等大伙心平气和，他又笑眯眯地和他们闲聊。

有个外地游客到山石屏，在网上留下几段话，有段关于李桂科

的挺有意思:"李医生,他总在笑,笑容很好看,慈眉善目还带着天真。笑容能如此的纯净,必定有美丽的心灵。我观察到,村民们拉着他寒暄或诉苦的时候,他的眼神总是专注和温和的,让人觉得踏实。李医生做的事,已远远超出了一般意义上的'医生',麻风病患者的身体康复,在医学意义上早已轻而易举。李医生多年来和汉达康福协会等国内外公益组织紧密合作,是想促进身体康复外的社会康复、心理康复、经济康复,而李医生们,想还原一个有价值、有尊严的生命!

"从事这份工作,有没有受委屈?有时候患者会有怨气,会有误解,也有自私的、蛮不讲理的人。李医生很淡然:和他们计较什么呀?如果被他们说几句骂几句,只要排解了情绪,对他们好,那也是好事呀。更多的委屈来自外界的协调联络。比如为康复者子女争取正常就学,就让李医生磨破了嘴皮,伤透了脑筋。我想象不到他生气的样子。但比情绪更有力量的,应该是他韧性的坚持。"

李桂科说,在山石屏,他最难忘的日子,便是2014年1月8日,山石屏麻风院正式更名为山石屏村。这意味着,山石屏的村民彻底和从前告别,他们真的回归了社会,成了社会大家庭中有尊严、有地位的人!这一天,村民们流泪,李桂科也流泪,这泪中,更多的是喜悦。

回想这40多年,李桂科说自己只是卫生防疫战线上的普通医务工作者,没有做什么大事情,只是出于初心和职责,陪着需要帮助的人们走过艰难的岁月。

李桂科说:"我要真诚感谢山石屏的村民们,这么多年,他们给予我友情、亲情,感谢他们真正把我当成了家人。我退休了,但我不走,山石屏就是我的家。"

（尾章）
涤荡心灵

  身为麻风病防治医生，在治疗中与患者建立了深厚的感情，把身心扎根于山石屏，成为当地的村民。这样的行为，已经远远超出人道主义精神之上，他用生命践行着"全心全意为人民服务"的宗旨，虽无丰功伟绩，但行为堪称世范！

  反思自己，我深感惭愧：我能如此敬业吗？我能有这样的平等心吗？我能如此心甘情愿地奉献吗？我能和患者建立起深厚的感情吗？或者，身为期刊编辑，我能将读者和作者放在首位吗？身为文艺创作者，我能更多地为社会奉献精品吗？

  李桂科的生活极其节俭。在随同他走访的整个过程中，我们很少在餐馆吃饭。在县城采访时，他很热情地邀请我在他家吃饭。饭菜是杨芬医生亲自下厨做的，菜品不少，却少油少盐，口味清淡，因为两人都是医生，也因为杨芬医生身体不好，他们的饮食都很健康，却也俭朴。倘若没有我这个客人，他们吃的更少。对于当下的城里人而言，将客人邀请到家里吃饭，那是最高的礼遇。当然，这对于李医生家却不同。我想，到他家喝茶、吃饭、聊天，杨芬医生也会高兴的吧？毕竟有过一段时间，因为李桂科的职业，很多熟人朋友都不敢到他家去，杨芬医生也受了不少委屈。

  到山石屏疗养院，李桂科医生亲自下厨给我做饭，有荤有素，口味也偏清淡。青菜和韭菜都是他自己种的，肉是他从县城买来的。想想让年逾六旬的老人给我做饭，心有不忍，但我忙于走访麻风康复者，也就由他。我曾问他：很多媒体记者采访你，从中央级媒体到县级媒体，那么多的记者，你都要安排食宿，都是自己掏钱吗？他笑道，那还能怎么办？在我去之前，中央电视台几名记者在山石屏待了一周，顿顿都是李桂科给他们做饭，且不说吃得好坏，仅这伙食费开

销，长年累月接待各级媒体也不是小数目。我本来想请李医生到街上吃几顿，但想想算了，如果到饭馆买吃，李医生肯定不让我掏钱，岂不是给他增加经济负担？

李桂科医生衣着简朴，大多数时候都是穿着很旧的灰夹克、蓝裤子，几年的旧皮鞋，朴实得就像田里干活的老农。只有在出席党的二十大时，我才在网络上看到他穿了套蓝西装、系了根红领带，很有气场。

李桂科医生直到退休后，才去学了个驾照，买了辆大众"朗行"二手车，主要是方便到山石屏。若是换了我，辛辛苦苦数十年，要买车，就买辆好的，开着也舒适。即便要省钱，也得买辆新的。但李桂科真是节俭，只买二手车，要的是实惠，只要能开就行。他长年驾驶在云雾缭绕的罗坪山间，从安全角度而言，还是有点悬，但他真是太熟悉路况，车在他手里，如行云流水，开得顺畅。他的车，不仅要接送采访记者，有时还要拉麻风历史博物馆使用的材料。中国书协原主席苏士澍题写的那块"麻风历史博物馆"的大理石碑，就是用李桂科的车拉进去的。像这种"私车公用"的事他经常干，山石屏的村民到县医院看病，也是他专程开车送出去；山石屏的孩子去外边读书，也是他驾车50多公里，送到县客运站，直到把娃娃送上大巴，他才返回。

李桂科个人生活极其"抠门"，公益事业却舍得投入，这就是李桂科不同于常人的大境界。他工资不高，妻子多病，儿子才考上公务员，女儿自谋职业，花钱的地方很多。但他舍不得花钱在自家，却舍得把钱花在公益上。山石屏麻风历史博物馆，虽说有中国残疾人基金会的捐助，但经费仍是紧缺。有些投入他也不能从村集体账户中开

(尾章)
涤荡心灵

支,只有他自掏腰包。事实上,他从来没有在村集体账户上用过半文钱。媒体到山石屏采访,伙食费和交通费,都是他自己掏。他给山石屏村的孩子买的书籍、文具和衣服,没动过村上的钱。山石屏村的村民到县医院看病,常常是他的妻子杨芬医生掏钱开药。如此算下来,几十年来,李桂科花在公益上的钱有多少,恐怕连他自己也说不清。

我深感惭愧,相比李桂科,我挑吃讲穿,追求物质享受。虽然偶尔也做点小公益,但要让我从生活费中省钱捐助,我还真是做不到。现代社会,太多的人,也难以达到他的思想境界。即便有小点的平等心、欢喜心、清净心对待那些麻风康复者,也是很难的。

李桂科做的虽是小事,却往往是做大事者难以做到的小事。

李桂科极其敬业,务实严谨。在山石屏采访期间,有时夜里我已睡下很久,他还在随身带着的笔记本电脑上做课件,直到凌晨两三点。到北京参加党的二十大回来后,省、州、县、乡镇和各行各业请他去讲课,他都应允,忙得不亦乐乎。有次我问他讲了多少场,他说已经有50多场次,我听了有些吃惊。那时离他开会回来也就月余,如此算来,他平均每天要讲2场左右,还包括周末。这么辛苦,年轻人都扛不住,何况他已六十多。

这部报告文学的三稿改完后,我交给李桂科医生审阅。那时正是春节前,我想着他忙,没有更多的时间看稿。哪知春节收假后,他就让儿子把书稿送还给我。我仔细翻阅书稿,他已经逐字逐句读完,甚至连错别字都用红笔订正。此外,凡是涉及稍有虚构的情节,他都毫不客气地删掉,再写一段当时的实际情况。起初我看到我精心编织的情节和对话被他大砍大杀,心里委实不爽,便打电话给他。李医生在电话里说,当时的状况是什么就什么,不要有意拔高,也不要虚构。

想想也对，报告文学就是要写出最真实的状况。我起初的想法是想代入小说的手法，增加可读性，但反而弄巧成拙。但没有任何虚构，哪怕是细节和对话的虚构，必须要有大量的采访和材料支撑，这对写作前的准备要求很高。幸而我也算是个务实的人，把李桂科的三亲六戚、曾经的同事，还有山石屏的麻风康复者和家属都走访了个遍，所以重新组织作品也没费多少周折。在创作过程中，李桂科医生切切实实给我上了一课，他的务实严谨令我钦佩。

追随李桂科的过程，也是我的灵魂之旅。在这之前，我经过的事、见过的人，大多都困于名缰利锁。跟着李桂科走访后，连家人都说，你现在心平气和，开心不少。是的，李桂科治病、治贫、治心的过程，不光是对那些麻风康复者，也治愈社会上的很多困于权力、困于名利、困于私情之人，走向广阔无垠的人间。

冬夜，万籁俱寂。躺在山石屏疗养院的接待室，看着夜空中悬挂的朗月，铺下一地清霜。我辗转难眠，起身伏案，写下一首小诗，题为《致李桂科》，算是给这部拙作收尾。

那年　你二十三岁　乌丝盈头
小船　渡你至西岸
青山为屏　惠水为镜
与麻风　古老的疠疫抗衡

麻风患者　肢残　口鼻歪斜
如鬼魅　俯身泥土　苟且偷生
如蝼蚁　如草芥　在风中摇曳

(尾章)
涤荡心灵

心如死灰　命似微尘

四十多载　医者仁心
你抛洒热血　拨开云雾
让阳光
驱散山石屏的阴霾

联合化疗　规范服药
屋顶炊烟缭绕　庭院笑语欢声
难以愈合的伤口
长出了飞翔的翅膀

每个孩子都是你的子女
每个老人都是你的父母
你剜去他们生蛆的腐肉
剥去他们心上的茧

你带他们用残损的手掌
种桃种李种春风
琅琅书声　如花朵绽放
飞向天外

那个年代　麻风村的孩子
被石头驱赶　如惊慌的麋鹿

爱如长风
AI RU CHANGFENG

村外的人们掩鼻而过
山石屏的鸡蛋　他们说有毒

那个年代　没人相信麻风能治愈
包括康复者自己
你脱下口罩和防护服
和他们吃长街宴　过大年　度中秋

你带他们看山外的世界
大理　昆明　上海　北京
天上翱翔　高铁飞奔
酒店宴饮　登上了万里长城

你将他们带回家里　谈笑吃喝
妻子下厨烹饪　带他们看病
纵然亲朋疏远　旁人指点
你依然胸怀大爱　笑对人生

康复者盖房　你去贺礼
一挂鞭炮　响彻高原的天空
临行　他们给你挂红　放礼炮
他们高兴　还能有尊严地活着

剃头　剪趾甲　滴眼药

(尾章)
涤荡心灵

为他们端屎倒尿
你为良医　却似孝子
用双手　拂去他们脸上的泪痕

出殡的棺木　你扛在前头
中元节的冥衣　你裁剪　焚化
清明　你凝视逝者的坟茔
黑惠江　记得你泪水盈盈

那年中秋　山石屏没有圆月
渡船载不动丰收　溺亡六人
还有五十六篮辣椒和苞谷
咫尺阴阳　你泪如滔涌

从渡船到溜索
从铁索桥到公路桥
今日山石屏　村内清流激湍
瓜果悬枝　游客端起酒碗放歌

山石屏的孩子　活得坚韧
苦心人　天不负
自主创新　救死扶伤　授业解惑
回馈你的大德　社会的深恩

爱如长风
AI RU CHANGFENG

六十五岁　你发如雪
轿车　载你过惠水　载不动离愁
你选择不走　你说　你的骨灰
就要葬在这里　与故人做伴

李桂科啊　你也是黑惠江上的
一叶孤舟　渡尽劫波
渡尽江上往来人
也渡自己　悬壶济世的一生

后 记

怀着对李桂科医生的崇敬之心，我用一年左右的时间，完成了采访和创作的过程，前后五易其稿，辛苦自不必言。没有创作假，没有经费保障，单位事务烦琐，还正处在新冠疫情流行期，采访和写作的难度可想而知。

真实性是报告文学的灵魂。在创作过程中，我也试图将情节写得更为婉转曲折，制造更为尖锐的矛盾，但被李桂科医生否定了。李医生的意见非常中肯：要完全符合当时的事实，不能有意拔高或虚构。我想想也是，李桂科医生的故事已经很生动感人，没有必要再虚构之，虚构就成了小说。这部书还专门开了审稿会，与会专家都很认可，也提出了应在文学性和思想性上有所提升。会后，我也认真地修改和打磨，强化艺术技巧和思想性。在修改过程中，有些热心领导也提出，要使作品更为曲折生动，使之更具有可读性。我亦做了加强。我曾经写过大量的小说，深谙虚构之道，可以把李桂科医生写得能上天入地，经历九九八十一难。但自始至终，我都坚守报告文学的真实性原则，不敢做过多的虚构和夸张。我一直以为，这是一部可以存世

的作品，是可以放在山石屏麻风历史博物馆里的，要经得住推敲，经得住历史的检验。不是说我能写得多好，而是李桂科医生的事迹足以载入史册。那么，就必须完全客观真实。可以说，这部报告文学中的每个事件、每个情节、每句对话，都是客观真实的，也是经过李桂科医生认可的。身为作者，我可以对每个细节负历史责任。

关于作品的文学性和思想性，在此也略做赘述。既是报告文学，当然要有文学性。此部作品的语言、对话、情节、细节，乃至每个字的运用，都是经过反复推敲的，在创作中借鉴了现代小说的表现手法，主要是情节的描写和氛围的营造，还有细节的推敲。也借鉴了现代散文的叙述方式，增加了阅读的审美特质。思想性方面，有着很多思辨性的文字在闪现。我曾经引用了中外名哲的文字，在云南人民出版社编辑王绍来先生的建议下，我将之删除，引用了李桂科医生和周围普通人的原话，使之更加朴实。

作品中涉及的参考资料，很多部分都是李桂科医生提供的，也有云南省报告文学学会杨红昆会长提供的资料。作品在创作过程中，得到中共云南省委宣传部、中共大理州委宣传部、大理州文联相关领导的指导，在此一并致谢！